あくまでも探偵は

もう助手はいない

如月新一

目次

カバーイラスト――青藤スイ
カバーデザイン――川谷康久（川谷デザイン）

あくまでも探偵は

もう助手はいない

クリスマスと子供
Christmas and Kid

1

時間が、生活が、町が、回る。

目の前の巨大な観覧車は、まるで町を動かす巨大な歯車みたいだ。今日も平和な生活が続いている。町のみんなはこの観覧車を見て、そんな風に安心しているのではないだろうか。少なくとも僕はそうだ。

だが、それはそれとして、なんだっけ。

首を傾(かし)げていたら、口笛の音が聞こえた。大勢の人がいる中で、よく通った音だ。不穏だが、人を惹(ひ)きつける何かを予感させるメロディだった。

はっとする。聞き間違えではない。これは、僕が作曲したものだ。

口笛の音が近づき、隣で消える。

「フェリス・ホイールだ。コスモクロックでもロンドンアイでもないぞ」

コスモクロックとはこれのことで、ロンドンアイはロンドンの名物観覧車だ。

いつの間にか彼は隣に立っていた。黒のチェスターコートは高校生にしては大人びているが、森巣が着ると様になっている。まるでファッション雑誌から飛び出してきたようだ。頰がぴりぴりするくらい寒いので、僕はマフラーをぐるぐる巻いているけど、森巣はポケットに手を突っ込んでいるだけで涼しい顔をしていた。

「どうして？」

「一八九三年にアメリカ人のジョージ・ワシントン・ゲイル・フェリス・ジュニアがシカゴ万博のために設計した。だから、設計者の名前由来でフェリスのタイヤってわけだ」

「違う、そういう意味のどうしてじゃない」

僕が言いたいのは、どうして考えていることがわかったのか？　ということだ。

「受験前だから、平は見たものをなんでも頭の中で英訳してるだろ、だから教えてやったんだ。物事はエピソードと連動して記憶される。観覧車を見ながら、フェリス・ホイールと口にして覚えるといいぞ」

連動して記憶、いいことを聞いた。「フェリス」と言いかけたが眉根を寄せる。

「君は、僕が何を考えてるのかまでお見通しなのか？」

森巣が振り向いた。

柔らかそうな髪がさらりと揺れ、芯の強そうな黒い瞳がじっと僕を見つめる。同じ人間なのかと疑いたくなるような、妙な色気があった。僕の中身を覗き込むような目をして八重歯を覗かせ、にやりと微笑んだ。「まあな」

「自分にはなんでもわかってると思うのは、悪い癖だね」

「わかりやすいほうが悪い」

「それで？　急に呼び出すほどのことって何？　しかもクリスマスイブの遊園地に」

深夜にメッセージが届き、何事かと思って身構えた。

「ちょっと気になることがあってな」

ずいぶん気軽に言ってくれたものだ。理由もよくわからず、急に呼び出されても普通は来ない。頼られたことが嬉しくないわけではないが、お見通しだと思われるのは癪なので文句をぶつける。

「ちょっと、くらいで呼び出さないでほしいんだけど。別に暇だったわけじゃないんだ」

「俺だって暇なわけじゃない。これは調査だ」

森巣は「待て」と言うように右手を僕に見せ、さっと歩き去った。あまりに自然な動作だったので呼び止める間もない。人が行き交う中、歩くスピードを落とさずに建物のほうへまっすぐ進んでいく。

器用な奴だ。

ここは桜木町にある遊園地だ。クリスマスイブの昼下がりというだけあって、賑わいを見せていた。観光客であるとか、緊張しながらデートにやって来たという感じのカップルであるとか、制服姿の中学生グループが、どれから乗ろうかと話し合っている。

園内は高揚感に包まれているが、森巣が呼び出してきたということは、何か起こるのだろう。今年もあと一週間で終わる。無事に調査とやらを終え、穏便に年を越したいものだ。

「平くーん」

声のしたほうを見ると、芥子色のコートを着た女の人が目に入った。

「あ、小此木さんも呼ばれてたんですか」

名前を呼ぶと、彼女は「お待たせお待たせ」と手をあげた。

小此木さんは森巣の幼馴染で、僕らの一つ上の先輩だ。僕と森巣がたまに事件の調査をしていることを知っている、数少ない人物でもある。

彼女も森巣と仲が良いだけあり、聡明な人だ。陰険な性格の森巣と幼馴染なのに、彼女自身は朗らかな性格をしていて、それだけでも敬意を払いたくなる。

大人っぽい人だったが、小此木さんは大学生になって更に垢抜けた。髪色を落ち着いた印象の茶色に染め、耳にはさりげないイヤリングもつけている。眼鏡もレンズの大きい知的な雰囲気のもので、お洒落だった。

環境が変われば交流も途絶えるのではないかと案じていたのだが、そういえば元気にしているだろうかと思った頃、たまに連絡がきたりする。面倒見が良い小此木さんに、僕は進路の相談をしていたが、こうして直に会うのは久しぶりだった。

「やー、久しぶりだね。元気にしてた？　勉強はどう？」

「まあまあですね。共通テストが来月なんで、ずっと机に向かってます」

「あれ、でも推薦で決まったんでしょ？」

「決まりましたけど、試験は受けて点数を教えてくれって言われてるんですよ」

「合格してるなら、もう気にしなきゃいいのに」真面目だねえ、と憐れむような目を向けられる。僕は真面目というよりも、相手を落胆させるのではないかと不安なだけだ。

「良ちゃんは、まあ、心配いらないか」

ですね、とうなずく。森巣だって受験生だけど、彼が『不合格』と落ち込む姿を想像できない。東京の大学を受けると聞いているが、心配する必要なんてないだろう。

「じゃあ、お化け屋敷もあるし、今日はがんがんストレス発散しようよ」

幽霊や骸骨相手に一体何を、と思ったが、それよりも気になることがあった。嫌な予感がする。

「ところで良ちゃんはまだ？」

「さっき会いましたけど、ここで待ってろって」

そう言った直後、軽快なチャイムの音が鳴った。

『お客様に迷子のご案内を致します。れいなちゃんを見かけた方、お母さん、お父さんが探しておられます。お近くにいるようでしたら、スタッフもしくは管理事務所までご連絡ください。繰り返します――』

迷子のアナウンスだ。でも、なんだかおかしい。

「変なアナウンスだね。なんか慌てた感じだし、子供の情報も少なくない？」

「ですね。名前と、たぶん女の子ってことしかわかんなかったですし、服の色くらい言ってもらわないと」

混んでる遊園地で迷子になったら、さぞ心細いだろう。目を配って見たが、そばに小さな女の子の姿はない。小此木さんと目が合うと、悪戯っぽい笑みを浮かべていた。

「わたしたちも呼んでもらう？　人前では小賢しい笑顔を浮かべる腹黒八方美人の森巣良くんを見かけたら保護してくださいって」

「その必要はないですよ」ちらりと視線を向ける。小此木さんの隣に仏頂面の森巣が立っていた。気づいた小此木さんが体をびくっと震わせる。

「びっくりした。戻ったんなら声をかけてよ」

「いない人間の悪口を言うのは楽しかったか？」

「もっと聞く？」

森巣が眉をひそめ、鼻を鳴らした。

「でもさ良ちゃん、久しぶりに三人で遊びたいって気持ちが抑えられなくなったのはわかるけど、クリスマスイブに急に呼び出すのはやめてよね。予定があったらどうするの」

「予定をキャンセルすればいい」

　これよ、と小此木さんが腰に手を当てる。ですね、と僕もうなずく。

「だけど小此木さん、僕らに会いに来ちゃっていいんですか？　ほら、その」

　言葉を濁しながら、自分の右手をいじる。そして、薬指をそっと指さした。小此木さんの右手には、銀色の指輪が嵌められている。

　小此木さんは、自分の手を見て「あー」と洩らした。

「これね、恋人がいるわけじゃないの。ちょっとわたしのことを好きな男子がいて」

　朗らかで頭もよく、美人で話しやすい。小此木さんは大学でさぞモテるだろう。

「悪い人じゃないんだけど、脈はないって知らせたいんだよねぇ」

「まどろっこしいな。お前に興味がないって言えばいいだろ」

「傷つけたくないんだってば」

「だが、指輪はそれだけでしてるんじゃないだろ」

　森巣がそう言うと、小此木さんが嬉しそうに笑った。

　指輪は装飾がないが無骨なデザインをしており、強そう、というか、格好いい。トータルコーディネートとしては若干浮いて見えるが、小此木さんには似合っている。

「まあね。久々に三人で遊ぶから、気合入れようと思って」

「遊びじゃないぞ。現地調査だ」

それを聞いた小此木さんが、「え?」と怪訝な顔をする。

嫌な予感が的中した。

「森巣、小此木さんに調査だって黙ってたのか? 秘密主義はやめろとあれほど」

森巣は頭が切れるから、解決への計画を組み立てるのが得意だ。だけど、周りを巻き込むくせに、自分さえ把握していれば問題ないからと事前に説明をしない癖があった。突然のアドリブに翻弄される、バンドメンバーの気持ちになる。

「落ち着けよ。依頼を受けたのは昨日だし、霞がイギリスから帰って来たのも昨日だろ? 気を遣ってやったんだ」

「えー、じゃあ今日はみんなで遊ぶわけじゃないの? 楽しみにしてたんだけど」

「早く終われば早く解散できるぞ」

「みんなで遊ぶ時間は?」

「そんな予定はない」

小此木さんが、下唇をぬっと突き出す。旅先で事件を知らされて気を揉むのと、帰ってきた直後に呼び出されるの、どちらがよかったのだろうか。

「で、僕らは何をすればいいわけ? 詳しい話は僕も知らないんだけど」

「平には昨夜、依頼文を送っただろ」

「あれって依頼文だったの？」

やれやれと森巣が首を振り、周囲を気にするように声を落とした。

「ここで違法な取引がある。詳しい話は人に聞かれない場所でしょう」

そう言って森巣が顎をしゃくる。

そこには、巨大な観覧車が悠然と回っていた。

2

展開に面食らい、置いていかれる不安を感じることがある。

好きだった映画の続編がついに公開された！　と勇んで観に行き、胸を高鳴らせながらスクリーンを見つめていたのに、不安でそわそわし始める。冒頭シーンで、「あれ？　僕は一本見逃しているんじゃないか？」と過ぎる、あの感覚だ。

森巣と関わっているとよくあることだ。その被害者は、僕と小此木さんだけではない。

映像が一時停止し、高速で巻き戻るように、過去の場面を思い出す。

警察署のそばに小さな洋食屋がある。店内はレトロと呼べるお洒落さはなく、テーブルにはビニールクロスが、壁にはメニューが張られ、洋食がメインの大衆食堂という趣だ。

「お前ら」

向かいの席の、鳥飼という刑事がおしぼりで顔を拭うと、呆れた様子で口を開いた。

「男子三日会わざればって言うけどな、毎回毎回、刮目させるんじゃねえよ」

色黒で彫りが深い彼からは、どっしりと構える巨木のような逞しさを感じる。四十代で短髪には白髪が目立ち、重そうな瞼からは疲れも見て取れた。

去年、僕が入院した病院で騒ぎがあった。騒ぎを起こしたと言ったほうが正確なのかもしれない。いくつもの事件の黒幕だった男の捕り物があり、陰ながら貢献したのが森巣と僕だった。鳥飼さんとは、そのことを通報して以来の付き合いになる。

通報をしたが事件に関わってはいない。そう主張したが、どうして高校生が凶悪犯の身柄を引き渡してきたのか怪しまれた。当然だ。証拠がないし、犯人の男が今でも黙秘を続けているおかげで僕らのことがばれていないだけだ。

「鳥飼さん、もっと俺から連絡が欲しかったんですか？　いい年して付き合い立てのカップルみたいなことを言わないでくださいよ」

「お前みたいな奴と付き合うのだけはごめんだよ。俺はな、人を見る目があるんだ。一目見た時からわかってた。お前は嘘つきだ」

「もしかして、刑事の勘ってやつですか？」

すごい、本物を初めて見ました、と感激するように森巣が口に手をやる。鳥飼さんはこめかみに青筋を立てながら、ナポリタンにタバスコをかけ散らかしていく。

「すいません、鳥飼さん。でも、放火犯がわかっちゃって、僕らも見て見ぬふりができなくて。それでまた、いつもみたいにご報告を」

「悪口を言われるなら教えなければよかったな。信用されてないなんて俺は悲しいよ」

「それも嘘だろ」

鳥飼さんが森巣にフォークを向ける。刺して食うぞ、と言わんばかりの気迫があった。

「鳥飼、それ以上はやめたほうがいいよ」

鳥飼さんの隣に座っている、鶴乃井(つるのい)さんが優しく声をかけた。

鶴乃井さんの年は三十過ぎくらいで、浮世離れした若々しさがある。森巣と話をし、鳥飼さんがこめかみを痙攣(けいれん)させるのに対して、彼はいつも柔和な笑みを浮かべていた。

髪は緩(ゆる)いパーマをかけ、色白で鼻筋が通り、理知的な目をしている。カウンセラーをしていると言われたら、やっぱりと思うし、ピアニストをしていると言われたら、そうかもと思う。

実際は、大学で心理学を教えている学者で、警察学校でも講義をしているらしい。重要なのは、彼は警察から依頼を受けて、心理学を用いて事件の捜査を手伝っているということだ。鳥飼さんは、危うい青少年と対峙(たいじ)するための専門家としていつも同席させているのだろう。だが、僕には彼のことがこう見える。

事件を解決する、本物の探偵。

探偵が鶴乃井で刑事が鳥飼、探偵の鶴を刑事が飼っている、と僕は覚えていた。

「平君も、いつも大変だね」

衝突する二人の間に入るのは、いつも僕らだ。労るように言われ、思わず涙が出そうになる。「鶴乃井さんこそ」

鳥飼さんが舌打ちをし、フォークに巻いたナポリタンを口に運んだ。直後、咳をしてむせ始める。鶴乃井さんがグラスを差し出すと、一気に水を飲み干した。

「それ以上は」と鶴乃井さんが止めていたのは、タバスコのかけすぎのことか。森巣がわざとらしく含み笑いをしたので、小突いてたしなめる。

今は情けなく苦悶の表情を浮かべているが、僕は鳥飼さんを侮ったりしない。

鳥飼さんから受けた取り調べは、それはそれは恐ろしいものだった。尋問や暴力、脅迫めいたことは何もなかったが、体の中まで見透かすような眼光を向けられ、詰問された。鳥飼さんからは大きな責任を背負った気迫を感じた。決して、倒れたり屈することはないだろう。だからこそ、絶対に敵に回してはいけないと思い知った。

それでも、僕らは探偵として活動を続けている。

悪を放っておかない。見て見ぬふりをしない。

それが森巣の生き方だからだ。

森巣は、心に迷いのない正しさを飼っている。それは強靱だが獰猛だ。出会ったばかりの頃、森巣は弱者を食い物にする悪に対して、容赦がなかった。正しさを曲げないためなら、道を踏み外すことへの抵抗がなかった。それは、自分の幸せや未来を思い描いたことがなかったからかもしれない。

今は破滅的な考え方をしているようには見えないが、名探偵と犯罪者の境界線上に危うく立っていることに変わりはない。

「報道とネットの情報だけで犯人がわかったなんて、二人は安楽椅子探偵みたいだね」

鶴乃井さんの話に、森巣が薄く笑う。何かを言いかけたので、余計ないざこざを避けるために僕が代わりに口を開いた。

「たまたまですよ。あのあたりによく遊びに行っていたので」

嘘だ。現場近辺を見に行ったし、聞き込みもした。

「犯人が事件現場の近くにいる写真を見つけたのも、すごい観察眼だよ」

「それも運良く」

嘘だ。誘き出して撮影し、証拠にしたくてネットにアップした。

「写真撮影をしたのが誰かは気になるけど、事件が解決できてよかったよ」

鶴乃井さんが、「君もそう思うよね」と訊ねるように、視線を森巣に投げた。頼むから、余計なことを言ってくれるなよ。

「俺たちは、持ってるのかもしれないですね」

ああもう、と頭を抱えそうになった。森巣一人では、彼らを怒らせない応対ができない。というよりもする気がなさそうだ。なので、フォロー係の僕はいつも骨を折る。

鶴乃井さんは静かな目つきで眉一つ動かしていない。が、僕らが何かをしている、真相は知っているという顔をしている、ように僕には見える。

もちろん、鳥飼さんだって勘付いていないわけがない。

僕たちは忙しい警察が突っ込んで調べるほど悪いことはしていないから、見逃してもらっているだけだ。この話し合いも、釘を刺すのが目的だろう。

「検索して画面を見て、なんでもわかった気になるんじゃねえぞ。検索しただけで犯人がわかるから、警察はいらねえと思ってんじゃねえのか？　逆にな、犯人はこいつだ、なんてネットにあったらデマだ。嵌めようとしてるに決まってんだよ」

「ネットは全部デマだと断言するのはどうかと思いますけど、俺も鵜呑みにはしませんよ。それに、警察がいらないとも考えてませんってば」

ほう、と鳥飼さんが表情を緩める。

やっと森巣が警察について好意的なことを口にしたので、ほっとする。

「なあ鳥飼ちゃん、県警のパトカーが一時停止しなかったってのも、デマなのかい？」

コック帽を被った顔に皺の目立つシェフが、キッチンから大声で訊ねてくる。

「客の話に聞き耳を立てて、参加するんじゃねえよ」

「狭い店なんだから、仕方ないだろ。それに、暇なんだよ。客もあんたらしかいないし」

パトカーの交通違反、ＳＮＳに投稿されたその映像なら僕も見た。取り締まる側がルールを破るのかよ、とネットでは市民の怒りに火がつき、めらめら炎上していた。

「そういう態度だから客がいねえんだよ」

「あんたらが来るから引退できないんだ」

「俺が生きてる間は、店仕舞いさせねえからな。さっさと後継者を見つけろよ」

後継者の話題は嫌だったらしく、シェフは口をすぼめてこちらに背を向けた。お孫さんがお店を手伝うという話があったが、進展がないのかもしれない。

「で、パトカーの件はデマなんですか？」森巣がにやにや訊ねる。

鳥飼さんが鼻の穴を膨らませ、目を吊り上げていた。怒りで蒸気を発散している顔つきだ。森巣はその反応を嬉しそうに眺め、メロンクリームソーダをストローでかき混ぜた。爽やかなグリーンにバニラアイスが淡く溶けていく。

慌てて鳥飼さんに僕が弁解をしつつ、別のことに考えを巡らせる。

以前の森巣は、悪を放っておかず、私刑を下そうとしていた。懲らしめる、ならともかく、比喩ではなく人を殺そうとしたのだ。

僕は彼の友人だ。だから森巣と衝突し、向かい合い、話をした。

「人を手に掛けるような真似はしない」

　この約束を守ってくれる限り、僕は彼の助手であり続ける。

　僕らの関係は問題ない。課題はこの先だ。

　森巣は能力が高いが、型破りというか極端というか常識外れなところがある。本人は今のままやっていけると思っているかもしれないが、警察に目をつけられているから、それは無理だろう。それに、こそこそと事件を解決するのは、翼を広げられないみたいで窮屈そうだ。

　森巣は悪を見逃さない。勇気と、人を助ける優しさと、行動力があるからだ。僕たちはいくつもトラブルの調査をし、人を助けるために真実を見抜いてきた。困っている人に手を貸す、それが僕たちの目的だ。

　僕たちは間違ったことをしていない。僕らのやり方ではもう立ち行かないのなら、着地点を変えよう。

　警察に認めてもらうしかない。

「鳥飼、痛いところを突かれちゃったね」鶴乃井さんが朗らかに言う。

「鶴乃井、お前はどっちの味方なんだ？」鳥飼さんが、口を尖らせる。

　こうして探偵のモデルを知ることができたのは、僥倖だった。

「平君、さっきから思いつめた顔をしてるけど、大丈夫？」

洋食屋の後継者問題、ではないけれど、学べる機会があるうちにしっかり先人から学び、二人のようになる方法を知りたい。

僕は探偵ではない。森巣のように、事件を解決する能力がない。だが、それでもいい。僕は森巣の助手であり、理解者だ。今のやり方では、この社会に森巣の居場所がない。考えなければいけないことは、どうやって森巣が活躍する場を作るかだ。

僕が、絶対に森巣を探偵にしてみせる。

3

下から見たらのんびり回っているように見えたが、いざ乗り込んでみると結構速い。ゴンドラの扉を閉じた、青い制服の係員がどんどん小さくなっていく。

「ロンドンに親近感を覚えたのは、観覧車があったからかも。こっちのもアリだね」

「何がこっちのも、だ」ぼやきながら森巣は、スマートフォンを操作した。着信音が鳴る。小此木さんがコートのポケットを確認しているのに、森巣は待たずに話を始めた。

「また、昔投稿した動画にコメントがあった」

去年、横浜(よこはま)で起こった強盗事件に関して、森巣は推理を披露する動画をアップした。『強盗ヤギ』と呼ばれるその事件の真相は拡散され、メディアでも紹介されて話題になった。投稿者として名乗れば一躍話題の中心になれそうだが、彼は興味がなさそうで、「編集は本当に面倒だった。二度とやらない」と言った切り動画投稿はしていない。

世間を騒がせた探偵の正体を知っているのは、事件の犯人とこのゴンドラにいる僕らだけだ。向かいの席に座る小此木さんが、並ぶ僕らを見て苦笑する。

「二人は都市伝説みたいになってるよねぇ」

都市伝説と言われると怪談じみているが、実際そうなのかもしれない。

事件解決の実績があるからなのか、動画のコメント欄へ依頼の書き込みをされることがあり、僕らはたまに調査をしていた。

ここそこ活動をしているが、森巣は良くも悪くも目立つ。事件解決の手腕もさることながら、彼の容姿が印象に残っているのだろう。外見が褒めちぎられている書き込みも何度か読んだ。秘密保持の約束をしてもらっているが、人の口に戸は立てられない。

「ほら、さっさと依頼文を読め」

促(うなが)され、僕もスマートフォンを取り出して確認する。

reinaというアカウントからで、アイコンはデフォルト、文章は短い。

「これかい？　送り間違えじゃなくて？」

『子供お昼寝　遊園地　十五時。あと七日 ◎』

単語を一つずつ見ると微笑ましさを感じるが、妙ではある。小此木さんが「ただの日常報告にしか見えないんだけど」と声をあげる。

「平だったらわかるよな」

「いやさっぱり」

　昨夜、夜遅くに調査をするとメッセージが届いた。文面を読んだが、意味がわからなかった。からかわれているわけではないと思うが、反応に困る。

「おいおい、全部書いてあるだろ」

「森巣、君は出会った頃に比べたら、付き合いやすくなったと思うよ。でも、わかりやすく説明してくれてもいいんじゃないかな」

「あと、上からモノを言うのもやめてほしいよね」

「色々黙ってて、結果的に解決すればいいって考え方も困るんですよ」

「自分が賢いってアピールしたがるのもどうかな」

「みんながみんな、直感で閃けるわけじゃないのに」

　僕と小此木さんの文句を受けた森巣は、露骨に顔をしかめた。が、直後、にやりと音がしそうなほど口角を上げる。どうしてそんなに悪人面もできるのか、感心してしまう。

「十五分だ」

　何が？　また説明不足だと指摘しようとしたところで、森巣がこんこん、と窓を叩く。

「こいつがぐるっと回って、下に戻るまでの時間だ。それまでに、二人には今日が何の調査なのかを考えてもらう。お前たちにも考える力がつけば、秘密主義だの説明不足だのと文句を言われることが減って、俺は大いに助かる」

妙なことを言い出されてしまった。

「わからなきゃ調査できないし、どうせ下に着くまでには説明するんだろ？　どっちにしろ共有するなら、手っ取り早くしようよ」

「平、お前はさっき俺に『直感で閃ける』って言ったよな？　訂正しておくと、俺は、頭を使って考えた結果、物事を理解している。断じて、直感に頼ったりしない」

森巣と行動を共にするようになり、わかったことがある。彼は自分の頭が良いことを理解しているからこそ、馬鹿だと思われることを心底嫌っている。意地悪で謎をふっかけてきているわけではなく、割と本気で僕にも腹を立てているようだ。

面倒臭い地雷を踏んでしまった。溜め息を吐きそうになる。

「だがまあ、自分たちの頭じゃあどうしてもわかりません、お願いします教えてくださいって言うなら、丁寧に説明をしてやるよ」

僕は別に争いたいと思っていない。悪かったよ教えてくれ、そう言おうとしたその時、小此木さんが僕を制するように手を向けた。

「へえ、面白いじゃん。わたしたちが解けたら、言うこと一つ聞いてもらうから」

この人はこの人で、挑発に乗りやすい人だったなぁと思い出す。

つまり僕は、面倒臭い性格の二人と観覧車に乗り込んでしまったというわけだ。

4

ちらりと窓の外を見ると観覧車はぐんぐん上昇しており、てっぺんに向かって半分くらいの高さになっていた。

眼下から楽しげな悲鳴が聞こえる。見下ろすと、コースターが勢い良く滑走し、水しぶきをあげていた。こちらを見上げて、子供たちが跳ねながら手を振ってくれている。見えるかわからないが、そっと振り返す。

森巣が「現地調査」と呼ぶのなら、きっとこの遊園地で何かが起こるのだろう。だとすると、一刻も早く園内の人たちに注意喚起をするべきではないか。だけど当人は、危機感の薄いすました顔をしている。こんなことをしている場合なのかと呆れ、そこではたと気がついた。

「事件は十五時に起こるんだね。依頼文にあるし、それに君が焦ってない。少なくとも、この観覧車に乗っている間は何も起きない。そうだろ?」

「悪くない考えだが、ずるいな。これはトレーニングなんだ。答えじゃなくて解き方も考えないと意味がない」

正解なら正解と言えばいいのに。腕時計を確認すると、十五時まではまだあと二時間ほどあった。

「わたしは『あと七日』ってあるのに、どうして今日呼ばれたのかも気になるなあ。良ちゃん、もしかしてイブに予定がなくてさびしかったの?」

森巣が射竦めるような鋭い目つきをする。

「っていう冗談はさておき、やっぱり今日何か起こるんだろうね。下見くらいだったら、突然呼び出すこともないと思うし」

確かに、その通りだ。自分勝手な奴だとはいえ、呼び出しが急すぎる。なし崩し的に観覧車に乗った小此木さんも、しっかり考えているようだ。二人に置いていかれてしまうぞ、と少し焦った。

あと七日。もう一度頭の中で唱える。その瞬間、頭の中で何かが光った。記憶が呼び覚まされ、今朝のニュースが目に浮かぶ。テレビを見ながら、自分でも同じ言葉を口にしていた。森巣が言っていた記憶の連動だ。

「残すところ、あと七日です」

「どうしたの、平くん」

「今朝のテレビで、アナウンサーが言ってたんですよ。今年の終わりまで、あと七日。それで今日なのか」

「あー」小此木さんが感嘆の声をあげる。が、「んー」と唸りに変えた。

「わかりにくくない？　素直に十二月二十四日とか、それこそクリスマスイブって書けばいいと思うんだけど」

そうかもしれない。が、森巣はこれを依頼文だと考えている。だとすると、わかり辛いことにも何か理由があるのではないか。そもそも、どうして僕らに依頼をしたのだろう。

今までに色々な依頼を受けてきた。警察に相談するようなものではなかったり、警察にすげない対応をされたりと、事情は様々だった。今回はどうなのか。

奇妙な依頼文を送る理由について、考えを巡らせる。

わかり辛いということは、意図的に意味を隠しているからではないか。

依頼人は特定の誰かには知られたくないけど、探偵には相談をしたい。表立って警察に相談できないような事情がある、ということになる。

だが、そんな中、どうして僕らに白羽の矢を立てたのか？

「なるほど、僕らは都合がいいのか」

考えが口からこぼれ落ちた。聞き逃さなかった小此木さんが小首を傾げる。

「僕らは相談料を取ったり、真相を発表したりしてません。最近だと、盗まれた絵がそのまま戻された事件とか、三日連続で空き巣に入られた事件とかを解決しましたけど、誰にも言ってないんですよ」

「そんなことしてたの？　良ちゃん、平くんには学業があるんだから」

「平は推薦なんだから関係ないだろ」

「あるんだよ、一応」と釘を刺す。困ってる人を放っておきたくないが、助けを求められすぎても、生活に影響をきたしてしまう。漫画やアニメのように事件が毎週起こるわけではないのが、不幸中の幸いだ。

「もしかしたら、警察には相談してるかもしれません。僕らには実績や噂があるし、それで保険として頼ってくれているのかもしれないですね」

「遊園地なら八景島にもあるけど」

「あっちなら、水族館って言うと思うんですよ。水族館は横浜に一つしかないですし」

　どうなんだ？　と視線で訊ねると、森巣はゆっくりとうなずいた。

「概ね同意見だ。ちなみに可能性はゼロではないが、依頼人は俺たちだけを頼ってきたと考えている」

　そこから先を話してくれよ、もういいだろと思ったが、森巣はまだこの趣向を続けるようだ。これ以上のヒントは出さない、と薄い笑みを浮かべた。

　動画投稿欄にはたまに依頼が寄せられるが、森巣は世の中を良くしようとか、注目を集めようとか考えているわけではないので、ほとんど無視している。「謎を解くのは金のためだからな」と心にもないことをうそぶいている。

彼の目的は、弱者を利用する悪をどうにかしたい、というものだ。

あの依頼文だけで、森巣が出張ってくるような事件だとどうしてわかるのだろうか。

「この依頼文、変だね」

スマートフォンをじっと眺めていた小此木さんが、神妙な顔つきで口にした。

僕もそう思うが、それはただの感想で、推測や考察ではない。小此木さんの言葉からは含意を感じた。マラソンで一緒に走ろうねと約束をしていたのに、一人置いていかれたような気持ちになる。

「一目見た時から変だと思ってましたけど」

「変だよね？　空白があるんだよ。ほら」画面を向けられ、目を凝らす。

『子供お昼寝 遊園地 十五時。あと七日 ◎』

確かに、単語と単語の間にはスペースが空いている。

「読みやすくしてるとか、ただの癖じゃないんですか？」

「平くん、試しに同じ文を打ってみてよ」

促されてスマートフォンを操作する。文字を打つうちに、おや、と眉が上がった。

「これ、半角スペースですね」

フリック入力でもキーボード入力でも、スマートフォンで日本語を打った後にスペースを打つと、全角のものになる。だけどこれは、半角スペースだった。ＰＣからだとしても、依頼人はわざわざスペースを打つ度に、入力を切り替えている。手間のかかることをする理由は何かあるはずだ。

「自称受験生の平なら、もうわかるだろ」

「そうやってヒントを出してきて、本当は君も参加したいんじゃないのか？」

受験生なら、ということは学業が関係しているのだろう。もう一度、この不思議な日本語を読む。

すると、文章の違和感がなんなのか気がついた。流れだ。

日本語の自然な流れだと、いつ・どこで・誰が・何をしたか、になる。が、この文章はそうじゃない。言葉の並び方と、半角スペース、これはまるで――

「英語！」

小此木さんが、手を叩き、ゴンドラの中に声を響かせる。先を越された。

「そうだ。これは英語と同じ語順だ。ロンドンに行っていたくせに気づくのが遅いな」

「時差ボケのせいね」

興が乗り、次のパズルはどこにはまるだろうかと、身を乗り出して考えを巡らせる。依頼文は英文に寄せて書かれていた。これにも、理由があるかもしれない。

「子供お昼寝ってのも気にならないですか？」

「まあ、遊園地ってお昼寝する場所じゃないし」

「それもそうなんですけど、単語がくっついているのが妙だと思うんですよ。子供とお昼寝、じゃなくて子供お昼寝っていう」

英語の並びだったことを意識して、頭の中で変換を試みる。

「チャイルド、シエスタ？」と僕がつぶやく。

「惜しいな」と森巣が首を振る。

「なんか、平くんに甘くない？」と小此木さんが口を尖らせる。

惜しいということは、考え方は合っているのだろう。他の単語に置き換えてみようと頭の中で単語帳をめくる。子供はキッドともなる。昼寝は、と思ったところで小此木さんが再び嬉しそうに手を叩いた。

「キッドナップ！　キッドナップだよ！」

また先を越されたことに悔しさを覚えつつ、相槌を打つ。

子供はキッド、昼寝はナップ、キッドナップ。

つまり誘拐だ。

5

「ちょうどてっぺんだな。もう少し早く気づくと思ってたが」

窓から視線を外し、森巣が待ちくたびれたと言わんばかりに、欠伸をした。

周囲を眺める。右を向けば穏やかに広がる海と港の景色が、左を向けばでこぼことしたビル群と、にょきっと生えているランドマークタワーが見えた。喧騒から離れ、街を見下ろすここは空に近い。眼下の遊園地がまるでジオラマに見えて、誘拐事件のリアリティを失いそうになる。

「これって依頼文だよね？　犯人が誘拐事件を予告するってことはないだろうし」

真剣な口調の小此木さんの声が聞こえ、僕は意識を事件に戻す。

依頼人が誰かを考えてみると、思い浮かぶのは被害者の家族だ。

人質を取られ、身代金を要求され、警察への口止めをされている。警察に助けを求めるべきか、それとも何もしないのが正解かと悩み、それで森巣に縋ることにした。もしくは、警察にも通報をしたが、念のために森巣にも依頼をした、そんなところではないか。

「良ちゃん、悪戯ってこともあるんじゃないの？」

「そうは思わない」

断定するように言われ、おや、と疑問が浮上した。

「そう言えば、だいぶ態度が違うじゃないか。会った時は『ちょっと気になる』とか言って、やる気があるんだかないんだかわからなかったのに」

「お前たちがぼうっとしていた間に状況が変わったんだよ」

「ただ観覧車に乗っただけじゃない。別になんも――」そう口にする小此木さんに手を向け、制止する。森巣から、緩いボールが飛んできたら容赦なく打ち返してやろうという、意地の悪い気配を感じたからだ。

「状況が変わったのは、観覧車に乗ってからかい？」

森巣が首を横に振る。

乗る前に何かあっただろうか。

そう言えば、落ち合ってから森巣は一度離れて戻って来た。その間に何か見るか聞くかしたのかもしれない。森巣がいない間に起こったことを思い返してみる。

一つだけ、あった。

「もしかして、迷子のアナウンスは森巣がやった？」

訝しむ小此木さんに、さっきの情報不足のやつですよと説明する。

「迷子のれいなちゃんです。依頼文と同じ名前ですね。間違いないですよ」

何故もっと早く気づけなかったのか。悔しいが、同時に別のことも気になった。「まさか、森巣は会ったの？」

「いや、俺は管理事務所に行って、迷子になっているれいなという女の子を見たと話しただけだ。そうしたら、私服の警官と刑事が集まって来た。写真を見せられたりどこにいたのかを聞かれたから適当に答えて、あのアナウンスがされたわけだ」

「適当になんて、不審がられるだけじゃないのか？」

「おいおい、誰がやったと思ってるんだ？」

森巣が得意そうに、片頬を吊り上げた。小此木さんに「腹黒八方美人」と言われていたが、僕ら以外の前では好青年を演じている。コミュニケーション能力お化けみたいな森巣が、警察相手に無邪気な目撃者としてやり取りする姿は容易に想像できた。

「森巣は警察が来ているか調べるために、事務所に行ったのか」

その通り、と森巣がうなずく。

遊園地側は、誘拐されている子と同じ名前の迷子がいると知り、騒ぎにするのもまずいが、無視するのもよくないと悩んだ結果、あの中途半端なアナウンスをしたのかもしれない。それか、誘拐されている「れいな」が犯人から逃げている可能性もあると考え、警察が探るつもりでアナウンスを許した、ということもありえる。

「ちょっと待って。わかんなくなってきた。依頼文を送ってきたのって誰？」

暗号めいた書き込みを送ってきたのは、依頼人だ。子供の誘拐事件ならば、被害者は「れいな」で、家族が依頼人だろう。違うのか？

「園内に警察がいたってことは、被害者家族は通報している。警察に頼んだ奴が、素性もわからないネットの探偵を頼るわけがないだろう。人命がかかっているからな。だが、依頼人は誘拐事件が起こっていることと、取引があることを知っている」

固唾を飲み、答えを待つ。

「つまり、依頼人は誘拐されてる被害者だ」

まさか！　と反射的に思ったが、考えてみれば、可能性がないわけではない。

捕まり、暗いところに押し込められる前、隙を見つけて指を震わせながらスマートフォンを操作し、祈りながら依頼文を打ち込む姿を想像してしまい、胸が苦しくなる。

でも、なんであんな暗号めいた依頼文にしたのだろうか。

「良ちゃんの言うことはわかるけど、おかしくない？　被害者はどうして警察に通報しないで依頼してきたわけ？」

「さあな、俺たちのファンなんじゃないか？」

「真面目に言ってる？」

「半分は冗談で、半分は本気だ。何を考えてるのかまではわからん。気になるなら、助けるついでに本人から聞いてみろ」

助ける、肩にずしんと責任感を覚える言葉だった。

誘拐され、どれほど心細い思いをしているだろう。助けは来るのか、自分はどうなってしまうのかと不安に押し潰されそうになっているのではないか。だとしたら、今すぐにでも手を差し伸べ、解放してあげたい。

顔を引き締め、姿勢を正す。

「でもさ、十五時にこの遊園地で取引があるってわかっただけじゃ何もできないんじゃない？　ディズニーと比較しちゃあれだけど、ここもまあまあ広いよ？」

「屋内のアトラクションだっていくつもありますしね。ある程度ポイントを絞って三人がそれぞれ見張らないと」

僕がそう言ったところで、小此木さんが何かに気づいた顔をした。

「わかった！　推理要員じゃなくて、見張りの頭数でわたしを呼んだんでしょ！」

まさかと思ったが、笑い飛ばすことはできなかった。僕だけではなく、珍しく小此木さんを呼んだのはそういうことかと合点が行く。

森巣が不思議そうに目をしばたたかせている。

「知らずに来たのか？」

「助けてほしいって言うから来たのに」

「そんなこと一言も言ってないだろ」

「平くん、どう思う？」「こういうところですよ」

森巣が不本意そうにしているが、今は彼に物事の正しい頼み方を教えている場合ではない。いちいち目くじらを立てていたら、付き合いきれない。ある程度は目をつぶってやるのが、彼と付き合うコツだと学んだ。

だけど、いつかちゃんと物事の順序や、人の気持ちを徹底的に教えてやる。

「お前たちは頭数ではあるが、闇雲に張り込みをするわけじゃない。取引に関してヒントは出ているからな」

「ヒント？」

「二重丸だよ」

依頼文の最後に、確かにその記号はあった。が、だからなんだというのか。またまた説明不足だと眉をひそめていたら、森巣は「これを見れば、いい加減わかるだろ」とスマートフォンの画面を向けてきた。

自分の口から、嘆息が洩れる。どうして僕は先に気づけなかったのか。

画面の中には、僕らが乗っているこの巨大な観覧車が写っている。

それはまるで、巨大な◎だった。

6

十五時に、観覧車で誘拐の取引が行われる。

そこまではわかったが、誘拐事件の取引の流れとはどんなものだろうか。

「人質を返してほしければ金を渡せ」と言われただけでは、被害者家族も素直に応じられない。身代金と人質の交換、それをこの観覧車を使ってどう行うつもりなのか。

全て（すべ）をわかっているような話し方をしていたくせに、それについて質問してみると、森巣は初めて渋（しぶ）い顔をした。「あ、わかってないんだ？」と小此木さんが声を弾ませる。

「考えはあるが、確信じゃない。そもそも、誘拐なんてハイリスクなことをするのも理解できない。警察に通報されたら失敗で、そうなると人質が邪魔になるだけだ」

「森巣、こういうのはどうかな。犯人は受け渡しをするから、身代金を用意して十五時に観覧車に乗れと被害者家族に指示する。家族が列に並んだら、そっと犯人は後ろに並ぶんだ。話しかけて身代金を受け取って、人質と家族を観覧車に乗せる。観覧車に乗っちゃったら地上に戻るまで犯人を追えない。その間に犯人は逃げる」

これだったら、と思ったのだが、二人の反応は薄かった。

「ないな」「無理ね」

「どうして」即座に否定され、むっとする。

「人質を連れている時に『痴漢だ』とでも騒がれたら、どうなる？」

「そりゃ多分、みんなで捕まえようと……」口にしてから、考えが甘かったなと省みる。

「そうなるだろうな。その状況で人質を連れて逃げることは難しい。計画は失敗だ」

納得し、身を引いた。

「俺の考えはこうだ。十五時、被害者家族に金を持たせて観覧車に乗せる。犯人はそれを確認してから電話をかけ、観覧車から見下ろせる場所に人質と姿を現す。安否確認をさせたら、金をどこかに隠すように指示し、後でそれを回収して人質を解放する」

「へえ」「ほう」

一応、不可能ではなさそうじゃないか。でも、森巣はまだ浮かない様子だった。

「だが、この方法だと問題が三つある。一つ目は、やはりこの取引は警察に通報されていないという条件じゃないと成功しない」

「警察はいるんでしょ?」

「いたな。俺が会ったのは三人だったが、園内にはもう少しいるだろう」

「少ないね。百人くらいで張り込んで、犯人を見つけたら確保するもんじゃないの?」

「考えにくいな。優先すべきは、人質の安全だ。ここで取り押さえるよりも、犯人の顔を見てひたすら尾行、家を突き止めるというのが妥当だ。ここにいる捜査員は、十から二十ってところだろうな」

警察がいるって犯人にバレたら、事態が悪くなりそうだからか。本当に取引されることになったら警察に任せた方が賢明だろう。

「問題の二つ目は、さっき言ったが安否確認をしている時に『痴漢だ』とか『助けて』と人質に騒がれるかもしれないということだ」

「それも致命的じゃないか」

「だが、何か黙らせておく弱みを握っておけば可能かもしれない。もしくは、人の声が届かない場所にいるか」

「なるほど。じゃあ、最後の問題は？」

「これは俺たちにとっての問題だが、誰が観覧車に乗っている時に、どこで犯人たちを探せばいいのかわからない。人質、つまり依頼人の顔を俺しか知らないからな」

「それも致命的ね」と小此木さんが肩を落とす。

僕らも写真を確認できたらいいのだが。僕と小此木さんが管理事務所に「れいなという迷子を見た」と言いに行ったら、遊園地側や警察に余計な心配をさせるかもしれないし、怪しい奴らだと僕らがマークされ、人員を割かれてしまうかもしれない。警察の邪魔をするのは避けたい。

警察が来ているのなら少し安心できる。少なくとも彼らは依頼人の顔を見ればわかるからだ。犯人の見当もついていて、張り込みをしている可能性もある。僕らが何かをしなくても解決されるのならば、それはそれで問題ない。

だけど、と思い直す。

れいなという依頼人が僕らを頼ってくれたのなら、全力を尽くしたい。

それに、森巣が誘拐事件を解決したという実績はあるにこしたことはない。鳥飼さんと鶴乃井さんに対して、実はこういう人の役に立つこともしていたんですよ、だから森巣の処遇を検討してもらえませんか、という交渉材料になる。

なんだか、自分が人助けではなく、ひどく打算的なことに思いを巡らせている気がしてきた。人の不幸を利用するようで後ろめたい。違うんだ、目的が重なるだけだ。それに、少しずるくても、僕だって森巣を探偵にするために知恵を絞らなければならない。

そう自分に言い聞かせてから、かぶりを振る。

今は、人質救出に集中するべきだ。目を閉じて、瞼の上を揉む。

しばらく各々が思案するような沈黙が続く。

そんな中、「そうだ、忘れる前に」小此木さんが鞄を開けた。

「これは平くんに」

受け取ると、それはCDだった。ビートルズの『ヘルプ！』で、メンバー四人が青色の雨合羽のようなものを着て、それぞれが時計の針を示すように両手を伸ばしている。ビートルズはたまに聴いているが、このCDは持っていない。

「イギリスのお土産。本場のだよ」

日本でも売ってますけどと思いつつも、その言い方がおかしくて素直に礼を言った。森巣が身を乗り出してCDを覗き込む。

「NUJVだな」

「HELPだよ。前にビートルズ貸したことあるだろ」

そう訂正すると、森巣は僕を一瞥してからメンバーを一人ずつ指差した。

「NUJV、これは手旗信号だ」

「あ、そうだったの？」言われて見れば、そう見える。森巣が手旗信号を知っていることに、もう驚いたりはしない。どうせモールス信号だって知っているのだろう。

「で、良ちゃんにはこれ」

　小此木さんの声に、どこか悪戯心めいた気配を感じたので目をやると、差し出されていたのは鹿撃ち帽だった。ロンドンのかの有名な探偵が被っている、あれだ。森巣を見ると、嫌な虫でも見つけたみたいな顔をして固まっていた。

「せっかく、買ってきたんだから」「いらない」

「役に立つかもしれないよ？」「あるわけない」

　嫌がることがわかって買ってきたなと思いつつ、仲の良い姉弟がじゃれるような光景を見るのは、なんだか愉快だった。高校の美術室でもこうして三人で話をし、一年経った今もこうして三人での付き合いは続いている。二人に大きなトラブルはなく、笑顔を見せている。集まり、事件の謎に挑み、思考を交わす、この日常を僕は気に入っていた。

　このまま時間が止まればいいのに。

　ゴンドラが下降し、外の景色が変わっていることに気がついた。目をやると、空が遠くなっていた。外から聞こえる音も大きくなっている。観覧車は下降するし、時間は流れるんだと思い知らされて、一抹の寂しさを覚える。

前を向くと、向かいに建つホテルで動くものが目に入った。凝視すると、人が窓辺に立ち、左手を大きく振っていた。腕ごと使った大きな動きで、はしゃいでいるのが伝わってくる。宿泊中の観光客だろう。見られていることに居心地の悪さを覚えつつも、無視することもないかと手を振り返す。

「どうした？」

「いや、ホテルで手を振ってる人がいたから」

「集中しろよ」

君だって集中してなかったじゃないか、という不満を飲み込む。土産物のやり取りを終わらせたかったのだろう。

その後、ここから犯人と人質を発見しやすそうな場所がないかと見回したが、あっという間にゴンドラは地上に戻ってしまった。

係員が扉を開けてくれたので、いそいそと外に出る。映画を観終わった後のような、現実に戻ってきたことへの妙な浮遊感があり、みなが無口になった。

妙なばつの悪さを覚えながら歩いていたら、森巣がぴたりと足を止めた。目をやると、森巣の前には大きな棚があり、現像された写真が並んでいる。

「あ、記念に買ってこうよ」小此木さんが頰を緩める。

観覧車に乗る前に、ゴンドラを背景に記念撮影をしてもらった。すっかり忘れていたが、その写真販売をしているようだった。棚には三段、それぞれに十枚ずつくらい並んでいて、上段の隅に僕らのものがある。

中央に立つ小此木さんが僕らの肩に手を回し、にっかりと笑っている。森巣は鹿爪らしい顔をし、僕は下手くそな笑顔を頑張って作っていた。こうやって見ると三人とも、まだ大人にはなりきれていない顔をしている。記念に一枚ほしいな、と思っていたら森巣も手を伸ばしていた。

写真を手に取り、目を見張っている。

「それは僕らじゃないぞ」

写っているのは、ショートカットの女の子だった。グレーのニットを着ていて、眼鏡をかけている。記念写真なのに笑顔を浮かべず、何かを試すような真剣な表情でこちらを見ている。

誰？　と僕らが視線を向けると、森巣は神妙な顔をして、ゆっくり声を発した。

「さっき警察から写真を見せられた。れいな、俺たちの依頼人だ」

7

誘拐事件の人質が、観覧車の記念撮影をしていた。傾げた首の角度が深くなる。

「すいませーん」

森巣が陽気な口調で声をかけると、スタッフジャンパーを着た男性が「ご注文ですか？」と近づいて来た。

「あの、この写真っていつ頃撮ったものかわかります？　写ってるの友達の妹なんですけど、連絡がつかなくて困ってたんですよ。先に来てたのかな」

人にものを訊ねる時、森巣は頼りになる。相手によって表情や声色を使い分け、すっと懐に入り込み、呼吸をするように嘘をついて情報を引き出す。側から見ていると、探偵ではなくペテン師としてもやっていけるのではないかと思えるほどだ。

「あー、この写真は多分、十一時過ぎのやつですね」

「げ、そんなに前ですか？」

観覧車に乗り込んだのが一時過ぎだから、約二時間前か。

「もしかして、結構怒ってました？」

「いやあ、怒ってはないと思いますけど、『この写真、いつまで置いてますか？』って気にしてましたね。今日中ならずっと置いてるって伝えたら、『後で買いにくるんで置いといてください』って。娘さんと帰っちゃいましたよ」

「娘さん？」

「ええ、お母さんがそう言ってました」

突然放り込まれた言葉に、胸がざわつく。そいつが犯人だ。慌てて僕も訊ねる。

「お母さんと一緒だったんですか？　その人の身長とか、服装とか覚えてませんか？」

「身長？」

係員の顔つきが変わった。怪訝そうに目を細め、本当に知り合いなのか、何かトラブルの種なんじゃないか、と疑ってきている。失態を悟り、じんわりと額に汗が浮かんだ。挽回しなければと口を開きかけたところで、ぐいっと、後ろから襟首をつかまれた。

人当たりのいい顔を崩していないが、森巣の目だけは笑っていない。圧を感じ、思わず身がすくんだ。

「すいません、こいつ好きな子の母親に会うから緊張してて」

森巣がそう告げて、僕らは逃げるようにその場を離れた。建物の中に移り、エスカレーターの横で立ち止まる。静かで人目がなく、ほっとする。おそるおそる確認すると、森巣は憮然とした面持ちで、口をへの字に曲げていた。

「勝手に質問して悪かったよ。気になって、思わず」

「人には向き不向きがあるが、平は、ちょっとだけ聞き込みには向いてないな」

ちょっとだけ、の部分を強調して言われ、肩を落とす。調査中、森巣のように上手くいかず、空回りすることはよくあった。が、今回は我ながらひどかったと反省する。結果を出さなければと焦り、失敗した。後悔が渦を巻く。

「本当にごめん……これからどうする?」

「人を妙なことに巻き込みやがって。説教してやる」

「でも、わかったこともあるからいいじゃん」

小此木さんが場を明るくするように、手を叩いた。確かに、わかったこともある。観覧車での取引方法についてだ。

「だな。十五時に被害者家族が観覧車に乗りこみ、降りたところであの写真を発見する。元気な姿を見て、金を指示された場所に隠すか、何か取引をするんだろう。仮想通貨の振り込みとかだと厄介だが、そこまで気の利く人間が誘拐なんてするとは思えないな」

冷静な口調だが、声からはじりじりとした焦りを感じた。森巣は手すりを指先でこつこつと叩き、自分の世界に閉じこもるように押し黙った。

小此木さんと顔を見合わせ、目配せをされたのでうなずく。

「平くんと飲み物買いに行ってくるね」

森巣は無反応だった。僕らはそっと移動する。

汚名返上できるだろうか。いや、僕はもう大人しくしていたほうがいいな、と気持ちが沈む。役に立っていないと自覚しても、挽回の仕方がわからない。下りのエスカレーターに乗ると、小此木さんが腕組みをして大袈裟(おおげさ)に首を振った。

「良ちゃんは、相変わらずだねえ。わがままっていうか自分勝手っていうか」

あえて僕の失態には触れず、いつもの調子で話しかけてくれた。そのことに申し訳なさとありがたさを感じながら、「それに自己中だしエゴイストです」と軽口で返す。

「それにしても、平くんはよくやってるね。付き合いきれない時もあるでしょ。呼び出したくせに圧倒的説明不足だしね」

「今日はまだマシですよ。この前はファミレスで、今から三時間、店に入ってくる人の顔を全員覚えてくれとか気軽に言われましたからね」

僕は人よりもよく気がつくらしい。森巣にはその観察する力を買われ、一緒に事件の調査をするようになったが、事件を解決するのはいつも彼だ。

僕は役に立てているのだろうか。今日だって僕なんかよりも小此木さんのほうが察しがよく、森巣の考えに追いついているように見えた。

「おや、デートかい？」

背後から聞いたことのある声がした。おそるおそる、振り返る。

そこには、チェック柄のコートを身に纏い、穏やかに微笑んでいる鶴乃井さんがいた。

小此木さんと鶴乃井さんは、初対面になる。紹介したほうがいいだろうかと二人の間で目を泳がせていたら、鶴乃井さんが何かを察した様子で右手で「ごめん」とポーズを取った。

「つい声をかけちゃった。邪魔しちゃったよね」

立ち去ろうとしたので、「違います違います」と声をかける。

「鶴乃井さんのほうこそ、どうしたんですか」

「なんで?」

なんで、とは?

「こんにちはでもなく、奇遇ですねでもなく、『どうしたんですか』って訊いてくるんだな、と思って。まるで、何かあったと思っているみたいな言い方だったからさ」

しまった、また失言をした。内心で舌を打つ。鶴乃井さんは僕を観察するような目をしていたが、すぐに、「ああ」と洩らして、苦笑した。

「言い辛いよね、ごめんごめん。クリスマスイブに男一人で遊園地をうろついてたら、そりゃ気になるか」

その時、「おい!」と背後から声がした。

びっくりして振り返ると、森巣が慌てた様子でこちらに向かって走って来た。鶴乃井さんがいることに気づき、険しい顔つきを解いて人当たりの良い笑顔を浮かべた。

「こんなところで、どうしたんですか? まさか、クリスマスイブに一人で遊園地に遊びに来たってことはないですよね?」

大胆にも煽るように森巣が告げると、鶴乃井さんは頬を緩めた。

「君たちは面白いね。でも、早く逃げたほうがいいよ。実は事件が起きてるんだ」

事件という言葉に、緊張が走る。十中八九、誘拐事件のことだろう。

「爆弾がどかんってことはないんだけど、君たちにとっては危険だと思うよ。鳥飼も来てるからね」

鶴乃井さんがそう言うと、かつ、かつ、かつ、と革靴が階段を踏む音が聞こえた。

「平、霞」

「何」「何」

「逃げるぞ」

8

急いで取引現場となる遊園地を出た。森巣を先頭に、人の流れに逆らいながらずいずいと歩道を進んでいく。

「ちょっと、どうしてわたしたちが逃げなきゃいけないの？」

事情を知らない小此木さんが、口を尖らせる。

「僕たちが何かをしてるんじゃないかと疑ってる刑事が来てるみたいなんですよ。もしあの人に見つかったら、調査してることが絶対にバレます」

だけでは済まない。どうして誘拐事件を知っているのか、何をするつもりなのか、いい機会だから隠し事を教えてくれよ、と地獄の取り調べを受けることになる。

もう、あの取調室に入るのだけはごめんだ。

「二人の事情はわかったけどさ、きついね。現場にいられないのは」

「警察が来てるんだ。遊園地は奴らに任せよう。俺たちは依頼人に会いに行くぞ」

「まるで居場所がわかっているみたいな口ぶりじゃないか」

軽口を返したつもりだったが、森巣は笑い返すことなく、前方を指さした。

「あれを見ろ」

そこにあるのは、特徴的な形をした大きな建造物だった。ヨットの帆を模した外観で、横浜名所としてランドマークタワーと共に思い描かれるくらい、有名なホテルだ。

だが、それが一体なんなのか。

「平の力が必要だ。お前はヒントを見ているかもしれない。この動きに見覚えはないか？」

そう言うと、森巣は両腕を動かした。

右手を水平にピンと伸ばすと、左手を十時の方角に構えた。

そしてすぐに左手だけを四時の方角と十時の方角へ、行ったりきたりさせる。どこか機械的な腕の振り方だ。突然どうしたのかと訝ってから、思い出した。

「見た」

あのホテルの部屋の窓辺に立ち、同じように手を振っている人を、確かに僕は見た。興奮を覚えながら、力強く答える。

「まさに、その動きだったと思う」

「霞の土産も役に立つな」

「手旗信号！」小此木さんが声をあげる。

言われ、僕もはっとする。森巣は、小此木さんからもらった『ヘルプ！』のCDジャケットから連想したのだろう。

「これは、S・O・Sの動きだ」

森巣が口にしながら、ポーズを変えていく。

観光客が大きく腕を振っていたわけではなかったようだ。そんなのわかるわけがない、とも思うし、僕が手旗信号について知っていたらもっと早く役に立てたのに、と悔しくなる。

「それで平、お前が見たのはどの部屋だ？」

何を言われたのかわからず、「え？」と訊ね返す。

「どの部屋の窓から手を振ってたんだ？　早く教えてくれ」

「そんな」森巣は僕の観察力を評価しているようだが、別に瞬間記憶能力があるわけではない。買い被りだ。

「平くん、よく見て」

小此木さんにまで期待の眼差し(まなざし)を向けられ、たじろいでしまう。二人からのプレッシャーを感じながら、目を強く瞑り(つぶり)、記憶を掘り起こす。

記憶とエピソードの連動だ。観覧車の中を思い描き、二人が帽子を押し付けあっている光景と、その向こう側に見えるホテル、機械的に振られる手の動きが瞼の裏に蘇る(よみがえる)。

「どこだ?」「どの部屋だった?」

「まだか?」「ゆっくりでいいからね」

「今、思い出すから!」

信じて少し静かに待っていてほしい。


ホテルへの侵入は簡単だった。誰かに呼び止められ、「どうしてこんなところにいるのか」であるとか「宿泊中の方ですか?」と確認されるのではないかと緊張したが、誰も僕らのことを気に留めている様子はなかった。森巣と小此木さんが、自分たちがいることが当然であるかのように、堂々と歩いているせいかもしれない。

カーペット地の柔らかい床を移動し、エレベーターに乗り、部屋に帰るだけですよという顔をして僕らは目当ての部屋を探した。

客室フロアを下から数えて二番目、左から数えて四番目の部屋だ。頭の中では、確かにそこだったが、だんだん自信がなくなってくる。違ったらどうしようか、ということばかり考えてしまう。

廊下を移動しながら、小此木さんが「そういえば」と声を発した。

「これからどうするつもりなの？」

「人質がいるか確かめて、場合によっては匿名で通報だな。首を突っ込んだ以上、鳥飼が俺たちを疑わないように差し出そう。ちょっと待っていろ」

コートを脱いで僕に押し付けると、そばにあった『ＳＴＡＦＦ　ＯＮＬＹ』と書かれたドアを躊躇(ちゅうちょ)なく開けた。

止める間もなかった。大胆不敵というか、一緒にいるだけで肝が冷えてしまう。慌てて扉の前に立ち、見張る。何をする気か知らないが早くしてくれと念じていると、すぐに扉が開いた。

「よし、行くぞ」

森巣がシックなワインレッドの制服と制帽を身に纏っている。小此木さんが呆れた顔をしていた。

「今日はまだマシですよ」

平然とした顔つきで廊下を進む森巣の後を追い、奥から四番目の部屋の前に到着した。このドアの向こうに、依頼人が、そして犯人がいるのかと思うと、鼓動が速くなる。

「平と霞は、申し訳なさそうに立っていろ」

どんなだよ、と口にする瞬間、森巣がインターホンを押した。軽やかな音がなり、慌てて僕と小此木さんは俯いて待機する。

しばらくの後、

『はい、なんですか？』

と扉の向こうから女性の声がした。若い声だ。

「お休みのところ、突然申し訳ございません。こちらのお客様たちが、お部屋に忘れ物をされたとのことでして。航空券のチケットなのですが、フライトまでお時間がないようなんです。あまりお時間はいただきませんので、中を確認させていただきたいのですが」

『今からですか？』

「もしご都合が悪ければ三十分後に改めてお伺いしますが、いかがでしょうか？」

やり方が上手い。選択肢を与えているようで、どっちにしろ確認すると迫っている。

逡巡するような間を置いて、ドアが開かれる。ドアガード越しに、女性の顔が見えた。刺すような視線を向けられ、反射的に「ご迷惑をおかけします」と頭を下げる。

ドアが閉められる。

僕の挙動を怪しまれ、二度と顔を見せてくれないのではないか。僕はまた失敗したのではないかと不安に襲われる。

が、意外なことに、すぐにドアは開かれた。

少女が立っている。

大人びたグレーのニットを着ているが、顔はあどけない。縁なしの眼鏡は、子供が背伸びをしているように見える。怪訝な顔つきで僕らのことを窺っていた。

写真の少女、つまり人質であり、依頼人がそこにいた。

「お邪魔します」挨拶をし、まずは中に入る。

進みながら、室内を素早く確認する。ツインベッドが並び、片方には脱いだスウェットが乱雑に置かれていた。サイズからして、大人のものだ。ベッドの脇には青いキャリー付きバッグが一つ転がっている。人がいた気配はあるが、少女以外の誰もいない。

目配せをすると、森巣は小さくうなずいた。

「俺を呼んだのはお前か？」

高慢な物言いをしながら、森巣はホテルの制服と制帽を脱ぎ、それを椅子に掛けた。

「あなたがそうなの？　証拠は？」

「証拠？」

「探偵だっていう証拠」

そうは言われても、何を見せればいいのか。何かないかと、ポケットの中を漁りそうになる。

すると、小此木さんがバッグを開けて、中から何かを取り出した。

鹿撃ち帽が、さっと森巣の頭に被せられる。

「これ証拠。どう？」

森巣が名探偵じみた帽子を被っているのがおかしくて、思わず噴き出してしまう。

鬼のような形相で森巣が僕らを睨んできたが、反して少女は小さくうなずいた。

どうやら納得してもらえたらしい。

9

誘拐をされた依頼人は、縄で縛られ、さるぐつわをされ、乱雑に狭い場所に押し込められていた。ということはなく、一人でホテルの部屋にいた。

手荒なことをされていないようでほっとしつつ、違和感を覚えた。

が、よく考えてみたら、彼女が手旗信号を送っていたのも不思議なことだ。

「試してごめんなさい。来てくれるってわかっていたので、ずっと待ってました」

少女は怯えた様子もなく、そして感動した風でもない。せっかく駆け付けたのに、出前が注文通りに来たくらいの反応だ。中学生くらいに見えるが、どこか食えない印象を抱く。

小此木さんが屈み、少女に「大丈夫？　怖くなかった？」と案ずる声をかけるが、少女の返事は「別に」だった。

「手旗信号なんてどこで覚えたんだ？」

「子供の頃に、おじいちゃんから」

「今も子供に見えるがな」

森巣が言い返すと、少女は不服そうな顔をした。森巣に対して怒りたくなるのは、年齢に関係ないらしい。

「メッセージを読んだぞ。お前は誘拐されてるんだな？」

少女は僕らを交互に見てから、こくりとうなずいた。

「犯人は何人だ？　どこにいる？」

「一人。警察がいないか調べてくるって。だから今はいない」

「警察なら遊園地にいたぞ」

「だと思った」少女が肩をすくめる。が、それもただのポーズで、感情が見受けられない。

「あのさ、君にいくつか聞きたいことがあるんだけど。君は誘拐されてるんだよね？　で、犯人はいない。なのに、どうして逃げないの？」

「逃げたくないから」

すぱっと返事をされ、困惑する。

なんとなく逃げないわけじゃないということは、彼女の目を見ればわかった。強い意志を感じさせる、そういう目をしている。だけど、理解はできない。

じっと少女を見つめ、彼女が逃げない理由について考えを巡らせる。

誘拐されたがスマートフォンは使用できたし、警察に通報をしていない。そして逃げ出す気持ちもない。そのことから、一つの結論が頭を掠めた。

「狂言誘拐」

言葉にすることで、曖昧なものに名前をつけてしまったようだった。だが、それ以外は考えられない。

聞こえたのか、少女が険しい顔をして、僕を見つめてくる。顔色は悪くないし、髪にも艶があった。お風呂にも入っているのだろう。テーブルの上には飲みかけのペットボトルのお茶がある。彼女のために用意されたものに違いない。

視線を走らせる。テレビの横の鏡台には、化粧品のポーチや化粧水が置かれていた。隅にあるゴミ箱には、コンビニ弁当の容器や菓子パンのゴミ袋が入っていた。食事もとっているようだ。

「こっちには誰もいないよ」バスルームに移動していた小此木さんの声が飛んでくる。

年齢はわからないが、犯人は女性一人で、少女には風呂を用意し、食事もちゃんととらせているし、ベッドも一つ使わせている。丁重に、とまでは思わないけど、乱暴な目にあっている様子ではない。

「森巣、間違いない」そう口にしてから、少女の座るテーブルの脇に置かれた手錠が目に入った。

瞬間、自分の考えを改める。

「いや、違うか。狂言誘拐だったら、手錠は必要ない。誘拐はされていたんだね」

「ああ。だが、事情が変わったんだろうな。犯人と取引をしたか、同情して協力することにしたか」

「協力してるわけじゃない」

少女が目を強張(こわば)らせ、語気を荒くした。少女の感情が浮上してきたことに僕は驚いたが、森巣はだろうな、と言わんばかりにうなずいた。

「わかってる。協力しているふりをして、お前がしたかったことは、一つ」

森巣がもったいぶるように、一拍置き、少女を見据える。

これから口にすることが絶対だという、揺るぎない自信を持った顔つきをしていた。

「この誘拐を失敗させたい、そうだな?」

聞き間違いかと思った。

どういうことかと眉をひそめる。

「いや、失敗させたいなら警察に通報をすればいいだけだろ。僕らにメッセージを送ってくるタイミングでも、犯人がいない今でもいい。自由に動けるんだから、失敗させるなんて簡単なはずだよ」

「警察じゃ都合が悪いんだろ。これは霞の指輪と同じことが狙いだ」

言葉を咀嚼する。小此木さんは指輪をつけて、嘘だけど恋人がいるアピールをしていた。頭の中で、男避けと誘拐が上手く繋がらない。

「指輪の目的は、傷つけたくはないが告白をしても失敗すると教えることだろ？」

「まあ、そうだけど」

「それと同じだ。深手を負わせないために、やめておけと伝えたかったんだ。逮捕させたくないが、失敗すると教えて取引を中止させたい。俺たちがここに来て、犯人に無理だと思い知らせることが、目的なんだ」

驚きのあまり、言葉を失った。

だけど確かに、筋は通る。推理が走り抜ける道が出来上がっている。

僕らは少女を救出に来たと思っていたが、彼女の目的のために誘き出されたということになる。助けるために走っていたつもりが迷い込み、自分がどこを走っているのか、わからなくなってきた。

僕たちは困っている依頼人を助けに来たんだよな？　違うのか？

答え合わせをするように、視線を移す。

「すごい。その通り」

少女は目を見張り、初めて見せる顔をした。

計画通りにことが運んだという感動よりも、自分の考えを理解してくれる人に初めて出会った子供のような顔だ。いや、実際そうなのかもしれない。だけど、僕はまだ二人の話していることに理解が追いついていない。

「さっきから、あなたたちが何を言ってるのか、よくわからないんだけど。順序立てて話してくれない？」

小此木さんが腰に手を当て、説明を求む、と森巣と少女の顔を交互に見る。少女は、やっと僕らに気を許してくれたようで、訥々と話を始めた。

「お母さん、詐欺師なの。わたしが占いをして、お母さんたちが商売をしてる」

少女の幼い声で「詐欺」の話を聞くのは、変な感じがした。どこか、ままごとじみてもいる。だけど、少女の顔が青白く思いつめた表情になっていき、だんだんその深刻さを把握していった。

「霊感商法か」

森巣がぽつりとつぶやくと、少女が小さくうなずいた。占って、不安を煽り、先祖の霊がとか開運がとか言って、ものを売りつける、あれか。

「でも、霊感商法なら、クーリングオフとかできるんじゃないのか？」

「ものによるな。使ったら返品できない消耗品もある。例えば食べたものは返せないだろ。犯人は大方、身内がその被害者で莫大な金を使っていたのを後から知って、それを取り返そうとしてる、そんなところだろ」

被害者と加害者が入り交じっている。どうすれば解決できる？　誰にどう立ち向かえばいいのかわからず、戸惑う。

「自分たちが何をしてるのかは、ちゃんとわかってた。でも、わたしには止められないってことも、わかってたから」

唇が震え、口調が弱々しくなり、涙声に変わった。彼女の中でつかえていた悲しみや後悔が、部屋の中に溢れ出てくるようだった。伝わってくる黒々とした罪悪感は、簡単に洗い流すことはできないだろう。

これは白だ、これは黒だ、黒だったから悪い、白だったから清く正しい、と簡単に判別なんてできない。彼女はまだ子供で、弱かったから利用され、悪事を働いた。

だけど、後悔し、反省し、なんとかしようとしている彼女に手を差し伸べたい。

僕は、困っている人に手を貸し、助けになりたい。僕自身が弱いので、味方になりたいという気持ちもあるし、僕は人の強さとは優しさだと考えている。

僕は、強くなりたい。優しくなりたい。だから、事件を解決したい。

小此木さんが少女に歩み寄り、しゃがんでそっと優しく手を取った。そのことにびっくりしつつも、少女は唇を嚙んで何かを堪える顔をする。辛かったね、彼女は誰かにそう言ってもらいたかったのかもしれない。嗚咽を洩らす少女を見ていたら、胸が締め付けられるように痛んだ。

「森巣、どう思う？」

「誘拐なんて馬鹿のすることだが、人質を不用心に放置するなんて、ますます馬鹿だな。素質がない」

「それよりも、あの子のことだよ」

泣いている少女のためにできることはなんだろうか。森巣も謎は解けたというのに、なんだか釈然としない面持ちをしている。

その時、扉が開く音がした。

10

大人の女性が室内に入って来て、僕らを見て固まっていた。もこもことしたダウンジャケットを着た、小柄で猫背の女性だった。頰がこけ、顔色が悪いせいか、少し老けて見える。

物騒な気配がなかったからか、彼女のことをすぐに犯人だとは思えなかった。

「誰？　何してるの？」

胡乱な目つきと不安そうな声色に後ろめたさを覚え、返事に詰まる。

「探偵だ。取引の邪魔をしに来た」

森巣が物怖じせずに答えた。その言葉は犯人だけにではなく、僕らにも言い聞かせているようだった。少女を助けるぞと鼓舞される。

「探偵？」女性が不思議そうにつぶやく。初めて耳にした動物の名前を唱えるような口調だった。

「この子を誘拐してるんだろ？　計画は失敗だ」

女性の顔に影が落ちた。探偵にリアリティがなくとも、見ず知らずの人間が隠れている場所にやって来たのなら、「失敗」の意味はわかるだろう。

しばらく時間をかけてから、女性は「ねえ」と口を開いた。

「梅原に頼まれたの？　娘を助けてくれって」

「そうだな、梅原に頼まれた」森巣がうなずく。息をするように嘘をついたな、と一瞥したが、親が梅原なら、子も梅原ということかもしれない。

「見逃してもらえませんか？」

女性が辛そうに顔を歪め、「お願いします」と絞り出すような声で懇願してくる。

少女から聞いた境遇や、瘦せ細った顔つきを見ていたら、彼女に同情できないわけではない。経済的に切羽詰まっての行動だという予想もできる。どうすれば丸く収めることができるだろうか、と考えてしまう。

が、森巣は頑として首を縦に振らなかった。

「無駄だ。警察が来ているか確認に行ったならわかるだろ」

「それなら大丈夫です。朝からあちこち移動させて、さっき遊園地に来させました。ちゃんと指示通りに一人で。だから――」

その言葉を聞き、森巣が心底うんざりした顔をし、大仰な溜め息を吐き出した。

「それすらもわからないお前が、誘拐なんてできるわけがない。諦めろ」

真実を冷たく言い放たれ、女性の顔色が変わる。落胆や諦念というよりも、自分の能力不足を指摘されたことにより、恥ややるせない怒りに彼女自身も戸惑っているように見えた。自分ばかりがどうしてこんな目に遭うのか、挽回しなくてはという気負いは、往々にして視界を曇らせる。

これで少女は満足だろうか。気になって振り返る。小此木さんに抱き寄せられ、ぎゅっと唇を結んでいる。その時、僕はこの場に一番場違いなのは彼女だなと思った。子供が大人の都合で巻き込まれ、こんなところにいるべきではない。

そう思った時、小此木さんがかっと目を剝いた。

「平くん後ろ！」

そう叫ぶのが聞こえ、首を捻ると、僕に向かって腕が伸びてきていた。手には黒い筒状の何かが握られている。スタンガンか催涙スプレーか、と頭の中で過る。

身の危険だという信号は、頭から体へ駆け抜けた。反射的に体が動く。体を回転させ、振り返る。それに合わせて、自分の右腕を伸びてきた相手の腕に絡ませた。すぐさま脇を閉じて腕を挟み込む。左手で、相手の肘関節を思いっきり下に押し込んだ。

たったそれだけの動きだが、女性は痛みに悲鳴をあげ、床に這いつくばった。手に持っていたスタンガンが転がる。

屈み、腕を捻り上げながら倒れている背中に膝を乗せる。

「見事だ」

「君に鍛えられてるからね。実践は久々だ。体が動いてよかったよ」

森巣といるとこういう場面に巻き込まれることも少なくはない。意外と武闘派の森巣が暴れる相手を撃退してくれるので、いつも僕は任せて守られていた。それもなんだか申し訳ないので、護身術くらいは覚えたいと気軽に言ったら、しごかれる日々が続いた。

森巣がやって来て、女性の手を背中に回し、手錠をかけた。無機質で、罪を認めさせる冷徹な音が鳴る。

「なんで！　どうして！」

突然、ヒステリックな声が響いた。女性は顔を真っ赤にし、声を荒らげ、唾を飛ばしながら暴れている。鬱憤を発散するかのように、体を動かし床を蹴っていた。

「お金を取り戻したいだけなのよ！　あいつらは人を騙すろくでなしじゃない！」

理不尽な目に遭い、その復讐を試みる、それの何がいけないのかと憎しみのこもった目を向けられる。見逃さない僕らも、人でなしの仲間だと言いたげだった。

「だからなんだ？」

温度を感じさせない、不機嫌そうな声が聞こえた。

森巣が下らないと言わんばかりに眉をひそめ、女性を見下ろしている。

「お前も結局、自分より弱いものを利用してるだろ。未成年を連れ回したお前のことを、俺はこれっぽっちも憐れんじゃいない。言い訳を並べてるが、お前もクズだ。まったく、理解できないことが多くてうんざりする」

少女を思いやっての言葉なのか、虐待を受けて育った自分の過去と照らし合わせての言葉なのか、森巣は侮蔑の表情を浮かべていた。彼の感じている怒りは正解だな、と思った。無茶苦茶なことを言うくせに、彼の中に一本通っている芯のようなものは、いつも正しい。だから僕は、彼を信じることができる。

大人の問題に子供が巻き込まれるべきじゃない。

森巣は憮然とした顔つきのまま、今度は少女に向き直り、厳しい口調で声を発した。

「お前はさっき、母親が詐欺師だって言ったな。お前はどうなんだ？　人から騙した金で飯を食っていたんだろ」

「わたしは」少女が引き結んでいた唇をゆっくり開き、「どうすればいいの？」と縋るように訊ねた。

「それも占ってみたらどうだ？　もしくは自分の頭を使って考えろ」

言葉とは裏腹に、森巣は少女のことをちゃんと子供扱いしつつ、人格のある一人の人間として接しているようにも感じた。それは彼自身が幼い頃から、悪意に立ち向かってきたからなのかもしれない。子供であることに苛立ち、知恵を磨き、体力をつけ、果敢に挑んだ積み重ねがあるのだろう。

「わたしは」少女が、迷いながらも言葉を探している。見守っている自分の、拳を握る力が強くなる。

彼女は、何が正しいのかわかっているはずだ。

正しいと思うことのために立ち向かえるかどうかに、年齢は関係ない。

だとすると、それは今なのではないか。

「わたしは、お母さんを止めたいし、もう、やめにしたい」

勇気を絞り出すような、懸命な声だった。

少女にとって辛かったのは、他人の人生を潰しても平気でいること、そしてそのことを知っても何もできない自分自身の弱さだったのではないか。

そんなことを、子供が考えなくても済むようになればいいのに。そう願いつつ、年長者として自分にできることを考える。母親の改心を促したり、罪を認めさせられたらいいのだが、連絡を取る方法も、伝えるべき内容も思い浮かべることができない。

森巣が少女のそばにゆっくりと移動し、「スマホを貸せ」と右手を差し出した。戸惑っている少女に催促をし、スマートフォンを受け取った。

「ロックのパスコードと、母親の番号は？」

「え？」

「早く教えろ」

少女がゆっくり番号を読み上げ、終わると森巣がスマートフォンを耳に当てた。

「もしもし、こちら誘拐犯だ。要求を変更する。金はやめだ。その代わり、お前がしてきた悪事を認めろ。手始めに、商売について警察に話すんだ。そうすれば、今回は娘を解放する。心を入れ替えなければ、お前はまた娘を苦しめることになるからな。いいか、次はただじゃ済まない」

まくしたてるようにそう告げると、森巣は通話を終わらせ、スマートフォンを少女へ放り投げた。

「遊園地に行ったら、鳥飼という刑事に会え。そして、洗いざらい喋(しゃべ)るんだ。俺たち以外のことをな」

少女の目に、森巣はどう映っただろうか。自分を救った正義の味方なのか、それとも法を犯した悪党なのか。それはわからないが、森巣は他人からどう思われようが気にしないんだろうな、ということは顔を見なくてもわかった。

「調査は以上だ」


重苦しかったホテルを出ると、ひんやりとした空気が肌を包んできて心地良かった。解放感があり、リフレッシュした気分になる。

「電話したの、意外だったよ。放って帰るのかと思った」

「帰ろうかと思ったが」

「思ったんだ」小此木さんが口を挟む。

「でかい観覧車があるだろ？　あれを見る度に、馬鹿な誘拐事件を思い出したくなかっただけだ」

エピソードと記憶の連動、と話していたあれか。

「どうせ思い出すなら、良い思い出にしたいだろ」

あのまま誘拐犯が逮捕されたら、少女も疑われるし、霊感商法についてはうやむやになっただろう。僕もそのことを思い出して、やるせない気持ちにはなりたくない。森巣の言うことはわかる。だけど、気になることもあった。

「良い思い出って何？」

森巣はきょとんとした後、はっとした様子で目を見張った。三人で観覧車に乗ったのが楽しかったのかな？　と追及の目を向ける。わかりやすいほうが悪い。

「景色だ」

森巣はそう言い切ると、背を向けて足早に歩き出した。

お返しができて満足し、小此木さんと視線を交わす。満足そうに目を細めていた。

「しばらく見ないうちに、二人とも変わったね」

「良い意味でですか？　悪い意味でですか？」

「どっちだろうね。息は合ってきたように見えるけど」

足並みはそろってきている、そう評価してもらえてほっとした。

問題はこれから先だ。

彼と歩んでいけるよう、道筋を僕が考えなければ。

ずいずいと進んでいた森巣が、横断歩道で立ち止まり、振り返る。のろまを見るような目つきをこちらに向けていた。ああいう態度さえなければね、とぼやきながら僕らは早歩きで、森巣の隣に並ぶ。

「ねえ、観覧車での勝負忘れてない？　暗号の意味がわかった、わたしたちの勝ちだから」

「馬鹿言うな。俺がヒントを出さなかったら、わからなかっただろ」

森巣は鬱陶しそうに僕たちを一瞥してから、ふんと鼻を鳴らした。

「それより、これからどうする？　本当に帰るのか？」

「当分この店のケーキしか食べたくなくなるような、いい店を知ってる。おごりだから、文句を言うな」

森巣は八重歯を覗かせ、いつもの悪い顔をしている。ポケットから財布を取り出したのを見て、「あ」と声が洩れた。誘拐犯の財布だ。免許証を抜いて脅していたのを見たが、まさか。

「財布を返さなかったのか？」

「迷惑料をガキから取るわけにはいかないだろ？」

信号が青に変わり、森巣が歩き出す。呆れて言葉が出ない。出会ってから一年以上経つが、森巣は良い方向に変わっているのか、やはり疑問だ。

ホテルからの帰り際のことを思い出す。

「わたし、最初は本当に未来がわかって、占いができたんです。でも、それがだんだんできなくなって、それで、お母さんまで変わっちゃって……」

少女は僕らにそう話した。森巣は占いの持つ胡散臭さにうんざりした顔をしていたが、僕は少女が僕らに嘘をつく必要はもうないのにな、と不思議だった。

小此木さんは占いを面白がって、絵画サークルの部員不足を占ってもらい、「ホームページを作れば人が集まるかも」と言われ、僕は森巣の将来を占ってもらうことにした。

「何が『未来がわかった』だ。コールドリーディングだろ。健康になる、恋人ができる、欲しがってる言葉を言えばいいだけだ。あとは、人生で新しい人が関わってくるとか、投資や購入したものでトラブルが起こるとか、誰にでも起こることを言えばいい。変わりたいなら、まずは自分が他の人間と違うんだって思うその自意識を――」

そう言って嫌がる森巣を二人で囃し立て、森巣の手相を見てもらった。

最初は右手だけを差し出していたが、求められて左手も見せた。そこには、幼い頃の家庭内暴力の跡、ナイフで切られた線が横断する形で浮かんでいる。痛々しい、だけど勲章のような、彼が生きた証だ。

「怪物」

少女は、そう口にした。

森巣は傷跡を気味悪がられたと思ったのか、馬鹿にするように鼻で笑って部屋を出た。小此木さんが、なだめるように森巣に続く。

だけど、僕の目には少女の顔つきは全く変わっていないように見えていた。むしろ、真剣そのもので、森巣がいなくなっても遠くを眺めるようなぼうっとした顔をしていた。

「将来、すごく大きくて、恐ろしい怪物になる」

その奇妙な暗い声色を聞いて、違和感を思い出した。

少女はホテルの部屋で、「来てくれるってわかっていた」と言っていた。依頼をしたから来ると信じていただけなのか。僕らが来ると確信していた理由は、未来を知っていたから、なんてことはないだろうか。

「おい、平、行くぞ」

呼ばれ、我に返る。

馬鹿馬鹿しいとかぶりを振り、巨大な観覧車を見上げる。

まるで何事もなかったかのように泰然と回り続ける様にほっとし、信号が点滅する横断歩道を駆け抜けた。

ウィンクと爆弾
Wink and Bomb

1

待ち合わせの時間を三十分過ぎても現れず、連絡のない友人に対して、不満が心配に変わり、心配が疑念に変わった。また僕に黙って何かよからぬことを進めているんじゃないかと考え始めた頃、やっと着信があった。

「もしもし。平、お前は今どこにいる?」

「改札のそばで君を待ってるところだよ」

「お前、よく帰らずに待ってたな」

「そう聞いて、今帰ろうと決めたところだよ」

「ああ帰ったほうがいい。長くなりそうなんだ」そう告げてくる電話の向こうに、森巣以外の気配を感じた。遅刻の理由は時間の勘違いや寝坊ではなさそうだ。

「俺は今、警察にいるんだが――」

ああ、と喉から呻き声が出る。ついに、この日がきてしまったのか。

警察署の狭い会議室に案内されると、口をへの字に曲げている森巣が座っていた。その向かいの席には、見知った大人が二人いる。

頑強な刑事と、明敏な探偵だ。

鳥飼さんは眼光が鋭く、腕を組み不機嫌そうにしていた。黒いスーツも顔色同様にくたびれているが、ぴりっとした緊張感を漂わせている。

一方、洒落た茶色いベストの鶴乃井さんは、僕と目が合うと笑みを崩さぬまま肩をすくめるポーズを取った。いつものように鳥飼さんと森巣がやり合った後らしい。

「森巣、とうとうと言うか、一体何をしでかしたんだ？」

声をかけると、森巣が心外そうに眉をひそめて僕を見た。鶴乃井さんがぷっと噴き出す。悪気のない、思わず、という笑い方だ。

「平は、俺が何をしたと思って来たんだ？　聞かせてくれよ」

「過剰防衛とか？」

これくらいならやるのではないかと思ったが、森巣の目つきが更に悪くなった。

「じゃあ、何をやったわけ」ごまかすように、口を尖らせる。待ち合わせに来ず、心配をかけたのは事実なのだから、説明をしてもらわなければ困る。

「俺はただ、道にあった忘れ物を警察に知らせてやっただけだ。そうしたら、心配性の鳥飼さんが『詳しく話を聞かせてくれ』って引き留めてきたんだよ」

「何が忘れ物だよ、爆弾だっただろうが」

突然出てきた「爆弾」という言葉を、上手くキャッチできなかった。マシンガンやレーザー光線くらい、現実味がない。が、会議室の中にはふざけている雰囲気もなかった。

「やだな、鳥飼さん。俺は爆弾だなんて知りませんでしたよ」

「じゃあ、どうして一一〇番で済ませなかったんだ。相手にされないと困るから、わざわざ俺に連絡してきたんだろ」

「大袈裟ですね。『何かあったら連絡をくれ』って鳥飼さんが言ってたのを思い出したからですよ。もらった名刺を大切に財布にしまっていたのに、怒るなんて酷いなあ」

「いけしゃあしゃあと嘘をつきやがって。おい、平も座れよ。せっかくだし話をしようじゃねえか」

人を従わせる迫力があった。また何か物騒な事件に絡んでいるのではないかと疑っているのだろう。僕も何の話か気になるし、腰かける。

「でもそれって本物なんですか？　日本で爆弾なんて」

大袈裟に言っているだけで、花火の火薬を集めたような代物なのではないかと予想した。

　鶴乃井さんが眉を下げ、苦々しそうに口を開く。

「実は、そうとも限らないんだ。平君は、ボストンマラソンであった爆弾テロって知ってるかな？」

「テレビで見たことなら」

　ニュースではなくバラエティ番組で、世界で起こった事件を扱ったものだった。思い出す。マラソンランナーたちが走っている中、突如画面が揺れ、歩道で爆炎が上がり、悲鳴が響いていた。凄惨な事件に悲しい気持ちになったものの、家族で食事をしながら見たそれは、過去に外国であった事件としか思えなかったというのが、正直な感想だ。

「二〇一三年のボストンマラソンの時にも同様のものが使われたんだ。死傷者合わせて三百名近い被害者も出た」

「平は、尚のこと日本でそんなものができるのかって思ったんじゃないか？　使われたのは、圧力鍋爆弾と呼ばれるものだ。小さいものでもかなりの威力がある。中に鉄球や釘が入っていたらどうなるかは、想像してくれ。圧力鍋爆弾の問題点は、知識は必要になるものの、材料が比較的手に入りやすいってことだ」

「森巣、お前やけに詳しくないか？」

「鳥飼さん、そんなに警戒しないでください。テレビの聞きかじりですって。それに、俺が何かをしたわけじゃないですよね。平と映画に行く約束をしていて、向かってる途中に見つけただけですよ。善意の第一発見者です」

「平、本当か？」

「本当ですよ。『スティング』ってやつのリバイバルに誘われて」

「そんな古い映画を、高校生が観に行くか？」と鳥飼さんが顔をしかめ、

「いい趣味だね。明日の夜、私も行くんだよ」と鶴乃井さんが頬を緩める。

どの反応が正しいのかわからず、観たことのない僕だけが首を傾げる。鶴乃井さんが、ばつが悪そうにこめかみを掻き、鳥飼さんに声をかけた。

「でも、森巣君が見つけてくれなかったら、どれだけの人が被害に遭っていたか。鳥飼の気持ちもわかるけど、素直に感謝してもいいと思うよ」

フォローを聞いた森巣が足を組んだ。そういう挑発まがいのことをするから、警戒されるのだろうに。

「まあ、平が血相変えて飛び込んできたところを見ると、本当に知らなさそうだな」

「まさか、それで平を呼んだんですか？　俺たちは無関係ですって。鳥飼さんも、人を信じる心を持ったほうがいいですよ」

いつものように森巣がわざとらしく嫌味を言い、鳥飼さんがこめかみに青筋を立てる。慌てて、「いや本当に、ご心配をおかけしてすいません」と割って入る。

森巣は鳥飼さんのことをからかっているが、こうして彼のことをちゃんと気にかけてくれる大人は森巣の人生にいなかったのだろう。だから、どう対応していいのかわからないのではないか、と僕はひそかに思っている。鳥飼さんも間違いなく怒っていると思うが、本気で打ちのめそうとする気配はない。

ちらりと窺うと、鶴乃井さんは二人のやり取りを聞き流し、顎に手をやり真剣な顔つきをしていた。

「未然に防げてよかったけど、しばらく気を引き締めて過ごしてね。犯人も動機もわかっていない。つまり――」

またあるかもしれない、そういうことか。

全身に強張った緊張が走る。外出先、ショッピングモールや映画館、通学路で爆弾があるかもと思いながら過ごすのは、生きた心地がしない。

「犯人は俺たちが捕まえてやる。だから、余計な心配はするんじゃねえぞ」

もちろんだ。爆弾犯なんて僕らの手には負えない。鳥飼さんを信じて、待つしかない。

だが、世間はそうさせてくれなかった。

2

我が家のリビングに森巣がいて、テーブルの上に置かれた鉄の塊に向かい合っていた。森巣はナイフとフォークを持ち、どこから切り崩そうかと難しい顔をしている。何をしているのか訊ねると、「見てわからないのか」と厳しい口調で言われ、わかったふりをして彼の隣に立った。黒い塊に目をやると、表面に赤く点滅するタイマーが付いており、爆弾だと悟る。

森巣が「赤か青かなんて映画だけだ」と言い、すっとナイフを入れたところで目が覚めた。

慌てて身を起こしてから、寝惚けて周りを確認し、もう一度ベッドに横になる。おかしな夢を見てしまったが、理由はわかっている。

耳慣れなかった「爆弾」という言葉が、急に現実味を帯び始めたからだ。

昨日、横浜市内で爆弾が発見されたことは全国規模で報道され、夜のニュース番組ではどの局もこぞって取り上げていた。

地面に置かれた黒いリュックサックを中心に、黄色いテープで周辺が封鎖され、警察官たちが通行人に対して離れるように興奮した声を発していた。

スタジオのアナウンサーが、爆弾は本物であるが無事に撤去されたこと、犯人や目的は不明であることを伝えると、コメンテーターたちが「怖いですね不安ですね」と嘆いた。工学博士が圧力鍋爆弾について説明し、海外で起こった事件と国内でも作れてしまうことを解説すると、一層ヒートアップしていた。爆弾の危険性を知れば知るほど、今まで起こらなかったことが不思議に思える。

ニュースを見ていたらどんどん不安になってしまうが、情報を多く知っておかなければならないような気持ちにもなり、まるで免疫をつけるために毒を摂取しているみたいだった。悪い予感や想像が頭の大半を占拠し始め、昨夜はごまかすように就寝した。

天井から伸びている紐を引く。ちかちか明滅を繰り返し、部屋に灯りがつく。

伸びをしてからベッドを抜けて部屋を出た。

「おはよう、兄、ニュースだよ、ニュース」

リビングにいた妹の静海が、挨拶を返すよりも早く切り出してくる。ニュースと言えば、爆弾絡みのことだろう。静海も不安になっているのかなと案じたが、声は弾んでいる。テーブルには『働きたくないけど、行ってきます』という母の書き置きがあった。

「何かあったわけ?」と隣に座る。

「応援しているミュージシャンが有名人になるって、こういう気持ちなんだろうね」

「そんなマイナーなバンドを聴いてたっけ」

「違うよ、森巣さんの話。メジャーデビューだよ」そう言って、静海がリモコンを操作する。チャンネルが回されていき、ニュース番組の一つで止まった。

映されたのは爆弾が発見された場面だった。一昔前の宇宙服じみた格好の爆弾処理班が登場する。

「あ」思わず声がこぼれた。

カットが切り替わる。パトカーのそばに立ち、爆弾処理班を見送る人物の後ろ姿が映った。

くたびれた背広姿の鳥飼さんが彼に近づき、二、三会話をすると二人で離れた場所に移動した。振り返り、こちら側に移動する森巣の顔が鮮明に映る。

その時、まるでウィンクをするように左目を閉じた。

カメラを意識したわけではなく、目にゴミでも入ったのだろう。でも耳をすませば、テレビを見つめている人々の、ハートを撃ち抜かれる音が聞こえてくるようだ。

わずか三、四秒程度の映像なのに存在感があった。

「芸能事務所からスカウトがあったりしてね」

静海が能天気にそう口にし、あるかもしれないねえと、僕ものんきにパンをかじる。興味はないだろうけど、モデルや芸能人になろうと思ったら、あいつは簡単になれるのではないか。

背筋を伸ばして腕を組む凛とした立ち姿は、印象的な画になっていた。ハイブランドの服も華麗に着こなし、高いアクセサリーをしても様になるだろう。

森巣がまるで爆弾処理班を見送るような構図になっていたせいか、刑事と並んで話をしていたせいか、「探偵っぽい」とネットで話題になっていると知ったのは、学校についてからだ。

森巣がテレビに映っていたことは、僕のクラスでも朝から話題になっていた。ワールドカップの日本代表戦や人気ドラマの最終回の後よりも、「テレビ見た⁉」と興奮冷めやらぬ様子で同級生たちが口々に喋っていた。

「森巣はあんなところで、一体何をしてたんだろうなあ」

自分の席に着くと、前の席に座る牧野が椅子をこちら側に向け、僕を待ち構えていた。

「第一発見者だから警察のそばにいたってのが俺の推理だけど、どうなんだろうな」

「その通り。だと僕も思う」

「でもいいよなあ、森巣は」

「テレビに映ったから?」

「だけじゃない。俺は大阪の大学に行くくし、みんなとは疎遠になるだろ。だから、牧野隆治は何してるかなって、毎週思い出す人はいないと思うんだよ。それに比べて森巣は、うちの高校にいたイケメンの話とか、テレビに出たんだよって話題になるはずだ。なんかそういうの、羨ましいじゃんか」

なるほど、と相槌を打つ。確かにそうかもしれない。だけど、牧野の話に完全に同意というわけではなかった。

「外見の話は、ただの印象にしかならないと思うよ。美術館の絵を見て、『綺麗な色の絵だった』っていう感想は、すぐ忘れるでしょ」

「森巣は顔だけだから、すぐに忘れられるって思うのか？」

「いや、その逆で、森巣はそれだけじゃないから、みんなに覚えられるんじゃないかな」

どういうことかと言いたげな牧野に、説明を重ねる。

「人の記憶に残るのって、優しくしてもらったことだと思うんだよね。色々な人から、森巣に手を貸してもらったって話を聞くだろ。それで、人に覚えられるんじゃないかな」

「平、お前、いいことを言うなあ」

しみじみと言われ、気恥ずかしくなり、話題を変える。

「ところで、牧野はその時計どうしたの？　またなくしたの？」

牧野の腕時計が、昨日までと違うデジタルのものになっていた。アナログの腕時計を、「大変だ！　なくした！」とよく騒いでいたのを思い出す。

「違う違う。卒業祝いに親が買ってくれたんだよ。スマートウォッチにしたんだ」

「高いものを、牧野が持たないほうがいいと思うけど」

「GPS機能搭載だからなくしても見つけられるんだよ。これで安心だろ。平も俺がどこにいるかわかるように、設定してやろうか？」

「気持ち悪いこと言うなよ」

「気持ち悪いって言うなよ」

真剣な様子で口を尖らせる牧野を見て、苦笑する。思い返せば牧野とは三年間同じクラスで、席替えを何度もしているにもかかわらず、近くになることが多かった。こうしてだらっと話をしていた日々のことも、きっと僕は思い出すのだろう。

しばらくしてチャイムが鳴り、担任と雑談に近いホームルームをした後に、体育館に移動して卒業式の演習をした。いよいよ明後日（あさって）だ。ずらりと集まった同級生や教師たちを眺めながら、僕のことを思い出してくれる人はどのくらいいるのだろうかと気になり、自分で考えて寂しくなった。

リハーサルなので一組の級長である森巣がステージに上がる。いつもと変わらず涼しい顔をしているところを見ると、クラスでの追及は上手いことかわせたのだろう。

「名探偵！」

調子のいい声が響く。野次というよりも歌舞伎（かぶき）の掛け声を思わせた。壇上の森巣が、照れ臭そうに肩をすくめ、苦笑しながら手を振る。愛嬌（あいきょう）のある振る舞いに、穏やかな笑い声が広まった。

僕はそれを眺めながら、想像してしまう。

森巣が事件を解決し、喝采を浴びる、そんな未来をどうにか実現できないだろうか。

僕たちは、好きにやった結果、警察に目をつけられた。それは自然だし、仕方がないことだと思う。事件を物足りないなんて考えたことはない。

だが、森巣の能力はもっと活かせるはずだ。

僕らの活動を合法的かつ、社会的なものにする方法をずっと考えている。鶴乃井さんのように公式で警察に手を貸す存在になれたら、彼は堂々と探偵としてやっていけるのではないか。

その考えは僕の進路にも影響を与えた。

昨年まで、僕は職業として音楽を演奏する側に興味を持っていた。技術は自分で磨くとして、文学部で表現を豊かにするための知見を得たり、経済学部で産業としての変化を考えたり、あるいは創造に関する学部へ進学しようかなとぼんやりと考えていた。

だが、その進路希望を取り下げることにした。視界の端に見えた探偵業は、道と言えるほど明確ではないが、そちらに目が行ってしまっている。

夢を諦めたというよりも、出会っちゃったんだからしょうがない、という心境だ。

将来的に、僕が警察に所属して鳥飼さんのようになれたら、森巣も探偵として活動できるかもしれない。活動の方法を模索するために、法律にまつわることを学びたいと決心し、僕は法学部へ進学することにした。

森巣が日の光の下で喝采を浴びる場を作りたい。

いや、絶対に作ってやる。

そんな思いを巡らせながら、僕もそっと手を叩き、拍手に加わった。

体育館での卒業式の予行演習が滞りなく終わり、教室にぞろぞろと戻る。混雑する廊下をのんびり歩いていたら、牧野が振り向いてスマートフォンをこちらに向けた。

「平、お前の言う通り、森巣はただの綺麗な絵じゃなさそうだぜ」

受け取り、画面をスクロールする。そこには、「この人に事件を解決してもらった！」という自称依頼人の声がまとめられていた。彼らは口をそろえて、『強盗ヤギ』事件の真相を発表した動画投稿者に依頼をしたと書き込んでいる。

『高校生探偵』

森巣が特定されるまでに、そう時間はかからなかった。

3

一組の教室を覗いてみると、賑やかという言葉を通り越した騒ぎになっていた。

みなが口々に森巣のことを話題にし、ネットの通りであったら面白いとはしゃぐ生徒もいれば、ネットの情報を鵜呑みにしないほうがいいと眉をひそめている生徒もいた。

手っ取り早い解決方法は、本人の口から説明されることだが、森巣の姿はない。廊下で後ずさり、もしかするとあそこにいるのでは、と足を向ける。

「まったく、どいつもこいつも迷惑な話だ」

やはり、彼は美術室にいた。机に座り、鹿爪らしい顔をしている。

森巣は、人前では爽やかで気さくな好青年の演技をして過ごしている。そのため、僕らが二人で話をする時はよく美術室を使用していた。小此木さんが在学していた頃、三人でここに集まっていたので、その習慣が抜けなかった。

「平、鞄を取って来てくれないか?」

「あの教室から、バレずに?」

「なんでもない、忘れてくれ」

足を投げ出して座り、突然の大雨に途方に暮れているように見えた。森巣にしては手際が悪いが、反響を想定しておらず、手に負えなかったのだろう。多勢に無勢だ。

「鞄は諦めるか。別に大したもんは入ってないしな。処分されても問題はない」

「おいおい、もう来ないつもりなの？　卒業式は明後日だよ?」

「お前が卒業式好きだとは知らなかった。ただの集会だ。別に行く必要もないだろう」

節目だし、みんなと次に会えるのがいつかもわからないし、森巣も参加するべきだ。

「教室に戻ろう。それでもう、認めちゃおう」

「ちゃおうってお前」

森巣の顔に呆れた、と書いてある。だけど僕は本気だし、森巣のしていることがばれて、どこか晴れやかな気持ちにもなっていた。

「書き込みをいくつか確認したけど、間違いなく僕らの依頼人もいた。そのうちに『自分も依頼した』って言い出す人は増えると思う」

「守秘義務はどこにいったんだろうな」

「僕らの読みが甘かったんだよ」手近な椅子を引き、腰掛ける。「ずっと思ってたんだけど、今のやり方を続けるのは無理だよ」

「平、お前はさっきから、何が言いたいんだ」

森巣が怪訝そうな顔つきをし、こちらを見つめてくる。上手く伝えられればいいが、言葉をそっと差し出すつもりで口を開く。

「君は」「待て」「何？」

「お前は、終わりにしたいのか」

「終わり、というか」

「煮え切らないな、はっきり言えよ」

「言おうとしてるのを、君が遮ったんだろ」

逡巡するような間が生まれ、森巣が身を引いて足を組んだ。探偵は、彼の本来の面であり、それをみんなに知られるのが嫌なのかもしれない。

「もうばれたんだ。諦めて『探偵なんだ』って言おう。きっと学校のみんなは受け入れてくれるよ」

「それで、お前は知らぬ存ぜぬってわけか」

「まさか、僕も共犯ですって隣にいるよ」

そういうつもりでの提案だったのが、森巣は眉根を寄せてきょとんとしている。

「それ以外に何があるんだよ」

何を勘繰られたのかわからず、首を傾げる。森巣は肩を震わせ、笑い声を洩らしている。人が真剣に話したのに茶化されたようで、むっとする。

「僕は冗談で言ってるんじゃないぞ。放課後、高校最後のゲーセンに誘われてたのに」

「ゲーセン通いとは意外な趣味だな」

「友達のだよ。その予定も流して、みんなに説明しようって言ってるんだ」

「よし、じゃあ、戻るか」

ずいぶんあっさり引き下がられたので、拍子抜けする。だったら最初から僕の話を聞いてくれていればよかったじゃないかと文句をぶつけたくなった。が、へそを曲げられると困るので飲み込んだ。

「恥ずかしいから写真を流出させないでって頼んだら、協力してくれるかもよ」

「あいにく、俺は性善説を信じない」

立ち上がり、足早に美術室を出ていく森巣に続く。

ふと、もうここに戻ってくることはないんだろうなと、立ち止まって振り返った。

ほんのりと油絵の具の甘い匂(にお)いがする。教室よりもやや広く、窓からの光が多く差し込んでくるここを、僕は存外気に入っていた。記憶を辿(たど)ると、二人で調査計画や事件の概要を話し合っていた場面がいくつも蘇る。

この場所に礼を言いたくて、誰にともなく小さく頭を下げてから、教室へ向かう。

一組の教室に移動して森巣が説明をすると、同級生たちは戸惑い、どよめいた。が、予想通りみんなは受け入れてくれて、あの爆弾はなんであるのかとか、今までにどんな事件を解決したのかとか、そういう質問攻めを始めた。

それにしても、だ。

彼の周りに人がいるのは、珍しいことではない。それでも、森巣が隠し事を人に話し、それにみんなが耳を傾けている光景を見ることができて、僕は嬉しかった。ほら、みんなそんなに悪い人たちばかりじゃないだろ、と伝えられた気がした。

森巣が笑顔を浮かべて話をしている。それは、今までのような作り物ではないはずだ。

僕の予想は半分当たり、半分外れることになる。

探偵として、森巣が同級生に受け入れてもらえる、それは正しかった。

だが、写真の流出を止められるのでは？　という予想は外れることになる。

4

放課後になって教室から学生食堂に移り、話を聞きたい生徒たちに囲まれ、話しても大丈夫そうな事件について、秘密が保たれるよう脚色をしつつ話をした。

僕も隣にいるよとは言ったが、本当に僕はただ隣に座っていただけだった。「何故そいつと？」という疑問もあるようだったが、みんなは「僕は目がいいから」という説明を詳しく聞くよりも、森巣の活躍を聞きたがった。

一時間ほど話をして学校を出て、駅へと続く道を進む。

みんなの下校時間とずれたからか、制服姿はちらほらとしか見当たらない。

小さな川や、いつ見ても運動部員がいた中華料理屋、待ち合わせや時間をつぶすのに使ったレンタルビデオショップや古本屋、いつも前を通るとふんわり良い香りがした花屋、早朝から開いているパン屋、僕はこの町が結構好きだった。生徒たちがぞろぞろと歩いていたのは、地域の人からしたら迷惑だったのだろうなあとも思う。見守られていたのか、見逃されていたのか。ありがたいやら申し訳ないやら。

隣を無言で歩く森巣を窺う。てっきり、「疲れた」とか「顎が痛い」とかつまらなそうに毒づくのではないかと予想していたが、そういう反応はない。

「もっと早く話しておけばよかったかな」「それはないな」「話してみてどうだった?」「思ってたほどではなかったな」「思ってたほど、どっち?」「悪くはなかった」

ならよかった、と頬が緩む。

「そう言えば、昨夜夢に君が出てきたよ。爆弾を解除しようとしてて、『赤か青かなんて映画だけだ』って言ってた」

「夢の中の俺も正しいな。赤か青の導線を切るのは、『ジャガーノート』が発祥だ」

「それは観たことがないけど、恋人の職場と授業中の小学校の二ヶ所に爆弾が設置されてて、主人公が悩みながら解除に向かうやつをこの前観たよ」

森巣が宙を眺め、あの映画かと思い描く顔をする。

もし自分が主人公だったらと考えながら鑑賞し、身がすくんだ。大勢の人間を犠牲にし、彼らや遺族から助けなかったことを非難されることも恐ろしいが、大切な人を自分の所為(せい)で失うことを考えると、体の芯から凍(こお)り付くようだった。

「そういうシチュエーションになったら、森巣はどうする?　一人か大勢か、どっちを助ける?」

「馬鹿らしい。トロッコ問題をどっちが正しいのか話し合いたいのか?」

「君だったら、全員助ける解決策を思いつくんじゃないかって気がしただけだよ」

「もし、その時がきたら教えてやるよ」

呆れるように笑われた、丁度その時、ブレザーのポケットが震えた。スマートフォンを取り出し、細く長い息を吐き出す。鳥飼さんからだ。学校にいた時から鳥飼さんからの着信が十件を超えていたので、そろそろ無視するわけにはいかない。観念して通話ボタンをタップする。

「もしもし」

『お、第一声はなんだろうなって思ってたら、もしもしかよ』

低く唸るような声だった。見えない腕が伸びてきて、両肩をがっちりつかまれたようだ。体が動かず、生唾(なまつば)を飲む。体温が低下していき、胃が絞られる。見知った通学路だというのに、突然壁で囲まれた気分になった。

「ええっと、ごめんなさい」

『何に対しての謝罪だよ。適当に謝っとけばいいとか思ってるんじゃねえよな』

「全部です」

『全部って何だよ。全部教えてくれよ』

何と言えば許してもらえるだろうか。考えを巡らせるが、許してもらえるわけがない。電話越しだというのに、威圧感に押(お)し潰(つぶ)されそうだった。

「もしもし、鳥飼さん？　あんまり平をいじめないでくださいよ」

森巣がひょいっとスマートフォンを取り上げると、冗談めかして言った。スピーカー越しに鳥飼さんの怒気が漏れてくる。僕なら耐えられないが、森巣は眉一つ動かさず、飄々とした態度で返事をしている。

「授業中だったんですよ」とか「携帯禁止なんで」とかぺらぺらと喋った後、通話を終えて森巣はスマートフォンを僕に返した。

「すぐに来いってさ」

鳥飼さんから受けた取り調べの記憶が蘇り、胃の辺りがきりきり痛む。

対峙した時のあの目は、僕の隠し事や中身まで見抜いてた。狭い取調室が一層狭く感じ、逃げ場のなさに悲鳴をあげたくなった。嘘をつくだけで身が削れていくようで、もうこんな思いをするのはごめんだとあれほど思ったのに、また味わうのか。いや、今度はもっと恐ろしい思いをするかもしれない。

折を見て鳥飼さんに進路を相談したかったが、完全に機を逸してしまった。

「有名人見っけ」

背後から声がして振り返る。茶色い背広を着た鶴乃井さんが立ち、悪戯っぽく歯を覗かせている。いつから後ろにいたのか、全然気づかなかった。

「迎えに来たよ」

5

鶴乃井さんが青い頑丈そうなSUV車のドアを開けてくれたので、森巣が助手席に、僕が後部座席に乗り込んだ。鳥飼さんと四人で話をすることはあったけど、三人で話すこと、ましてや鶴乃井さんの運転する車に乗るのは初めてだった。

行き先は、鳥飼さんが勤める警察署だ。わざわざ迎えに来てもらわなくてもと思ったが、信用されていないということなのだろう。

「意外だな。あんたはもっと、実用的な車に乗ってると思ったよ」

「趣味だよね。ほしいものってどうしても手に入れたくなる性分で。まあ、独り身だから自由があるだけだよ」

嬉しそうに指先でハンドルをとんとん、と叩く。能力を生かした仕事をし、自分の趣味にお金を割く、大人の余裕を感じさせる。後部座席に置かれているヌメ革の鞄は、手入れがされて味わい深い色になっており、長年連れ添っているのが窺える。

「この鞄も高そうですね」

「それは、むかーし、鳥飼がくれたんだ。事件の解決記念にね。でもまさか、それから何度も一緒に事件を解決することになるなんて、あの頃は思ってなかっただろうなあ」

おかしさを堪えるように、鶴乃井さんが目を細める。

刑事の鳥飼さんが人づてに切れ者の鶴乃井さんを紹介され、事件の捜査を打診し、そして解決をした記念に欲しがっていたものを贈った。そんな物語を想像し、今も二人の物語が続いているということを他人事ながら嬉しく思う。

「ところで、鳥飼さんの好きな食べ物ってなんですか？」

「スパイシーとかホットとか、そういう辛そうなのをいつも食べてるなあ。なんで？」

「何か手土産でも持っていったほうがいいんじゃないかなと思いまして」

「君たちがするべきことは、ごますりじゃないよ」

返す言葉が見当たらず、羞恥心で耳に熱を持つ。鶴乃井さんの口調は優しくて、それだけに生殺しだ。

「平君も森巣君くらいリラックスしなよ」

体を傾けて前を確認する。森巣は足を組み、窓に肘を置き頬杖をついていた。鳥飼さんの前でそれをやらないか心配だ。

「っていうか、鶴乃井さんも怒ってますよね、ごめんなさい」

「いいよ、別に。私は驚いてもいないし。ネットにまとめられてるのを見たけどさ、あれ全部二人が解決したのかい？」

催促をするようにウィンカーがチッカッチッカと鳴り、車が緩やかに右折する。同じ学校の生徒たちが、駅へと吸い込まれていくのが目の端で見えた。彼らと道が分かれてしまい、もう合流できない気がした。

「全部じゃないですよ。騒ぎにしたいだけのガセも結構ありました。金庫を開けてもらったとか、迷子を見つけてもらったとか、あと港の倉庫から盗まれたコンテナを見つけてくれたなんてのもありました」

コンテナの話はスケールが大きすぎて思わず笑ってしまった。

「ふうん。じゃあ、概ね本当ってわけだ」

「でも、悪いことはしてないです」

鶴乃井さんから、ちらりと視線を向けられた。疑ってもいない、だけど信用してもいない、そんな目をしていた。「と、思います」と付け足す。

「私は怒ってはいないけど、ただ計算が狂っちゃったなあとは思っている」

「計算?」助手席の森巣が訝しげな声を発した。僕もどういうことか、と説明を待つ。

「私は鳥飼ほど忙しくないし、好奇心で君たちのことも調べていた。だから、『強盗ヤギ』の推理動画を投稿したのも君らだろうなあって、ほぼ確信してたんだ」

「いつからだ?」

「そりゃあ、出会ってすぐだよ」鶴乃井さんが朗らかに笑う。

呼び出される回数も減り、僕らが調査した事件の話を持ち込むまで、上手く切り抜けたのだと思っていた。見栄を張っているとは思わないが、そんなに早くからですかと驚く。

「どうして、鶴乃井さんは見て見ぬふりをしてたんですか？」

「怒らないで聞いてほしいんだけど、事件を解決する探偵なんてフィクションじみてるのに、高校生でそれをやってのけている。それがなんだか愉快だったからさ」

褒められているとも、笑いのネタにされているとも取れて、反応に困る。

「フィクションって言いますけど、鶴乃井さんだって探偵みたいじゃないですか」

「私が？」鶴乃井さんが、心底意外そうな声をあげる。

「鶴乃井さんは民間人だけど警察に協力して、いくつも事件を解決してますよね」

「なるほどね。言い方次第というか、君たちの目からはそう見えるのか。実際はそんなにドラマチックなものじゃないんだけどね。監察医が解剖結果を元に意見を言う、それと同じくらいだよ。私が関わるのは専門家として助言を請われた時だけだし」

「それでも、ちゃんと結果を出して、必要とされてるんですよね」

「どうかな。最近も上の人が代わって、旗色が悪いよ。部外者と言えば部外者だし、私を締め出す動きは時々あるんだよね。そういう時に運良く事件が起きて、助言が役に立ったから繋がってるだけなんだ。あ、運良くって言い方はよくなかったね」

そう口にしつつも、鶴乃井さんからは物事は上手く運び、自分はちゃんと探偵として役に立つという漲る自信を感じた。

「それで、計算ってのはなんなんだ?」

「ああ、そうだった。タイミングを見て、鳥飼を説得しようと思っていたんだよ。二人がしていることを許してというか、見逃してもらえないかって。私たちに会うまでは、ちょっと危ないことをしていたみたいだけど、今はそうでもないし、って」

「あの鳥飼さんが、お目こぼししてくれますかね」

「やってみないとわからないけど、森巣君は私の研究室がある大学に来るみたいだし、助手として預かるから様子を見させてくれないか、提案するつもりだったんだ」

助手、という言葉に動揺する。それは、嬉しい驚きだった。今回の件で、鳥飼さんからは完全に嫌われ、「探偵」なんて夢のまた夢になってしまうのではないかと案じていた。曇天(どんてん)の隙間(すきま)から、一筋の光が差し込んできたようだ。

まだ、希望は、ある。

僕は、鳥飼さんと鶴乃井さんと会って話をする度に、いつか森巣が鶴乃井さんのようになれたらいいのに、と思っていた。鶴乃井さんの話は願ってもない提案だ。

「可能性がないわけじゃないと思うんだよね。会わせたい奴らがいるって二人を紹介してきたのは鳥飼のほうだから」

助手席のシートをつかみ、顔色を窺う。

森巣は意外そうな顔で僕を見た。自分が鶴乃井さんのような探偵になれる、そんなことを考えたこともなかったのかもしれない。

同級生たちは、森巣が大企業に入りヒット商品の裏にいるとか、大学在学中からベンチャー企業を作って成功させるとか、そんな風に思っているだろう。

だが、僕の知っている森巣はそういう真っ当なことをするタイプではない。何かしでかす危うさがある。だから見張りたいし、何をなすのかそばで見届けたい。

「考えておく」

そう言って、森巣は窓の外に目をやった。もうちょっと感謝を示すなり、殊勝(しゅしょう)な態度を取れよと眉をひそめる。

「前向きに頼むよ。あと、これから鳥飼に会うけど、怒らせないようにしてね」

「考えておく」

一番の難関に、僕は頭を抱える。

6

警察署の前に立つと、職員室とは比べ物にならないほどの不安と恐怖に襲われた。

街並みに合わせたレンガ調の外壁からは、瀟洒(しょうしゃ)というよりも堅牢(けんろう)な印象を抱く。中に入ったら身に着けているものから過去から何から何までを調べられ、僕が自覚していなかった罪を引きずり出され、もう今までのような生活を送れなくなる気がした。

が、逃げ出すわけにもいかない。腹を決めて歩を進める。

鶴乃井さんが通りかかった婦警さんと親しげに二、三言葉を交わし、僕らは二階の会議室へと連れていかれた。長テーブルと椅子が並び、ホワイトボードが置いてあるくらいの殺風景な部屋だけど、残留している熱のようなものも感じた。

しばらく待っていると扉が開き、鳥飼さんが現れた。

声をかけることさえ躊躇われる、触れたら切れそうなくらい張り詰めた雰囲気を纏っていた。様子がおかしい。鶴乃井さんからの提案に浮かれていた気持ちが萎んでいく。

目が合う。怒鳴り声をあげ、詰め寄り、すごまれるのではないかと身構えた。

だが鳥飼さんは、僕たちを認識しても、眉を寄せるだけだった。

その顔色から読み解けたのは、怒りや失望ではなく、戸惑いだ。

「あの、鳥飼さん――」

「俺に話してないことがあったら、話せ。今すぐだ」

僕の言葉を遮り、鳥飼さんは席に座らず、腕を組んだ。やはり違和感がある。揺すって何かが出ないか試すような、不確かな訊ね方だ。

「僕たちは抵抗せずに話すつもりでいますけど、あの、何について知りたいんですか？」

「爆弾についてだ」

鳥飼さんは表情を崩さず、刺すような視線を森巣へ向けた。

てっきり、探偵としての活動や、僕らと鳥飼さんが出会うきっかけとなった事件に関するものを詰めてくるのだと思っていた。

「それなら昨日話したじゃないですか。平との待ち合わせに出かけてる途中、道端に置いてあるリュックを見つけて、爆弾かもしれないと思って連絡したんですよ」

「どうして爆弾だと思った？」

「『パトリオット・デイ』を観たばっかりだったんで」

「真面目に答えろ」

温度差というか、発せられる圧に森巣も面食らっている。

「中を覗いたのはまずいと思いましたけど、そうか、圧力鍋に配線コードと携帯電話がついていても、シチューが入ってるかもしれないから通報しないほうが自然でしたね。さっきから、まどろっこしいですよ。本当は何が知りたいんですか」

「犯人が誰で、目的は何か、お前は何か知ってることがあるんじゃないのか？」

尋常ではない剣幕で、鳥飼さんが訊ねた。怒鳴ってはいないが、憤りや焦りは伝わってくる。

森巣が険しい顔つきになった。気持ちはわかる。槍の先端をじりじりと眼前に寄せられるような、居心地の悪さを僕も感じていた。

「お前自身、身に覚えはないかって訊いてるんだ」

その言葉の意味がわからず、きょとんとしてしまう。

が、すぐに変換された。

「なるほど、俺が犯人じゃないかって疑ってるわけですね」

的外れだと、笑ってもらいたかった。が、鳥飼さんは息を止め、まばたきを止め、警察組織の人間という別の生き物の顔をしていた。嘘を見破り、捕まえ、真実を見抜こうとする強靭な意志が目に宿っている。

「それで、お前の答えは？」

「俺じゃないですよ。もちろん、平でもない」

僕も、違いますよと首を横に振る。身に覚えはない。「知りません、全然、何も」

鳥飼さんは、真偽を見極めるように僕らから目線を外さず、ゆっくりと時間をかけて、細く長い息を吐き出した。室内にぴんと張っていた緊張の糸が、わずかに緩んだ。

が、予断を許さない状況にあることは、深刻そうな顔つきを見ればわかる。

「鳥飼、何があったんだい？」

「森巣が昨日の爆弾を置いたんじゃないかと疑われている」

意味がわからなかった。爆弾を置いた、と頭の中で唱える。

「通報した善良な市民を疑うのも仕事だもんな」

「お前のは身から出た錆だ」

「ちょっと、待ってくださいよ。それ、本当の話ですか?」

「お前らを騙したってしょうがないだろうが」

それは、その通りだが、全然納得ができない。

「いいか、今後ふざけた発言をするんじゃねえぞ。もう、そういう状況じゃねえんだ。これから、取り調べを受けてもらう。よく覚えてるだろ? あの取調室だ」

「爆弾の容疑でですか?」本気ですか? という気持ちだった。

その時、ノックの音が響き、会議室の扉が開いた。

一九〇センチはありそうな長身の男と、眼鏡をかけた一六〇センチくらいの男だ。

長身のほうは「大木」と名乗った。肩幅も広く、体格が良い。四角い顔をしており、表情が読み取れず、サイボーグじみた印象を抱く。背の低いほうはサスペンダーをした眼鏡の男で、線が細くて顎が尖り、どこかカマキリを思わせる。目を細めて笑みを湛えているのも、却って不気味だった。

「森巣良」

大木刑事が名前を呼び、手招きする。森巣が立ち上がり、「行ってくる」と僕に告げて二人で外に出ていった。森巣はまたあの地獄の取り調べを受けるのか、と見送る。

鶴乃井さんからの提案を伝える場合ではなくなってしまった。早く疑いを晴らさなければ。反感を買わないようにしてくれよ、と祈っていたら、眼鏡のほうが僕を手招きした。

「平優介くん。君は、ぼくね」

名前が呼ばれ、「え」と思わず声が飛び出た。

「僕もですか?」

7

六畳ほどの部屋の中央にはテーブルが置かれ、眼鏡の刑事と向き合って座っている。年齢は三十代に見えた。細い目を更に細め、口笛を吹きながらぺらぺらと書類を捲っている。

そこに何が書かれているのか、もう取り調べは始まっているのか、僕には何もわからない。だけど、眼鏡の刑事がこの部屋を掌握しており、自分はただ従うだけなのだということは理解している。

「笛吹です、よろしく。笛を吹く、で笛吹って言うんだ。珍しいでしょ。なんだか間の抜けた名前だって、同僚からはからかわれちゃうんだよね」

変に砕けた喋り方で、食えない印象を抱く。「はあ」と適当に相槌を打った。

「優介くんは、森巣くんとはいつから友達なのかな?」

家族以外が僕の下の名前を呼ぶことはなかった。悪気はないとはいえ、それがなんだかむず痒く、反応が遅れる。

「優介くん？」

「去年です。去年の四月から」

「で、去年からずっとネットのあれをしてるんだ？」

「嘘もあります。全部っていうわけでは」

「ってことは、本当なのもあるんだ？　そりゃすごいや」

笛吹刑事は笑みを浮かべ、パチパチとノートパソコンをタイピングした。僕が喋ることを記録していくのだろう。

「あの、どうして僕まで取り調べを受けるんですか？」

「そうだねえ。君たちが何をしていたのか、最初から聞かせてもらいたいんだよ。みんなからどんなお願いを聞いていたのか、どんなことをしてたのか。きっとそういう活動をしてたから、森巣くんは大胆になっちゃったわけだしさ」

話の舵をぐいっと切られ、慌てて相手の話題についていく。「大胆とは？」

「ネットで知り合った人を相手に小さな依頼をこなしてても、有名人にはなれないでしょ？　逮捕されない放火犯ってさ、だんだん目立つ場所に火をつけるようになるんだよね。それと一緒。森巣くんもさ、目立ちたくなったんじゃないのかなあ。それで、爆弾を自分で仕込んで発見する一芝居を打ったんだと思うんだよね」

まさか、と鼻で笑ってしまう。森巣が目立つために自作自演をしたなんてありえない。

「馬鹿馬鹿しい」

「あ、庇うんだ？　君だって、ニュースを見たでしょ？　カメラにウィンクをしてたじゃない。イケメンだし、ファンサービスのつもりだったのかな」

「そういうことをする奴じゃありません。あれはどうせ目にゴミが入ったとか、そんなですよ。刑事さんより、僕のほうが森巣については詳しいから、わかります」

「みんなそう言うの。でも、やってるの。他人の全てを理解したつもりになるのは間違いだよ。隠し事のない人間なんていないんだからさ。後から知ってショックを受けて、裏切られたって喚いたり、思い返せばって青褪める。よくあるパターンなんだよ」

「証拠もないのに、犯人扱いなんて」

「証拠、あるんだよねえ」

動揺し、眉をひそめる。

僕が反応を示したことに対して、笛吹刑事が嬉しそうに唇を横に引く。なんだかまるで、僕がショックを受けるのを楽しみにしていたようで、ぞくりとした。

笛吹刑事が、わざとらしく屈むようなポーズを取り、机の下を覗き込んだ。何かあるのかと下を見ると、苛立ちと不安でいつの間にか自分の左足が貧乏ゆすりをしていた。ただの悪癖だ。そう思いながら、隠すように手で膝を押さえる。

「IMSI(イムズィ)キャッチャーっていう装置で、森巣くんのスマートフォンのGPS情報を調べたんだ。そしたらさ、いたんだよね。爆弾のあった現場に」

「そりゃいたでしょうね。発見者なんですから」

「だよね。でも何故か、発見して通報するずいぶん前から現場を行ったり来たりしていたんだ。まるで、人通りが少なくなるのを待ってるみたいに」

テレビに映っていたあの道を、森巣がうろうろする姿を思い浮かべ、すぐにかぶりを振って追い払った。あんな住宅地を、うろうろするわけがない。この刑事は嘘で僕を混乱させ、口を滑(すべ)らせるのを誘っているのだ。

「あるわけないって顔をしているから、見せてあげるよ」

笛吹刑事はそう言って、机の上にあったタブレットを手に取り、指先で画面をタップした。「ほら、よく見てみなよ」

机の上にタブレットが置かれ、視線を落とす。

地図アプリが表示されていて、画面の中をいくつかの点が動き回っていた。描かれているものはただの図形の集合ではない。そこには人の生活がある。想像力が働き、僕はまるで雲の上から町を俯瞰(ふかん)しているような気持ちになった。

まばらにある青い点は縦横無尽に動き回るのではなく、歩道を一定の速度で動いている。

「点が人のスマホね。で、ここに森巣くんがやって来る」

はい、という掛け声と共に、画面の左側から、赤い点が現れた。

赤い点は画面を横切るように通過し、いなくなった。が、すぐに右から左に戻って来て、という往復を三回繰り返す。これが人の動きだとすると、笛吹刑事の話す通り確かにおかしい。移動の目的はなんなのか。

画面に青い点が映っていない時、すなわち人が誰も森巣を視認していない時、赤い点は中央で止まった。

「彼は一体、何をしていたんだろうねえ」

8

森巣は怪しい。

僕が知っているいくつかの過去の場面が蘇る。

弱者を利用して欲を満たす悪人に立ち向かい、返り血を浴びながら拳を振るっていたこともあった。鮮明に思い出すのは、やはり鳥飼さんと関わるきっかけとなった事件だ。

森巣は一人で敵の懐に入り込み、悪人とはいえ、人の命を奪おうとした。僕に殺人計画を語った、冷たい邪悪な笑みが脳裏を過ぎる。

森巣には逸脱行為の兆候があり、過激な思想と蛮勇ともとれる行動力がある。おまけに、爆弾の作り方も知っている様子だった。

笛吹刑事は、僕からそういう話を聞き出そうと舌なめずりをしている。

「優介くん、森巣くんが何かをしでかす前に止めてあげるのも、友情なんじゃないかなあ。君だけが知っていること、あるんじゃないの？」

「今の映像が本物だっていう証拠もないですよね。だから別に話すことはありませんよ」

「あるよ」

「ありませんよ」

「あるよ。まずは、君たちがネットで探偵ごっこをしていた理由と、どんなことをしてきたか、一つずつ教えてほしいな。一緒に森巣くんを助けてあげようよ」

親しげな口調だが、笛吹刑事の目は爛々（らんらん）としていた。

落ち着かない。口の中が渇き、何度も生唾を飲む。こめかみと足が勝手に動く。鼓動の度に胸が痛む。息苦しくてぼうっとしてしまい、何をするのが最善か考えがまとまらない。

森巣と馬が合い、探偵を始めたこと、携わった事件について話せる範囲のことを説明する。笛吹刑事は関心があるのかないのかわからない顔で聞き、かと思えば、

「森巣くんが、だんだん自己顕示欲を持つようになったのはわかった?」

「森巣くん、そういう事件じゃ満足できなくなったのかなあ」

「森巣くんは、なんだか犯罪を楽しんでいるみたいだね」

と揶揄するような感想を挟んできた。その度に僕は、声を荒らげて抗弁した。

そんな応酬をどれくらい続けていたかわからない。話題が切り替わることもなく、永遠に終わらないのではないかと思った。嘘でもいいから何か違うことを言ってみようかと、考えが過ぎってしまったほどだ。

「君は森巣くんのことをよく知っているように喋るけど、本当にそうかな」

映像を見せられたことは、じわじわと効いてきていた。笛吹刑事の言うことを否定しながらも、頭の中でGPSの赤い点が、不安が動き回る。

平行線のやり取りに、笛吹刑事は全く疲れた様子を見せなかった。飄々とし、「じゃあ、もう一度教えてよ。君たちが組んだ最初の事件から、詳しく」と言い出す度に、正気を疑った。

なので、「トイレ休憩にしよっか」と言われた時、心の底から驚いてしまった。

笛吹刑事が腕時計を確認し立ち上がる。僕も慌てて彼に続く。てっきり、「話をするまでは、我慢だよ」と言われるものだと思っていた。

取調室を出る。

廊下の右奥にトイレはあった。助けを求めるような気持ちで目を泳がせるが、森巣を担当している背の高い大木刑事がトイレの前にいるだけだ。

「お待たせ。森巣くんは中？　彼もトイレには行くんだねえ。あ、こういうこと言っちゃいけないか」

笛吹刑事がそう言って笑うと、長身の大木刑事は不愉快そうに顔をしかめた。笛吹刑事が森巣の担当じゃなくてよかった。そう思った時、扉が開いて森巣が出てきた。

森巣が驚いた様子で目を見張る。一時間程しか経っていないはずなのに、もうずいぶん長い間会っていなかったような気がした。

やあ、と小さく手をあげると、森巣は黙って小さくうなずくだけで、大木刑事と一緒に僕がいた部屋の隣にある取調室へ戻っていった。

笛吹刑事に見送られてトイレに入る。すぐのところに鏡が見えて、思わず立ち止まった。

鏡に映っているのが、誰だかわからなかった。しばらく眺めてから、頬がげっそりとし、脂汗を額に浮かべている自分だと気がつく。ぞっとし、咄嗟に蛇口を捻って両手で水を掬い、顔を洗った。

冷水が心地良くて感動しそうになる。さっき見た森巣の顔は濡れていなかった。僕よりましな待遇ということはあり得ないが、彼は大丈夫なのだろうか。

個室へ移動する。扉を閉めて鍵をかけた。便座を閉じて、上に座り込む。お尻がひんやりとするが、誰にも見られていないというだけで、わずかに安堵した。

トイレの中だが、構わずに深く深呼吸をし、空気を体に取り込む。ここにいられるのも、せいぜい三分くらいだ。これから何をすればいいのか、どう振る舞えばいいのかを考えなければならない。

「森巣がやっているわけがない」「知らない」と投げつけるだけでは埒が明かない。だが黙秘したら、あの刑事は「やっぱりやましいことがあるんだ」と逆に喜ぶ気がする。

「優介くん、ここだけの話さ」

突然、扉の向こうから笛吹刑事の声が聞こえて、びくっと体が跳ねる。

「ぼくにはわかってるんだ。実際、君は知らなかったんだろうなって。爆弾事件唯一の被害者だとさえ思ってるくらいだよ。何も知らず、こうして引っ張られて、延々と同じ質問をされちゃってさ、気の毒だね、本当に」

「だったら、もう終わりにしてもらえませんか？」

「そうはいかないんだ。今も、ただのトイレ休憩じゃない。ぼくは友情に弱いから、君たちを会わせてあげようと取り計らってあげたんだよ。大事なお友達も一緒に取り調べをずっと受けてるよって、森巣くんに教えてあげたくてさ」

それはつまり、弱ってる僕を森巣に見せたかったのかと思い至る。鏡で見た自分の酷い顔と、森巣が僕を見て驚いていたのを思い出す。

例えば、だ。

これからも取り調べを続け、森巣に「友達を解放してあげたかったら自白しろ」と促してくるかもしれない。嘘でもいいから、罪を認めろ、と。

「というわけでさ、君が何を考えても意味がないんだ。早く出て来てよ」

怒りが込み上げ、拳を握りしめていた。だが、その拳のやり場はなく、ただ個室の扉を睨みつけ、「おーい、おーい」とのんきに僕を呼ぶ声を聞くことしかできない。

目を閉じ、大きく息を吐き、自分の奥底に何か対抗策があるのではないかと探る。

ふっと力が抜ける。僕には、何も思い浮かばなかった。

このまま籠城するのは得策ではない。仕方がなく、立ち上がって扉を開ける。

「おかえり。トイレ、流さなくていいの?」

「急かされたから、緊張して出なかったんですよ」

軽口を返せる程度には落ち着いたのだと自覚する。洗面台に移動し、手をすすぐ。鏡に映る自分は、入って来た時よりは、幾分かましな顔をしていた。僕が先に音を上げるんじゃないぞ、と奮起する。

「ところで、君らって鶴乃井さんと何繋がりなの?」

何繋がり、と言えばいいのだろうか。ぱっと思い浮かばず、「助手候補です」と答える。すると、面白い冗談を聞いた、とばかりに笛吹刑事は笑い声をあげた。

「名探偵に解決してもらえるといいね」

そんな声を聞き流し、トイレの外に出た。

廊下でポケットからハンカチを取り出す。手を拭い、一歩前進する。次にトイレに行けるのがいつかはわからないし、小便くらいしておけばよかったと少し後悔する。持久戦になるかもしれないが、今日はあとどのくらいやるつもりなのだろうか。未成年だから、軽めになるのだろうか。家族に連絡は入れられないのか。

そんなことを考えていたら、笛吹刑事がなかなか戻って来ないことに気がついた。

僕を追い込んでおいて、自分はのんびり用を足すつもりなのかと振り返る。

その瞬間だった。

聞いたことのない音が炸裂した。

視界が揺れる。空気を強く揺らす衝撃の波を受け、体がふわりと浮き、壁に飛ばされた。肩から激突し、鈍い痛みが広がる。反射的に頭を守ろうと腕を伸ばし、身を屈める。

パラパラと何かの破片が降りかかってきた。

口を開け、顔を上げ、目を疑う。

さっき閉めたトイレのドアが外れ、廊下に転がっていた。

トイレからは、灰色の煙が漏れてきており、不気味な臭いがした。

「爆発だ」

誰のかわからない声がする。もしかしたら、僕のかもしれないし、誰も声を発していないのかもしれない。だけど、わかった。その通りだ。

爆発が起きた。

9

警報ベルが鳴ったのが先か、スプリンクラーが作動したのが先かわからないが、やかましいベルが鳴り響き、天井から降り注ぐ水を浴びて、頭からびしょ濡れになる。大人の怒声と耳鳴りを聞きながら、僕はただ呆然と、壁に寄りかかった。

爆発が起きたのはわかる。だが、それ以上のことを考えることができない。思考が鈍くなる。血の気が引き、足元がふらつき、意識がぼんやりとする。

ぼやける視界の中、制服姿の警察官が数名駆け付けてきて、僕に「大丈夫か」と訊ねてくる。わけもわからず、うなずきながら「爆発が」と喚く。

警察官たちが、腕で口を隠すようにしながら、男子トイレに雪崩れ込んでいった。

危ない、と思ったのと同時に、あの中には笛吹刑事がいるのだと思い出す。ついさっきまで自分を揺さぶり、余裕の笑みを湛えていた相手の無事を心配することになるなんて、思いもしなかった。

トイレからは、怒りとも嘆きともつかない大声が響いている。乱れた呼吸のまま、足を引きずり、様子を見ようと移動する。火薬独特の、不気味な臭いがする。

中を覗こうとしたその時、肩をぐいっとつかまれ、体を反転させられた。

「無事か？」

森巣が覗き込み、訊ねてくる。緊張しているのか、表情は強張っていた。

「しっかりしろ」

「無事だよ。無事だけど、大変なんだ。今、そこで、爆発が」

「わかってる」ちらりと僕の背後を一瞥してから、「行くぞ」と顎をしゃくる。

反射的に応じると、森巣が半歩先をゆっくり移動し始めた。「中に刑事が」とか「僕も出たところで」とか思いついたことが止めどなく口から出るが、森巣に「静かに」と制されて唇を結んだ。

大声があちこちであがり、警察官が行き交い、騒然としている。邪魔にならないように、森巣を見失わないように、廊下の隅を進む。情けないことに、前を歩く森巣の背中をつかんでいた。

しばらく床を見つめながら歩いていたのだが、おや、と顔を上げる。いつの間にか取調室を過ぎていた。人の流れに乗って階段を下り、正面出口へ向かっている。

「どこに行くの？」

森巣が首を捻る。彼の目に、じりじりとした焦燥が宿っているのが見て取れた。

「逃げるぞ」

何を言い出したのかわからず、足が止まる。気づいた森巣がすぐに険しい顔つきで出口を顎で指したので、慌てて追従した。

爆発が起こったし、警察署は危険だから一旦この場を離れようという意味だ、そうに違いない。そうでなければ、荷物を取りに戻らず、身一つで出ていくわけがない。自分に言い聞かせて、嫌な予感をごまかした。

外に出ると、空は不吉な紫色をしていた。警察署の前には人だかりができている。避難した人や通行人が、遠巻きに眺めている。振り向くと、二階の窓から煙が見えた。救急車なのか消防車なのかわからないが、けたたましいサイレンの音が近づいてくる。

見つからないように、そっと人々の中にまざる。

本当はわかっている。

これはただの避難ではない。

僕は、森巣と、暗闇の中に足を踏み入れていくのだと、そんな予感を覚えていた。

喧騒から離れると、風が吹き抜けた。寒さに顔をしかめる。髪や制服が濡れているのを思い出す。コートも取調室の中に置きっぱなしだ。

肩を震わせると、森巣が案じるような顔をして僕を見つめていた。すぐに表情を引き締め、「歩きながら話すぞ」と告げて、背を向けた。

「どういうことなんだ、あの爆発は。それに、どうして逃げてるんだ。僕は全然、何も」

静かに叫びながら、情けない気持ちになる。なんで？　どうして？　と気になることをなんでも質問するのが、ひどく幼稚な行為に思えたからだ。だとしても、自分の足元を確認できるくらいの情報は教えてもらいたい。

「俺も全てがわかっているわけじゃない。だが、はっきりしていることもある。俺たちは嵌められた。爆弾を町に置いた容疑者がいて、そいつらがトイレに入り、出た後に爆発が起きた。お前はどう思う？」

受け取ったパズルをそのまま合体させる。

「まさか、僕らがトイレに爆弾を仕掛けて爆発させたって言いたいわけ？」

「だろうな。このままだと、頭のねじが飛んだ爆弾魔にされるぞ」

爆弾魔という言葉に現実味がなかった。が、すぐに視界の揺れと暴力的な音が頭の中で響いた。日常が破壊される音だ。恐怖心が蘇り、力が抜ける。「歩くんだ」と森巣から強い口調で促され、慌てて足を動かす。

「容疑者が俺だけならよかったんだが、平がトイレに行った直後に爆発が起きた。つまり、平も容疑者ってことになる」

急に名指しを受け、身がすくむ。お前がやったんだろうと巨大な指を向けられ、押し潰そうと迫られているような恐怖を感じた。

困っている人を手助けすることはあっても、誰かを陥れたり、傷つけるようなことをした記憶がない。世間に黙っている後ろめたいことが唯一あるとすれば、森巣と一緒に事件を解決していたことくらいだ。だが、それは「容疑者」と言われ、なじられて吊るされるようなことではないはずだ。

森巣がもどかしそうに、唇を噛んでいるのが目に入り、事の深刻さを悟った。

「僕は爆弾を仕込んだり、爆発させたりなんてしてない。できるわけない。警察も、高校生にそんなこと無理だってことくらい――」

「俺も高校生だが、大木の取り調べは爆弾魔だと決め打ちしていたぞ」

「でも、鑑識とかそういうのがいるわけじゃないか。調べたらわかってもらえる気がするんだけど」

言葉にしたら、そうに違いないという気持ちが強くなった。身の潔白は簡単に証明してもらえるはずだ。逃げてしまったのは動転していたからだと戻り、今からでも説明したほうがよいのではないか。

だが、すぐにその考えを否定するようなあの光景も思い出される。

怖ろしい炸裂音、爆発の衝撃と火薬の嫌な臭いが頭の中で黒々とした渦を巻く。楽観で立ち向かえるほど、生易しいものではないと本能的に感じた。僕も森巣も男子トイレ内に指紋を残しているし、犯人は策も準備しているのではないか。

「鑑識が役に立つなら、いずれ無実を証明できるかもしれない。だが、俺が疑問なのは、敵についてだ」

「敵?」

「敵は誰で、何人いるんだろうな。俺たちを警察署に連れて来て、取り調べを受けさせ、トイレを出た直後に爆破事件を起こす。そういう計画だとしたら、これを一人でできると思うか? 警察全員が敵とまでは思っていないが、複数犯の可能性が高い」

警察の中に、僕らを事件の犯人にしようとしている人がいる。立ち向かうどころか、周りを包む夜の闇(やみ)が一層濃くなったような気がした。

怪しいのは誰か、その筆頭であった笛吹さんは無事なのだろうか。彼が倒れている姿よりも、「ぎりぎりセーフ」と飄々とした口調で話している姿のほうが想像できる。

「誰がなんのために爆弾を仕掛けたんだろう?」

巨大な謎に戸惑い、口にする。

当然森巣だって「それはな」と簡単に答えられるわけがない。

「逃げながら考えるぞ。俺たちの姿がないことは、すぐにばれるだろう。もう、騒ぎになっているかもしれない」

暗闇の中は全く見通しが立たないし、道もない。そんな中、どこにあるのかもわからないゴールをどうやって目指せばいいのか、途方に暮れそうだ。

「ただ、問題がある」

「何?」

「隠れる場所の当てがない」

10

警察を敵に回してしまった。周囲をきょろきょろ窺いながら、ひたすら足を動かす。殺人鬼から逃げるホラー映画の登場人物のような気持ちだった。見つかったら終わりなのだと自分に言い聞かせる。

隠れるにしても目立つ場所は避けたい。大通りを外れ、脇道を進みながら、近くにカラオケやネットカフェがないかスマートフォンで調べようとしたら、森巣に止められた。

「危なかった。スマホはもう使えないものと思え。接続すると基地局が特定されて、居場所をつかまれるからな。電池がもったいないから、電源も切っておけ」

「わかった。でも、家族に」短い連絡を入れたい。

「諦めろ」

乱暴に言われ、むっとする。母や妹は、連絡のない僕を心配しているはずだし、警察から根も葉もないことを吹き込まれるのではないかと心配だった。違うんだ、やっていないんだ、そう伝えて安心させたい。

「森巣にだって連絡を取りたい人はいるだろ」

「俺には誰もいない」

心配な人も心配してくれる人もいない。そう答える森巣は、寂しさを微塵も浮かべず、数式の答えを口にするみたいに淡泊だった。

「俺は意地悪で言ってるわけじゃない。今は、最善だけを考えるんだ」

最短距離を見据えて駆け抜ける、強い意志のこもった語気だった。森巣の言っていることはわかる。が、こんな現状を納得できず、やり場のない怒りに任せて叫び出したい気持ちになり、奥歯を嚙みしめた。

何が起こっていても、この世界で彼が一人なら、僕は絶対に味方でいなければならない。

「一つ確認なんだけど、森巣はこの事件を解決するつもりだよね？」

「愚問だな。やられっぱなしで許すわけがないだろ」

テレビや映画で、登場人物が感情に流されて行動をし、「なんで今？　そんな場合じゃないだろ？」と思わずにいられない場面を見てきた。いざ、自分がその立場になったら、同じ過ちを犯しそうになっていたことに気がつき、恥ずかしくなる。

窺うと、森巣は俯くことなく、じっと前を見ていた。横顔に翳りもあるが、諦めの色はない。負けに怯えることはなく、勝つために挑む者の顔をしていた。

最悪の状況だが、唯一良かったことがある。

森巣がいるということだ。彼となら、この最悪の状況もひっくり返すことができる。

今までだって二人でやってきたんだ、今回だって僕らなら勝てる。

握りしめていたスマートフォンの電源を切り、ポケットにしまった。

「警察はきっと緊急配備をするだろうな」

「町中で僕らを探し始めるわけか」

「そうだ。町に警察官が大勢放たれて、検問が始まる。このあたりだけなのか、神奈川県全域になるのか、規模が把握できないがな。とりあえず、制服なのはまずい。着替えを手に入れるぞ」

警察署にいた時の格好が、僕らの最終目撃情報になる。制服姿の高校生二人組を探されると、厄介だ。ブレザーを脱ぎ、畳んで脇に抱える。森巣はカーディガンを、僕はセーターを着ていて助かった。三月の夜にワイシャツ一枚では怪しかっただろう。

「小此木さんを頼れないかな」

僕らのやっていることを知っていて、信じて協力してくれそうな人は他に思い当たらない。森巣も同意見だったようで、僕らはここから近いJRの関内駅へ向かうことにした。人目は気になるが、タクシーを使うほどの距離ではないし、手持ちのお金を大切にしたい。馬車道の雑居ビルの間を縫うように歩き、駅へ向かう。

駅前に来ると、人通りがどっと増えた。帰宅する会社員たちが構内へ、改札へと吸い込まれていく。改札付近で待ち合わせをしているグループを横目に移動し、公衆電話が並ぶエリアに到着した。

森巣が受話器を上げ、小銭を投入する。が、固まった。受話器を構えたまま首を傾げ、僕の顔をじっと見つめてくる。

「平、霞の番号を知ってるか？」

思い返す。SNSでのやり取りはしているが、電話番号を教わったことはないし、登録もしていない。首を横に振る。「森巣は知ってるだろ」

「覚えてはいない」

「スマホで確認したら？」

「俺は警察で没収を食らった」

苦虫を噛み潰したような顔つきで、森巣がゆっくりと受話器を下ろす。

幕が引かれてしまうような、絶望感を覚える。

じゃあどうするの？　という言葉を飲み込んだ。なんでもかんでも森巣に頼るつもりかと自分を叱咤する。彼の相棒なら、役に立て。考えろ。

他に誰か頼れる人はいないかと記憶を探る。家族、学校、出会った人々の顔を思い浮かべながら、彼らは今、僕らのように他人の視線に怯えて過ごしてはいないのだろうなと羨ましくなった。

そんな中で、ある一人の人物を思い出す。

「森巣、横浜駅に行こう」

切符を購入して関内駅から京浜東北線に乗り、横浜駅へ向かった。車内ビジョンでは広告が流れている。警察署での爆発がどれくらい報道されているのか、何か新しい情報はないか、僕らのことも騒ぎになっているのか気になったが、タイミング悪く確認できなかった。

横浜駅で電車を降り、人ごみにまざる。改札を出る時に、ぶわっと冷や汗が噴き出した。いつもはいない場所に、警察官が立っているのが目に入ったからだ。僕らを探しているのだろう。

関内駅の売店でマスクを購入し、二人とも顔に装着している。変装としては簡単なものだし、効果は未知数だ。大切に着ていたブレザーは、泣きそうな気持ちで駅のごみ箱に捨てた。

ちらりと後方を見る。森巣は少し離れた場所を歩き、僕について来ている。信じてくれたのは嬉しいが、ハイリスクでリターンが不明な道だ。駅構内を出て、西口繁華街の暗くてすえた臭いのする通りを、祈りながら抜ける。目当ての店を見つけた。

ゲームセンターの中に入る。賑やかな音楽がそこかしこで生まれ、ぶつかり合っている。活気があるが落ち着かない。一階はクレーンゲームとリズムゲームが並んでいた。脇にある階段を上がり、二階を目指す。どうかいてくれよと一縷(いちる)の望みを託して、足を踏み入れる。

ゲーム筐体(きょうたい)から聞こえる打撃音や光線銃の音が、ひどく現実離れしている。自分の耳で聞いた本物の爆破音や揺れが、遥(はる)か昔のことのような気がしてきた。

ロボットアニメの対戦ゲーム機の前に、彼は座っていた。真剣な表情でプレイする顔に、画面の光が反射している。口を閉じなよ、と注意したくなる。

「牧野」

声をかける。牧野はこちらを見て目を丸くしたが、すぐにゲーム画面に視線を戻した。

「なんだよ、結局来たのか。ちょっとピンチでな、負けそうなんだ」

応援してくれよと悲鳴をあげる牧野を見て、安堵し、へたり込みそうになった。

11

牧野が対戦に勝ち、見知らぬ猛者とのゲームを続けようとしたので、「ちょっと話を聞いてくれ」と懇願した。不服そうに「なんだよ」と口を尖らせていたが、遅れて森巣がやって来ると「なんだよなんだよ」と目を白黒させた。

森巣には黙っていてもらい、自分が森巣と組んでいたこと、警察署に連れていかれたこと、そこで爆発が起こったことを説明する。

理路整然と話しているつもりだが、荒唐無稽だ！　と自分でも強く感じた。真っ黒なペンキのついた筆を振るえば振るうほど、見るも無残な絵になっていくようだ。

牧野は顔をしかめたまま、僕の話に耳を傾け、終わる頃には口をぽかんと開けていた。信じてもらわなければならないが、説得力のある要素がどこにもない。

「平、質問があんだけど」

「たくさんあると思うけど、何？」

「俺に一体、どうしてほしいんだ？」

どんなリアクションがほしいのか？　笑えばいいのか、怒ればいいのか、そういう趣旨だったのかもしれない。呆れられず、手を差し伸べてもらえるような説得を試みなければいけない。

　大切な一手が求められる。

　だけど、僕の口から出たのは、単純なものだった。

「助けてほしい」

　隣に立つ森巣が僕の発言に動揺したのが伝わってくる。サッカーで言えば、ゴール前まで持っていったボールを、豪快に外したようなものだ。僕自身も落胆してしまう。

　だから、

「わかった」

　と牧野がうなずいた時、目と耳を疑ってしまった。

「お前らが困ってるってことはよくわかったよ。それ以外は正直よくわかんないけどな」

「嘘だとは思わないのか？」と森巣が不思議そうに訊ねる。

「嘘なのか？」と牧野が僕を見る。

「嘘じゃない」と僕は余計なことを言う森巣を睨んだ。

　牧野は、やっぱりよくわからねえけど、と眉根を寄せた。

「平、俺がその話を聞いて、今この場で通報したらどうするんだよ？」

「回れ右して、逃げるしかない」

「逃がさねえから、安心しろよ」

牧野はポケットからスマートフォンを取り出し、せわしなく指を動かし始めた。検索したのか、「うわ、マジだな」と洩らしている。

「警察署で爆発があって、刑事が死んだって流れてるぞ」

『死んだ』

言葉が頭の中で反響した。

自分の身をもって体験したあの衝撃と時系列を考えれば、笛吹刑事に被害があったことは容易に想像できた。死んだということも、簡単にわかったはずだ。

だけど、そう考えたくなかった。あの恐ろしかった刑事がもういないということのほうが恐ろしい。どんな酷い目に遭ったのだろうか。想像してしまいそうになり、頭を振る。

「現場からいなくなった参考人二人ってのはお前らのことか。名前と顔は出てないな。未成年だからか？」

「警察は俺たちのことを探している。が、発表は時間の問題だろうな」

どういう理由で、いつから始まるかわからないが、警察が情報を隠し切れなくなったら、すぐに公開される。その想像はちゃんとできた。

牧野が立ち上がり、チームメイトを励ますように僕の肩を叩く。

「よし、じゃあ、うち行くか」

薄暗いゲームセンターを出ると、制服姿の警察官が横並びになって待ち構えている。そんな予感を抱いていたのだが、さびれた路地にはくたびれた背広姿のサラリーマンが歩いているだけだった。

横浜駅まで戻り、牧野の家の最寄り駅まで地下鉄で向かう。帰宅ラッシュとぶつかったので車内が混みあっていたのは、紛れる点では助かった。だが、僕らは少しずつ離れた場所で、お互いを視認できるポジションを取っていたので、心細くて気が滅入りそうになる。

にゅっと腕が伸びてきて、誰かが僕を捕まえるのではないか。スマートフォンをいじっている人は、発見の報せを打っているのではないか。周りにいる人たちは、僕のことを見張っているのではないか。

嫌な想像から目を逸らすように顔を伏せ、電車のアナウンスにだけ集中していた。

目的の駅に着き、電車を降り、改札を出て、しばらく夜道を歩いたところで誰からともなく合流し、やっと僕は一息吐くことができた。

「平、立ったまま寝てなかったか?」と牧野に笑われ、「得意なんだよ」と咄嗟に返す。疲弊しているんだ、と弱音を伝えるのはよくないことだと思ったからだ。

ぽつぽつと電灯が並ぶ住宅街を歩き、マンションに到着する。エントランスを抜け、エレベーターに乗り、七階に向かう。エレベーターの稼働する音を聞きながら、高校生活三年間でここにはよく遊びに来たなあと思い出す。

電車での緊張から解放され、何もかも幻だったのではないかと感じたが、牧野と森巣の組み合わせを見て、現実なんだよなと突きつけられる。

牧野が家の鍵を開けてくれたので、中に入る。他人の生活の匂いがした。

「さっきも言ったけど、親は二人とも夜勤だから気にしなくていいぞ」

牧野が森巣を見て口にする。玄関で靴を脱いだ森巣は、それを手に取って廊下に上がっていた。「念のためだ」と森巣は答え、「ふうん」と牧野が含みのある声をあげた。僕はどちらに倣ったほうがいいか迷いながら、「念のため」と靴を手に持つ。

「先に部屋で待っててくれよ。靴は、適当なところに置いといていいから」

礼を言い、右側にあるドアを開けた。そばのスイッチを押し、部屋の電気を点ける。

床には雑誌だけではなく、衣類やコンビニ袋、段ボールに入った漫画本などが乱雑に置かれていた。テレビの前にはゲーム機が三つ並び、配線が絡まり合っている。森巣が汚さに息を呑んだのが伝わってきて、苦笑する。

雑誌の上に革靴を並べ、僕はいつものようにものをどかしてベッドに腰かけた。森巣が渋い顔をして何も踏まないようにそっと移動し、勉強机の前にある椅子に座る。

大きく息を吐き出し、ぎゅうっと目を揉む。もう三日くらい彷徨っているような気分だった。砂漠で見つけたオアシスにしては雑然としているが、他人の目を気にすることなく過ごせるだけでも、ありがたい。

　こつこつ、こつこつ、と音がするので目をやる。

　森巣が左手を口元にやり、右手の指で机を叩いていた。彼の考える時の癖を眺めていたら、頼もしい、任せよう、と無責任にも思考を停止しかけた。が、慌てて考えを巡らせる。

　森巣は事件のことを考えているだろう。

　だから、僕は解決した後のことを考えなければならない。

　僕らは、非常にまずい状況にある。爆弾犯として逮捕されそうになっているというだけではない。僕らは鳥飼さんたちに目をつけられており、目立つ活動は控えていたのに今回の事件の所為で、それすらも続けられなくなってしまった。

　探偵としてやっていくためには、冤罪だと疑いが晴れるだけではいけない。

　もともと危険なことをしていたから目をつけられたのだ！　身から出た錆だ！　という評価で終わってしまうと、もう挽回しようがない。

　つまり、僕はこう考える。

「僕らで犯人を突き止めて、警察に突き出そう」

　森巣が、手の動きを止め、探るような目を向けてくる。

「鶴乃井さんの提案はまだ死んでいない。警察からの信頼を得られたら、活路はある」

「活路？」

「僕らが探偵としてやっていくための道だよ」

森巣が怪訝な顔をした。説明を重ねる。真面目な相談をするのが今になってしまったのは、僕が後回しにしてきたせいだ。

「僕らの活動を、警察は許してはくれない。だから、鶴乃井さんの提案を受けよう。時間がかかるかもしれないけど、探偵としてやっていくには鳥飼さんに認めてもらうしか道はないと思う。自由度は減るかもしれないけど、こそこそしないですむし、活躍する場がちゃんとできる」

森巣が黙っているので、続ける。

「だけど、警察が犯人を逮捕したら、僕らは世間を騒がせた自称探偵のままだ。許してもらえないし、信用を回復するチャンスも失う。だから、僕らが先に解決しよう。能力を証明したら、処遇についての交渉材料にもなる」

説明を終えると、森巣は鹿爪らしい顔をして、言葉を吟味するように間を置いた。

「僕も、僕なりにずっと考えていたんだ」

警察と組む、という形になることを森巣は嫌悪するかもしれない。そう案じていたので、一笑に付されるか、猛反対されるかと怯えていた。

嫌なら話し合うが、受け入れてほしいと、祈る気持ちで返事を待つ。

「警察が犯人を逮捕すれば、自分が冤罪で逮まるよりまし、とは思わないんだな」

「君といたから、少しタフになったのかも」

そう返すと、森巣は片頬を歪めるように笑った。

「お前の考えはわかったが、結論を出すのは今じゃない。それでも、犯人を俺たちが探すことに異論はない。警察がなんとかしてくれるなんて思っていないしな。それよりも、今は気になることがある。平、あいつのことは信じて大丈夫なのか？」

あいつ？　牧野のことか。

「今の僕らにできることは、たった一つしかないと思うんだ」

それは、とてもシンプルなことだ。

「信じることだよ。人を信じて立ち回りながら、戦うしかない」

森巣は他人を信じていない。それは知っている。

だが、先行きも見えない暗闇の中を僕らは彷徨っている。壁にぶち当たり、障害物に足を取られ、追ってくる者の気配に怯えながら、前へ進み続けるには、誰かに灯りをわけてもらうしかない。

「信じる、か。それにしては、遅くないか？」

言われてみれば確かに、部屋に通されてから牧野が来るまでに時間がかかりすぎている。こっそり通報をし、警察を待っているのではないか。嫌な予感が体をぞわりと這う。

直後、ドアが開く音がし、森巣が椅子から立ち上がった。釣られて身構える。

「おまたせおまたせ」

牧野が現れた。両手はお盆の端をつかんでいて、湯気のあがる大きな皿が載っている。食欲をそそる、濃厚なデミグラスソースの香りがして、唾液がわいた。

僕らの視線を受けて、牧野が固まる。

「オムライス、嫌い？」

12

卓袱台の上にあった漫画本やらペットボトルやらを床によけて、大皿に載ったオムライスを中心に僕らは床に座った。

オムライスは、そのチャーミングな言葉以上に本格的なものだった。

卵が半熟でふわふわとしているのがわかるし、ケチャップではなくデミグラスソースがかかっている。二人前以上のサイズ感で迫力がある。

牧野が小皿によそい、僕はピッチャーのお茶をコップに移した。この展開を予想できなかったのか、珍しく森巣は何も言わず、借りてきた猫のようになっていた。

「あったかいうちに食べてくれよ」牧野の号令のもと、僕らは手を合わせていただきますと述べ、スプーンを持ってオムライスを口に運んだ。

口の中に、とろっとした卵と、風味の強いデミグラスソースの味が広がる。これだけでも美味しいが、ケチャップライスもしっかりバターで味付けされているし、グリンピースもあり、賑やかな味わいだった。何もかもを一日忘れ、レストランで食事をしているような気持ちになる。

スプーンを持ったまま固まる森巣を見て、牧野がうっすらと笑っていた。「毒なんか入ってねえっつうの」

不用心だったかもしれないが、僕はオムライスをがっつき、お茶を二杯も飲んでいる。大丈夫だよ、と同意するようにうなずいた。

森巣がスプーンを口に運び、何かに気づいた顔をしたので、牧野が得意そうにする。

「圧力鍋で作ってるから、牛スジがとろとろなんだよ。昨夜の余りがあってラッキーだったな」

ご飯を作ってもらえたのは、とてもありがたいけど、手間暇を感じる一品だった。何故今、手の込んだものを？　という疑問はいくら食べても残る。

「このオムライスはな、『お前の彼女が作るより美味いオムライス』って言うんだよ」

「意味がわからないんだけど」おまけに品の良いネーミングでもない。

「みんな自分の彼女が手料理を作ってくれたって自慢するけど、大体がオムライスなんだよ。だからな、お前らの彼女よりも美味いものを俺は自分で作れるぜって、高校生活三年間で研究をしてたわけだ。その集大成なわけよ、この皿は」

牧野がモテない理由を垣間見た気がしたが、彼の鍛錬を感じる。色々な意味で、味わい深い皿だった。

「誰かの彼女が作ったものと、食べ比べたことはあるのか？」

森巣が真面目な口調で訊ね、牧野が「ないけど」とたじろぐのが面白くて、笑う。今日、初めて声をあげて笑ったような気がした。

「しょっぱい話だけど、美味しいよ」

「おいおい、泣くほどかよ」

まさかと思い、目を触る。目の端が濡れていた。意識した途端に涙が込み上げてきてしまい、止まらなくなる。目頭が熱くなり、鼻水が出てきて、「違うんだよ」と嗚咽じみた声になる。

牧野がけたけたと笑いながら。ティッシュ箱を向けてくる。一枚抜き取り、拭い、鼻をかむ。

弁解しながら二人を見ると、牧野が腹を抱え、森巣も愉快そうにしていた。

その後しばらくオムライスを食べながら、改めて僕は何があったのかを牧野に説明をした。牧野は耳を傾け、時折質問をし、「まじかよ」とか「ひでえな」であるとか相槌を打ち、「なんだよそれ」と憤慨してくれた。

テレビを点けてチャンネルを回してみたが、報道番組はやっておらず、バラエティ番組ではクイズの王者を決めたり、虎の子供たちが動物園でたわむれていた。のんきさにほっとする気持ちと、情報がほしい気持ちがないまぜになる。

牧野がリモコンを操作し、テレビをミュートにした。

「なあ牧野、どうしてだ?」森巣が質問を投げる。

「動物にアテレコするの嫌いなんだよ」

「そうじゃなくて、お前はどうして俺たちを匿うんだ?」

「変だよな。おまけに手作り料理まで振る舞ってるし」

冗談めかした口調で牧野は言ったが、森巣は心底不思議そうにしていた。僕と牧野は友達だが、二人は友達ではないし、面識はあっても話したことはないだろう。赤の他人、というと冷たい印象になるが、実際それに近い。

「お前たちの言うことを、何から何まで信じてるわけじゃねえよ。どうせ、探偵してた以外にも、黙ってることもあるんだろ。正直さ、平、俺は結構ショックだったんだぜ。友達に隠し事されてたことは」

「ごめん」と僕が謝る間もなく、牧野は「でもな」と話を続ける。

「もう人生で会わなくなるかもしれない友達が、最後に俺を騙そうとしてるなんて思いたくなかったんだよ。そんなの悲しすぎるじゃねえか」

牧野が、苦々しそうな顔で眉をハの字に歪める。

「卒業が今生の別れってわけじゃないと思うけど」

「俺たちの人生の高校生編が終わるわけだろ。映画だったら回想シーンではいお終いってものなのかもしれない。俺は別に部活やったり生徒会に入ったり、目立ったことはしてないけどさ、同級生に覚えていてもらいたいんだよ。最後に流れるエンドロールで、自分の名前を見つけてもらいたいんだ」

人に覚えてもらいたい、思い出して懐かしいな、嬉しいなと感じてもらいたいと願うのは、人間として真っすぐな気持ちに思えて、胸に響く。僕の場合は、と考えてしまう。

僕は他人のエンドロールに残り、見つけてもらえるだろうか。

「俺たちを警察に突き出せば、お前はヒーローとして同級生や世間が覚える。とは考えなかったのか？」

「おい」

「確かに」

「おいおい」

牧野がそう言ってスマートフォンを手に取る素振りをしてから、終わる季節について考えるような寂しい顔つきをした。

「忘れるよ。どうせな、関係ねえ奴らは俺が何をしたって忘れる。現に俺は、全国大会で優勝した部活の生徒を一人も言えねえし。平、言ってただろ？　『人の記憶に残るのって、優しくしてもらったことだ』って。なるほどそうかもなって思ったんだよ」

「ああ」と声が洩れる。午前中にそんな話をした。あれが今日のことで、しかも牧野が自分の話を真剣に聞いてくれていたということに驚いた。それに、僕の言葉を友人が大切にしてくれているのは嬉しかった。

「もしこのことがバレて警察に何か言われたら、凶悪犯二人に脅されて仕方なかったとでも言ってくれ。いつかやるんじゃないかと思ってたとか、まさかそんなことをするなんてとか、好きに喋ってもらって問題ない」

「いつかやるんじゃないかと思ってました、そう言わせてもらうよ」

まさかそんなことをするなんて、のほうじゃないんだ。

13

探偵がやるべきことは、真犯人を探すことだ。

まずは情報を集めよう。牧野のパソコンを借りて、警察からの発表や報道機関のニュースサイトを巡回する。「警察署で爆破事件」と「死者が一名」ということだけではなく、

「本件に関する事情聴取を受けていた参考人二名が警察署から逃走中。経緯を調べるとともに行方を追っている」という情報もあった。

上空で巨大な目が浮かび、逃げている僕らを探している、そんなイメージが思い浮かんで身がすくむ。

今度はネットの掲示板やSNSを中心に、僕らがどれくらい疑われているのかを調べ始めた。

結果はすぐにわかった。何故か？

僕らの名前と通学先、顔写真が、すぐに出てきたからだ。

中学時代の卒業アルバムであるとか、学校行事の写真、同級生の誰かが撮影したとしか考えられない写真もアップされている。口元を歪めて何かを企むような顔をした僕の写真もあった。瞬間的に切り取ればそういう顔に見える時もあるだろ、と反論したくなる。

学校で認めたし、それで僕のことまで話題になっているのだろう。昨日の爆弾発見者が森巣であることから、関係あるに違いないと予測され、僕らが逃走中の犯人なんじゃないかと疑っているようだった。

その証拠に――

『ウィンクボマー』

誰かが名付け、みんながそう呼んでいる。

綺麗な顔の探偵で、汚れた顔の爆弾魔、好奇心を疼かせた人々によって森巣は見世物になった。

警察署に連れていかれるのを見たであるとか、警察官から走って逃げているのを目撃したなんていう偽の目撃情報が出てくる。ベビーカーを階段から突き落としていた、なんて酷いものまであった。

「なんだよこれ」呟きながら読み進めていくと、推測の着地点がわかった。

笛吹刑事の主張と同じだ。

高校生がいくつも事件を解決していたなんて、あるわけない。自己顕示欲が強く、今までのものも自作自演だったはずだ。昨日、自分で爆弾を置いて見つけたふりをした。その浅はかな嘘が警察にばれて連行され、追い詰められたから自暴自棄になり、爆弾で攪乱して逃げている。

人を殺したことも、きっと悪いなんて思ってないだろう。だって彼らの倫理観はどうかしているんだから！

「自分は彼らに助けてもらった」という、あの人かなと思い当たる元依頼人からの好意的な書き込みもあったが、「調査中に家のものを盗まれた」「俺は金も取られた」と元依頼人を騙る者たちの多くの書き込みでかき消されていく。デマや伝聞、憶測で盛り上がり、濁流が何もかもを飲み込んでいく。

みんなが面白がって、僕らを犯人に仕立て上げていく。がっくり、どころではない。悪意に圧倒され、呆然としてしまった。

みんなの役に立てればいいなと思っているが、感謝されたいわけではない。だが、こうして叩かれると、寒々しい心細さと怖気に襲われ、きつい。

反して、事件の規模の所為か世間は過度な熱気を帯びているように感じた。町のそこら中で花火が打ち上げられるような、不謹慎な興奮だ。その原因は、森巣だろう。ニュース映像、容貌、人を惹きつける重力のようなものが、みんなの関心を集めている。

最高の役者で、最悪のショーが始まった。

勝手に舞台に上げられ、晒され、落ち込んでいないかと目をやる。

「スマホが使えたら、平の悪人顔を保存したんだがな」

その反応に、むっとしつつ、ほっと胸を撫で下ろす。森巣のペースが崩れていないというだけで、僕は少し気が楽になった。

始まるニュースに備えてテレビを見つめていたら、「激辛」を謳うスナック菓子のCMが流れた。唐辛子のマスコットが口から火を噴いている。眺めていたら思い出した。

「森巣、鳥飼さんは頼れないかな」

森巣が目を細め、険しい顔をする。言いたいことはわかる。

鳥飼さん視点で考えてみると、僕らはもともと疑わしい。

探偵行為を秘密にされており、爆弾の第一発見者で、取り調べの最中に事件が起きて逃走したという、真っ黒な存在だろう。

それでも、警察が何を知っていてどう考えているのかという情報は、僕らの推理を進めるために必要だと感じる。

「俺は、誰だったら警察署のトイレに爆弾を仕込めるかを考えていた。ずっと前から仕込まれていたのだとしたら、警察関係者はもちろん、署内にいた人間は怪しい。相談に来ている市民も、別の事件の容疑者も、出前の配達員も見かけたな。つまり、誰でもできる」

「誰でも、ではないだろ、誰でもでは」牧野が口を尖らせたが、森巣は無視して説明を重ねた。

「だが、俺たちが来る前に爆弾が見つかったら困る。だから今日、取り調べを始める前か最中に仕込んだと考えると、少し絞り込める。犯人は、俺たちが警察署に連れて来られて、取り調べを受けると知っていた人物だ」

「まさか、鳥飼さんが犯人かもしれないって疑ってる？」

「鶴乃井もだ。可能性はある」

まさか、そんな、するわけがない。あんなに僕らのことを心配してくれていた大人が、僕らを陥れるようなことをするはずがないじゃないか。

「俺たちがあいつらに隠し事をしていたように、あいつらも俺たちに隠し事をしていないと、どうして言い切れるんだ？」

　返答に窮する。

　一体彼らの何を知っているのだ、と問われたら人柄であるとか役職しか知らない。だが、わざわざ時間を割いてくれていたあの関係が、全て嘘だったと僕には思えなかった。

「だが、平が話していた通り、リスクはあっても俺たちは誰かを信じないと進めない。どちらが信じられないか、あるいはどちらも信じられないかもしれないが、試してみよう」

　森巣はどこか不満そうに腕を組んだ。誰かを頼るというやり方は彼らしくはない。悪路を進むことになるが、文句は言っていられないと考えているようだった。

「どっちに接触する？」

　森巣が質問を受け、答えようと口を開けた。その時、玄関の方から音がした。扉が閉まる重い音と「ただいまー」と間延びした声が重なって響く。顔の筋肉が強張り、全身が石のように固まる。

　牧野が「親だ。なんで」と頬を引き攣らせて返事をしている。

靴を持参したおかげで、すぐにばれずに済んだ。が、油断はできない。扉一枚向こうから、牧野の両親の声が聞こえてくる。耳をすませば、彼らの息遣いも聞こえてくるようだった。

　牧野が部屋の中で視線を泳がせてから、真剣な面持ちになった。

「ごめんな、二人とも。俺も前、強盗事件をネットで見た時に、騒いだことがあった。俺みたいな奴らのせいで、二人は今、困ってんだよな」

「牧野の所為では――」

「鍵は玄関、財布はテーブル。スマホも服もバッグも、必要なものは全部持っていってい い。あ、パスコードは1182だ。牧野は良い奴で覚えてくれ」

何を言っているのかすぐに理解できなかった。牧野が話を続ける。

「三分したら、家を出ろ。終わったら絶対、ちゃんと返しに来いよな」

牧野はそう言い残すと、扉を開けて出ていった。

向こうから、おかえりであるとか、店の予約をしているのだであるとか、牧野がまくしたてるのが聞こえてくる。明らかに両親は困惑している様子だ。

相当無理やりな提案で、あれは説得とは言えない。両親が牧野の話を一蹴し、何か隠してないかと部屋に来て、僕らを見つけるだろう。両親が僕らのことをネットで知っていたらお終いだ。

罪が言い渡されるのを待つ心持ちで、手に汗握り、目を瞑る。

衣擦れや唾を飲み込む音でさえ、扉の向こうに聞こえてしまうのではないかと不安になり、気が遠くなりそうだった。

どうして牧野の両親は早く帰って来たのだろう。もしかすると、保護者たちに僕らのことが連絡網で回り、警戒するようにとお達しがあったのではないか。それで、心配して夜勤を誰かに代わってもらったのではないか。嫌な予感が、重く頭の中に居座る。

「行ってきまーす」

牧野の陽気な声と、「誰に言ってんの」と苦笑する声が聞こえた直後、扉が音を立てて、閉まった。

しんとした静けさに包まれる。

賑やかな牧野がいなくなり、途方もない寂しさを覚えた。

上手くいったのか確認するように森巣と顔を見合わせる。

森巣が弾かれたように立ち上がった。

「三分したら、出るぞ」

14

三分間で何ができる？

カップ麺が茹で上がる時間じゃ何もできないと一切合切を放棄したくなるが、プログレだったらまだイントロだ。諦めるには早い。

何よりも、視界の中で森巣がせわしなく動いている。僕はほとんど彼を真似るような気持ちで、転がっているジーンズやハンガーにかかっている紺色のマウンテンパーカーを身に着けた。小ぶりのショルダーバッグを受け取る。他にもっと何か必要なものがあるのではないかと部屋を見回した。テーブルの財布に目が留まる。

森巣が手を伸ばしたので、咄嗟に呼び止めた。

「所持金はいくらあるの？」

「二万六千くらいだ」それがどうした、という顔をしている。

「僕は七千円なんだけど、足りないかな」

「どこかに隠れるとして、その滞在費、移動するための交通費も考えれば、あるにこしたことはない。何日でかたがつくかもわからないからな」

牧野が提案してくれていたとは言え、友達の財布からお金を抜くことには抵抗があった。人として踏み越えてはいけないラインだ。

「悪いのは俺だ」

そう言われ、彼にばかり責任や罪悪感を背負わせてしまうことを反省した。

「ごめん。この期に及んで、僕が甘かった」

僕は牧野の財布を手に取り、お札だけ抜き取った。ごめん、ちゃんと返すからと内心で謝罪する。

書き置きを残したかったが、それも証拠に繋がるかもしれない。匿ってくれたことへの感謝だけでも、ちゃんと伝えたかった。オムライスの載っていた大皿を持ち、スプーンで米粒一つ残さないように急いで掻っ込んだ。

冷えても口の中に優しい味が広がる。牧野はどういうことを考えながら、料理を作ってくれたのか、計り知れない思いやりを感じた。目頭が熱くなるのを堪える。

「お待たせ」

そっと牧野家を抜け出し、玄関にあった鍵を閉めて扉のポストに入れる。誰かと鉢合わせすることもなく、エレベーターに乗り込んでマンションを後にした。

再び夜道に放り出され、それも土地勘のない場所なものだから寒々しさが身を覆ってくる。

「これからどうするの」

「ウィンクボマーを捕まえる。それで、カメラの前へ引きずり出す」

軽口かもしれないが、それはとても良いアイデアだった。事件が解決しても、僕らの生活は続く。探偵が真犯人を差し出したら、みんな手のひらを返し、罵倒は喝采へ変わるだろう。鳥飼さんを説得するための交渉材料にもなるはずだ。

「まるでウィンクしてるみたいに、犯人の片目を潰してやるよ」

「それは、やめてよ、絶対に」

リュックを背負い、モッズコートを着た森巣は牧野のスマートフォンを操作しながら歩いている。駅のほうへ向かっていると気がつき、「電車に乗るの？」と質問する。

「映画館に行くぞ。『スティング』をやっているからな」

「見逃してはいたけれども」正気を失ってしまったわけではないよな、と心配になる。

「勘違いするなよ。観に行く奴を見に行くんだ。昨日、四人で話をしただろ」

一体いつのことか。頭の中で、記憶が刻まれている本をイメージし、ページを捲る。逃亡、爆発、と記憶を遡り、昨日の会議室でのやり取りが思い浮かんだ。

『明日の夜、私も行くんだよ』

鶴乃井さんはそう口にしていた。

「鶴乃井さんは、信じられるってこと？」

「まさか。消去法だ。警察組織に所属している以上、鳥飼とコンタクトを取れたとしても情報共有される可能性が高い。あいつは堅物だからな。あの二人はグレーだが、鳥飼が白かを確かめる方法はない。刑事が俺たちの話を、無条件に信じるとは思えないだろ」

「でも、鶴乃井さんも、こんな日に映画に行くのかな？」

「それも賭けだ。だが、警察の捜査にしれっと混ざっているとは考えにくい」

確かに、最近は鳥飼さんの上司が代わって締め出されることが増えたと話していた。鶴乃井さんが協力を申し出ても、じゃあよろしくと歓迎はされないのかもしれない。

「それに、『スティング』だしな」

「だとどうなの？」

「劇場で観たいだろ」

森巣はジーンズのポケットにスマートフォンをしまい、モッズコートのポケットに手を突っ込んだ。牧野の服はサイズが大きいけど、それはそれで似合っていた。

「牧野、良い奴だったな」

不思議な声色だった。どこか沈んだ、寂しそうな声だ。

牧野もマニアックな映画が好きだし、森巣が普段から演技をやめて心を開いていれば、映画談義ができる仲になれていたのではないか。

森巣は、多くのものを取りこぼしている。普通の生活の中にある、当たり前に思えるありがたいものを彼はスルーしてきた。だが、これからは変えられる。彼を表舞台で活躍できるようにすれば、彼は今まで見落としてきた大切なものを知ることができるはずだ。

電車を乗り継いで関内駅へ戻り、伊勢佐木町に歩いて向かった。道幅の広い商店街は華やかな電飾で灯され、道の両サイドには趣のある老舗店や真新しいチェーン店も並んでいる。

夜の十時前だが町は明るく、居酒屋の入口にたむろしている大学生グループや、賑やかな声で喋る背広姿の大人たちが視界に入る。景気の良い一本締めの音が夜道に響いた。

よく行く書店や道中にあるモニュメントを横目にしばらく歩き、活気がなくなり、人もまばらになった頃、ひときわ明るい店が目に入った。

煌びやかな看板が灯り、壁には映画のポスターが張り出されていた。どれも知らないものばかりだ。こぢんまりとしているが、洒落ている。ミニシアターというやつだろうか。

目的地に着いたようだ。

「よさそうなところだね。通ってたなら、もっと誘ってくれたらよかったのに」

「一人で観るのが好きなんだよ。昨日は卒業前だったから、勇気を出して誘ったんだ」

「本当に？」

「俺がお前に嘘をついたことがあったか？」

「割と、かなりある」

しばらく映画のポスターを眺めながら外で待っていた。ただの時間潰しのはずであったが、あらすじをじっくり読んでみると興味を惹かれる。

「もうすぐだ」森巣が腕に巻いているスマートウォッチを見て口にする。

「それ、牧野が卒業祝いにもらったものだから、なくさないでよ？」

「GPS付きだろ？　これをなくす奴はいない」

そう言った直後、劇場の階段をぞろぞろと人が下りてきた。

熟年の夫婦や、古い映画をたくさん観ていそうな長髪の男性、若いカップルが、どこか満足そうな顔をしている。映画の評価は顔を見たらわかった。

「いたぞ」

念のため周囲を警戒するが、警察官の姿はない。僕らは少し遅れて彼の後ろを歩いた。伊勢佐木町の通りを、来た道を戻るように歩く。人の数が減ったところを見計らって、森巣が近づいた。

「鶴乃井」

15

振り返った鶴乃井さんは、目をしばたたかせてじっとこちらを観察している。そっとマスクをずらす。

「なんだ君たちか」

困惑や警戒よりも、教え子が訪ねて来たことを喜ぶような声色だ。

「あの」と言いかけたが、右手を向けて止められた。

「五秒ほしい」

シャッターを閉じるように目を瞑り、固まってしまった。マスクをつけ直して大人しく待つ。時間稼ぎをされているのでは？　と考えが過ぎった時、鶴乃井さんが目を開けた。

「爆発事件があって警察署から逃げ出し、どこかに隠れていた。着替えたところを見ると、友達の家かな。君たちは自分たちの濡れ衣を晴らすための情報が欲しい。鳥飼は警察だし、私はまあ、自分で言うのもなんだけど胡散臭いポジションにいる。だから頼れるんじゃないかと踏んだ。ここに来た理由は、昨日『スティング』を観るって話をしたからか。よく覚えていたね。とまあ、そんなところかな?」

滔々とした口調で、まるで僕らの行動を見てきたかのように説明された。

森巣以外に、こんなにも物事を瞬時に考察し、理路整然と語る人を初めて見た。鶴乃井さんが事件を解決してきたという話を聞いてはいたが、鮮やかさに驚かされる。

「一連のことは濡れ衣だ、あんたもそう思ってるのか?」

「私は君たちのことを買っていたつもりだよ。ウィンクボマーなんて呼ばれるために、活動していたわけじゃないだろう?」

「ありがとうございます」

「気を許すのはまだ早いよ。知りたいことがあるんだろう。話をするから移動しよう」

鶴乃井さんが腕時計を見る。

「十時過ぎか。喫茶店がやっている時間じゃないし、未成年をバーや居酒屋に連れていくのも気が引ける」

真剣な口調で言い始めたものだから、いいですよ、どこでも、と訴える。

「じゃあ、あそこでいいかな?」

通りのすぐそばにある、カラオケボックスを指さした。警察が見回りに来た場合、完全個室の場所は逃げ場がないが、背に腹は代えられない。森巣を窺うと、うなずいた。

「よし、じゃあ行こうか」

カラオケボックスの自動ドアをくぐり、来客を告げる軽快な音が鳴る。奥から眉の濃い中年の男性スタッフが目をこすりながらやって来て、鶴乃井さんが手続きを始めた。森巣がカウンターのそばに立ち、僕は店の外を眺めて警戒する。一秒たりとも気を抜かず、役に立たなければと言い聞かせる。

どうして、町を守ってくれている警察官に怯えなければいけないのか。悲しみとも憤りとも思える感情が顔を出し、情けなく眉が歪む。

外には、ふらふらと歩く男女三人組の姿が見えた。二十代前半くらいだろうか、男性二人が千鳥足で歩く女性の肩を抱きながら歩いている。転んで三人が怪我をしないか心配になった。

「おーい、行くぞ」

はっとして振り返る。二人が既にエレベーターの前に立っていたので、慌ててそちらに向かう。乗り込み、扉が閉まる。中はうっすらと煙草の臭いがした。

「意外だな」

「君たちと話をすることが？」

「あんたがカラオケの会員カードを持ってることがだ」

鶴乃井さんが照れ臭そうに鼻の頭を掻く。

「学生たちとの飲み会の後に、二次会へ行くこともあるから」

「それだけにしては、会員ランクが上だったじゃないか。ストレスが溜まるんだな」

「あまり推理しないでよ。恥ずかしいなあ」

三階に移動し、奥から二番目の部屋へ入る。L字形のソファが置かれた、五人入るのがやっとくらいの小さな部屋だった。防音になっているとはいえ、隣室から電子音で紡がれるメロディと、音程の外れた気持ち良さそうな歌声が小さく聞こえていた。

備え付けられたモニターで、俳優が「歌手デビューしました」と曲の紹介をしている。

以前の僕だったらそれを見て、それなりに妬ましく思ったはずだ。作曲したわけじゃないくせに、なんて偉そうに文句を言う姿が目に浮かぶ。

だが今は、そういう気持ちにはならなかった。画面の中で「デビューしました」と誇らしげに言う自分も、画面の中で事件のあらましを説明する自分の姿も想像できない。

僕ができること、僕にしかできないことはある。

そんなことを考えながら眺めていたら、俳優が画面から消えた。隣に座る森巣がモニターのコンセントを引っこ抜いていた。

鶴乃井さんを奥に、僕らは扉の窓から見えない位置に腰かけた。

ヌメ革の鞄を大事そうに脇に置き、「さて」と鶴乃井さんが口火を切る。

「知りたいことは色々あると思うけど、何から知りたい？」

「警察は、俺たちのことをどのくらい疑っている？」

「あの後、私も署を追い出されてね、ご覧の通り捜査に参加しているわけじゃない。物語の探偵みたいに、初動から一緒になって調べたりしないんだ。もちろん『関係者を集めてくれ』なんて言ったこともない。というわけで、捜査情報を完全に把握しているわけではないんだけど、それでも鳥飼と話はしたよ」

そう口にしてから、鶴乃井さんは僕らを見やり、申し訳なさそうな面持ちになった。その仕草で現状を察する。

「まさか！」と唾を飛ばし、文句をぶつける。「ちゃんと調べてるんですか？」

「わかるよ、でも、ほぼ黒だと思われているようだね」

「僕らが爆弾をいつ仕込んだっていうんですか？　取り調べを受けていたんですよ？」

「今回使われたのは、圧力鍋爆弾じゃなくて、小型のものなんだよね。だから、隠し持っていた可能性もある」

「僕らがそんなものを用意したり、大それたことをするって普通思いますか？」

「思うんじゃないかな」

空模様を口にするような言い方だった。ただ、感じたことを述べる、冷静というよりも淡泊な印象を受ける。

「いつだって何をしでかすかわからない、得体のしれない存在は若者だからね。何かを変えよう、大きなことをしようとする若者は怖いんだよ。大人がほしいのは、安全とか安心なんだ」

森巣がげんなりした様子で鼻で笑う。鶴乃井さんは、大人側とも若者側ともつかない困った顔をした。

「君たちは高校生探偵なんて、普通じゃないことをしていた。出る杭というか、規格外のものや理解の及ばないものは怖い。そういうイメージは簡単に払拭できないっていう話さ」

「グレーのものを黒だって言うのが大人の仕事なら、社会に出て働くのは案外楽そうだな。将来に希望が持てる」

「不安を排除しようとするのが、社会活動だからね。でも、そんなことよりも、気になる話を耳にしたんだ」

今になって、鶴乃井さんは思い出したように、声をひそめた。

「監視カメラだよ」

16

監視、という言葉が頭の中で警報のように鳴る。

自分を俯瞰しているような映像が頭の中で流れる。壁にマイクが仕込まれており、それらを管制室のような場所で睨んでいる人々がいる。一挙手一投足を、眉をひそめる表情を筆記している人がいる、そんな妄想をしてしまい、怖気立った。

「カメラなら、そこにあるぞ」

森巣が天井を見上げる。そこには、黒い半球状の監視カメラが設置されていた。見慣れてしまい意識していなかったが、監視カメラは町中や店のそこかしこにある。今もリアルタイムで誰かが見ているのではないかと不安になり、さっと視線を逸らす。

「私が言いたいのは、二人が受けた取調室の監視カメラの映像の話だよ」

ああ、と声が洩れた。あれを見てくれたのなら、話は早い。

「最近の警察の取り調べは、透明化を求められていて強引なことはしない。ドラマみたいに机を叩いて迫ることだって一発アウトなんだ。法廷で証言をされたら、せっかくの調書が信用されなくなる。一からやり直しになっちゃうからね」

「じゃあ鶴乃井さんから見ても、あの取り調べは異常でしたよね？」

「それがね、平くんの取り調べは録画されてないんだ」

そんな都合がいい、と呆れる。あの後世へ語り継がれるべき嫌がらせを録画しなかったなんて。

「意外に思われるかもしれないけど、取り調べって毎回全部カメラで記録されるわけじゃないんだ。重大な事件の時だけ、手動で録画ボタンを押している」

「今回は、その重大な事件じゃなかった、と」

「爆弾絡みだし、今回も録画されるはずだった。でも、録画し忘れた人がいた」

「誰なんですか、そんなうっかりをしたのは」

「笛吹刑事だよ」

何故？　と疑問が浮かんだが、あんな取り調べをしたのだから、わざとなのだろう。何度も同じことを喋らせて、犯人だって決めつけていた。

が、はっとした。

「GPSの映像を見せられました。昨日、森巣が爆弾を発見した時のものだって」

「GPS？」森巣が眉をひそめる。

「森巣のスマートフォンのGPSが、爆弾を発見した現場をうろうろしてる映像だった。捜査資料を僕に見せたことを、秘密にしたかったんじゃないかな」

森巣と鶴乃井さんが、黙り込んだ。

二人がどうしてそんなに考え込んでいるのかわからず、顔色を窺いながら説明を待つ。

すると、森巣がゆっくりと口を開いた。

「日本で事件が起きて、警察が逃亡する犯人のスマートフォンのGPSを、リアルタイムで把握して逮捕した件数はいくつだと思う？」

いくつだろうか。年間で十件程度かなと逡巡している間に森巣は答えた。

「ゼロだ」

意外な数字だった。例えば、自分のスマートフォンが見当たらず、GPSで探す機能なんてありふれている。僕も使ったことがある。なんでそんな簡単なことを、警察は活用しないのか。「なんでやらないの？」

「技術的には可能でも、容疑者のGPS情報を調べたかったら、警察は通信事業者に教えてもらうしかない。そのためには令状が必要になる」

「令状をもらったらいいじゃないか」

「結論から言うと、令状は取れない。憲法十三条から導かれる『個人の私生活の自由』もあるが、むしろ三十五条の保障対象『住居、書類及び所持品』に準ずる私的領域が侵入されるから問題なんだ。要するに、プライバシーの問題ってことだ」

「ただの位置情報が、その三十五条に関係するのかぴんとこないんだけど」

「例えば、容疑者が事件とは無関係な場所、特定の宗教施設に出入りしていたとする。そうすると、容疑者の信教や思想を把握できる。他にも行動パターンや行き先から、交友関係、人に隠したい過去や趣味嗜好を、警察は把握することができる。つまり、プロファイリング可能ってわけだ。容疑者の位置情報以上の個人情報を、勝手に集められることが問題なんだよ」

説明を受け、自分の口から納得の声が洩れた。

誰がどこにいるのかはつまり、何をしているのかにも繋がり、行動がわかれば人格の予測もされてしまう。それは勝手な情報収集以外の何物でもなく、すなわち、個人情報を国家権力に管理されることになってしまう。やましいことが何一つない人なんていないだろう。

「ということが、現状ではこの国の最高裁判所大法廷で判決されている。つまり、違法な捜査はできないし、違法に調べたものは証拠にならないから、使えないってわけだ」

なるほどと相槌を打ちながら、そう言えばと思い出す。

「GPSは、なんとかキャッチャーを使って調べた、とも言っていたよ」

すると再びの沈黙が生まれた。鶴乃井さんから笑みが消え、真剣な気迫のある顔つきになる。

「IMSIキャッチャーのことか」

「確か、そんなだった気がする。ちなみにそれは？」

「令状が取れないから、通信会社に問い合わせができない。なら、自分たちで手に入れればいい。そのための偽装基地局のことだ。アメリカでは犯罪捜査に使われていたとバレて、問題にもなった」

プライバシーや僕の知っている社会のルールはどこにいったのか、と啞然とする。

「アメリカ政府は危険人物だけじゃなくて、一般市民のネットの履歴、メール、通話も監視していたと暴露されていたね。日本政府も特定秘密保護法を強行採決して、政府の活動を検証しにくくした」

「え、じゃあ、そのなんとかキャッチャーが日本にもあるってことですか?」

「いや、ないと思うよ」

鶴乃井さんがけろりと言ったので、肩透かしを食らう。森巣も、同意するようにうなずいた。「ないんですか」

「仮にあったとして、警察がIMSIキャッチャーを使っているとする。爆弾絡みの事件だから、敏感になって使ったというシナリオでね。でも、階級的に笛吹刑事が知っているとは思えないかな」

確かに、憲法違反の監視装置があるとしたら、情報を扱う専門チームであるとか、一握りの偉い人間くらいしか知らないと考えたほうが自然だ。

「そんな機密情報を、ぺらぺら平に喋るのもおかしいな」

「じゃあ、なんで話題に出したんだろう」

「笛吹刑事は平君を揺さぶって、間接的に森巣君に関する何かを喋らせようとしていた。一体何を聞き出したかったのか、それが手の込んだ嘘をついた理由なんじゃないかな」

鶴乃井さんが、両手を顔の前で組み、ちらりと森巣を見つめていた。それは、森巣とはまた異なる、何かを見抜こうとする、使命感に満ちた眼差しだった。

「ウィンクボマーについて話していないこと、あるよね？」

17

「倉庫の盗難事件」

鶴乃井さんがそう言葉を続けたが、何のことかわからなかった。それが現実のニュースなのか、サスペンスドラマの内容なのかも判然としない。

僕はきょとんとしていたが、隣の森巣は反応を示した。何か思い当たることがある顔をした。大袈裟なものではなかったが、じりじりとした緊張が伝わってくる。

「去年の十月、大黒ふ頭の倉庫、コンテナの盗難」

鶴乃井さんが淡々と口にすると、森巣が納得するように声を洩らした。

「なんだ、そういうことか」

「どういうことだよ」

「森巣君は、わかるよね」

「把握した」

「だから、どういうことだよ」

三人しかいない部屋で、僕が知らない話を展開され、声を荒らげる。何よりも嫌だったのは、森巣がばつの悪そうな顔をしているのに、その理由がわからないことだ。

嫌な予感がする。これは、ただの疎外感ではない。

君は僕に隠し事をしているな？

森巣は時間をかけてから、僕の目を見た。医師が深刻な病名を口にする、そんな覚悟を決めた顔つきをしている。

「去年の十月、港で盗難事件の調査をした。その結果、依頼人が騙されて武器の密輸に加担させられていると気づいたから、俺は何人かぶちのめして通報した。後始末は警察に任せたが、間違いだったな。警察署で使用された爆弾は、あの時の押収品だろう」

「そんな調査、した記憶がないんだけど」

「ああ、これは俺が一人で調査したからな」

その時、頭の中でストロボが焚かれた。一瞬だけ、推測が情景として浮かび上がり、脳に焼き付いた。それは、「そんなはずがない」と簡単に追い払えるものではなかった。情報が結びついていき、僕に答えを差し出してくる。

扉の向こうには、知りたくないことがある。その先に進まず、戻り、気づかないふりをして過ごすことも、今ならできる。

本当のことを知るのは恐ろしいが、彼についてなら、ちゃんと知りたかった。深い傷を負う予感がありながら、それでも質問をぶつけた。

「森巣、正直に答えてもらいたいんだけど、ネットで見た事件ってガセ？」

「ガセのものもある」

「質問を変えるよ。僕が解決した覚えのない事件があったけど、君が一人で解決した？」

「そういう事件もある」

「つまり、君は僕抜きでもやっていたわけだね？」

「そうだ」

その瞬間、崖から突き落とされたような気持ちになった。足元を見失い、落下に合わせて体がすくみ、予想もできない痛みと衝撃に恐怖する。

「どうして僕に黙ってたんだ？　一人でも全く困らなかったからか？」

理性が失せ、思ったことが止めどなく声に出ていた。探偵として活動をする時に声をかけられなかったとは、すなわちそういうことではないか。

森巣は、僕をじっと見つめている。あまり動じていないように見えて、余計に腹が立った。

「僕は隣にいたつもりだ。誰も頼らないつもりなら、一人で生きろよ」

吐いて捨てるようにそう告げた瞬間、反動を自分で味わった。

感情に任せて、暴言を吐いた自覚を持つ。相手を傷つけようとした自分自身が許せない。怒りと羞恥が頭の中でもやのように広がっていく。

「ちょっと、トイレに行ってくる」

マスクを装着し、逃げるように部屋の外に出た。

頭を冷やしたい。

出て右、廊下の先にトイレがある。個室に入る前に、非常階段とトイレの場所は確認しておいた。進み、男子トイレの扉を開く。が、すぐに酸っぱい臭いが立ち込めていることに気づき、顔をしかめる。床に誰かの吐瀉物が散乱していた。

ここで用を足す気になれず、踵を返す。非常階段を下りて一つ下のフロアに移動した。

男子トイレに入り、今度は大丈夫だよなと確認する。個室の扉は閉まっていた。二つ並んでいる小便器のうち、右側は背広姿の男性が使用している。空いているほうの前に立ち、用を足す。隣の男性が、じっと僕の顔を見た。

額の皺が目立つ、大きくていかつい顔をしていた。目が据わっている。酔っているのか、それとも僕のことを警戒しているのか。じんわりと冷や汗が浮かぶ。さっさと終わらせて出たかったが、最後にトイレに行ったのはずいぶん前なので、なかなか終わらない。

「なあ、お前」

どきりとし、心臓が跳ねる。隣を見ると、背広の男が胡乱な目つきを向けてきていた。

「ソフトクリームってどこにあんの？　口ん中、さっぱりさせてえんだけど」

「えっと、マシンなら一階の受付そばにありましたよ」

「そこまで戻らないといけねえのかよ」

男は口をすぼめ、体を震わせる。ほっとしつつ、曖昧に返事をする。男は性器をしまい、洗面台のほうへ向かった。僕も終わったので、連られて移動する。

「そういや、知ってるか？　警察署が爆破されたらしいぜ」

平静を装いながら「そうなんですか」と相槌を打つ。直後、知らないふりはまずかったかもしれないと焦る。が、男は気にした様子もなく、手をすすぎながら話をつづけた。

「町中警官だらけで気味悪いよな。万引きしてないのに、そわそわする気持ちっつうか」

「ですね」

「もし、俺が警察より先に犯人を捕まえたら、きっと表彰されるよな。そうしたら、お手柄だって昇進させてくれねえかな」

「昇進は無理じゃないですかね」

鳥飼さんや鶴乃井さんならまだしも、会社員じゃ関係ない。反射的に言い返してしまったが、気を悪くして因縁をつけてこないか不安になる。が、男は「たしかに、そんな甘くねえわな」とこぼし、ちゃっちゃと手を振って水切りをするとトイレを出ていった。

僕も早く二人が待つ部屋に戻ろうと、人目を気にしながら廊下を進む。

右側、奥から二番目だったなと思い出す。途中にある部屋の扉についている小窓から中の様子が透けて見え、何の気なしに目をやる。

警察署で爆破事件が起こっても、こうして歌うために集っている彼らのことが羨ましい。どんなに大きな事件が起きようとも、自分の生活に関係がなければ、それぞれの生活は続く。何事もなく暮らせるだけでも幸運なんだなと思い知る。

どんな顔をして戻ろうかと悩みながら、部屋の前に立つ。

が、おや、と思った。

中から、賑やかなメロディが聞こえてくる。モニターは森巣がコンセントを抜いていたはずだ。戻る部屋を間違えたか？　それとも無音は不自然だと思い直し、ＢＧＭ代わりにしているのだろうか。

小窓をちらりと覗く。

角度的に鶴乃井さんが見えるはずだが、姿がない。代わりに、奇妙な形で蠢く不気味なシルエットが見える。じっと観察する。知恵の輪を一つずつ解いていくように、少しずつ把握できた。

上に向かって伸びているあれは、人間の足だ。その前に、もぞもぞと動く人影もある。

座席で誰かが寝ているのかと思ったが、構図がよくわからない。

どす黒い嫌な予感がして、再び緊張感が高まった。

目を凝らす。シートの上で、女性が羽交い絞めにされながら寝かされていた。こちらに背を向けている男は、ズボンを下ろしている。わけがわからず、頭が真っ白になり、体が固まった。

女性と目が合う。彼女は後ろにいる男に拘束され、手で口を押さえられている。それでも、くぐもった悲鳴が、目からは必死な思いが伝わってきた。

自分が今、強姦の現場を目撃しているのだと理解する。

頭の中で、思考が駆け巡る。

どうするべきか。僕と森巣は逃走中だ。町中では警察が僕らを探し回っている。目立つことはするべきではない。僕らだって大変なのだ。最優先事項は、逃げて無実の罪を晴らすことだ。助けるにしても、誰かを呼ぶべきだ。さっきトイレにいたあの強面の人ならば、協力してくれるのではないか。

考えろ、考えろ、と自分を叱咤し、奥歯を嚙みしめる。

だけど、考えている暇はなかった。

僕が悩む一秒が、あの人を苦しめてしまう。

見て見ぬふりなんて、できるわけがなかった。

18

やれるのか、僕に。やるんだよ、僕が。

言い聞かせて、扉を開ける。中にいたのは男二人、女一人の三人だった。見覚えがある。鶴乃井さんが受付をする時に、ふらふらと外を歩いていた彼らだ。心配していたが、全然大丈夫ではなかったわけだ。頰のこけた骸骨じみた顔つきの男が、茶髪の女性を後ろから拘束し、体格のいい坊主頭の男がズボンを脱いでいる。

「助けて！」

茶髪の女性が声を上げた。悲痛な声色だった。僕の登場に驚き、骸骨顔の力が緩んだのだろう。彼らが逃げ出してくれないかと淡い期待をしたが、そんなことはなかった。

「誰だよお前、邪魔するんじゃねえよ」

坊主頭が顔をしかめ、ズボンを穿き直すことなく、口を尖らせる。顔が丸く、巨大な赤ん坊が喚いているように見えた。

「おい、聞いてんのかよ」

視線を巡らせ、武器になりそうなものを探す。テーブルの上にマイクが二本と飲み物の入ったグラスがあるだけだった。

部屋の上部にある監視カメラに目をやる。見ているなら助けてくれよ！　と念じたが、何の気配もない。監視カメラなんて役に立っていないじゃないか、もっと防犯のためにできることはあったんじゃないかと文句を言いたくなる。

「おい！」

怒声に驚き、我に返る。わけがわからないくらい心臓が騒ぎ、寒気がし、足が震える。だけど、やるしかない。

テーブルのグラスをつかみ、その中身を男たちに向かってぶちまけた。それぞれの顔に液体がかかる。ねっとりとしたアルコールの臭いが鼻についた。

わっと驚くような短い悲鳴があがる。急いで女性の腕を引き、立ち上がらせる。涙で顔の化粧が滲(にじ)んでいたのが痛々しい。靴も脱げているし、バッグも床に転がっていた。

「逃げてください」

怯えと緊張からなのか、それとも何か薬物を飲まされたのか、女性の目が泳いでいる。

「逃げて！」大声をあげて扉を開ける。が、女性は足がもつれたのか、転倒した。

手を差し伸べようと屈むと、視界の端に何かが迫ってきていた。

拳だと気づいた瞬間、目の前が光った。衝撃と共に右目のあたりに熱が生まれ、ぎょっとする間もなく視界が揺れた。ドアに体がぶつかる。ドアノブが背中に食い込んだ。痛み、呻く。

すぐに胸倉をつかまれた。坊主頭が濡れた顔を手で拭い、鼻息を荒くしながら、右手を高々と掲げていた。両腕を顔の前に持っていき、防御する。相手は喧嘩慣れしているようで、そのまま顔を狙わずに空いた鳩尾を殴ってきた。激痛が走り、内臓が悲鳴をあげ、息が止まる。

拳を掲げ、顔をめがけて振り下ろす、単純な動作が繰り返される。反撃するための隙を探すが、力に圧倒された。マスクが床に落ちた。口の中が切れて、鉄の味が広がる。自分の気勢や意識が、萎んでいく。暴力に怯え、恐怖に耐える意思すら失いそうになる。視界がかすみ、耳の奥で何かがずっと鳴っていた。

「ちょい待ち」骸骨顔が声をあげる。やりすぎだと咎める声色ではない。坊主頭が不貞腐れた顔をしていた。「そいつ、なんか見たことあんだよなあ」

「なんだよ、お前の知り合いかよ」

「違えよ。どっかで見たんだよ。最近よ、最近」

軽薄そうな調子で声をあげ、骸骨顔が頭を掻きながら近づいて来る。検分するように覗き込まれたので、不安になって顔を逸らした。

「あいつじゃん！　ほら、探偵だよ探偵」

「探偵？」勇者や魔法使いと同様の、子供じみた言葉を嘲笑するような口ぶりだった。

「警察署を爆破した奴らだよ。ウィンクボマーって言えばわかるか？」

疑いと好奇の混じった目を向けられ、血の気が引いた。

「あー、本当だ。お前よくわかったな」

短時間でそのイメージは定着していることと、こうして男たちに倒されていることが、情けないし屈辱的だった。自棄（やけ）になって笑いたくなる。一体僕は何をしているのか。

「ていうか、どうする？　こいつ邪魔だけど、このままやるのか？」

そう言って、坊主頭が僕と転がっている女性を交互に見る。

やる、が頭の中で変換され、その軽薄な言い方に腹が立った。この状況をなんとか変えられないかと、視線を走らせる。この時になって、壁に設置されている受話器が目に入り、自分に失望する。あれはフロントに通じているはずだ。最初からあれを使って事態を知らせればよかったのだ。

骸骨顔がぽん、と手を叩いた。いいことを思いついた、そんな仕草だ。

「少年探偵、お前は何も見なかったし、何もされてない。三人だけの秘密にしようぜ」

「おいおい、なんでだよ」

「そっちのほうが、この女がかわいそうだろ。長い長い人生で、自分は見捨てられたってことあるごとに思い出しながら生きるんだぜ。苦しんでる時に助けてくれそうな奴が現れても、また裏切られるって思うんだ。これから一生誰も信じられなくなるわけよ」

呆気に取られ、言葉を失った。骸骨顔はぞくぞくするよな、と嗜虐心にあふれた顔を浮かべ、「まあ悪人同士、持ちつ持たれつってことでさ」と僕の肩を叩いた。足の多い虫が体を這うような嫌悪感が駆け巡る。

絶望でずぶ濡れになり、身体が重くなる。蹲っている女性が顔面蒼白になっていた。見捨てるの？　嘘でしょ？　と訴えてくる。

「ごめん」

声に出し、かぶりを振る。

「ごめんな森巣」

どうにか警察沙汰にできれば、彼女を助けることができる。二人なら、濡れ衣を着せられたこの困難も乗り越えられると思っていた。だが、僕らの逃走劇は終わってしまう。ここで僕が抜けてしまうのは、無責任だろうか。それとも、爆弾騒ぎも森巣一人で解決できるのか。

僕は友人の役に立とうと奮闘してきたが、それもここまでだ。

だから、本当にごめん。

床を蹴り、立ち上がった。体勢を戻し、右腕を伸ばす。助けを呼べば、店員が駆けつけてくれるだろう。警察が来て騒ぎになるが、森巣なら察して逃げられるはずだ。鶴乃井さんが上手く逃がしてくれるかもしれない。

壁の受話器を手に取り、耳に当てた。

耳元で、呼び出し音が聞こえる。

「はい、こちらフロントです」

そう聞こえた瞬間に、受話器を奪われる。

「間違えましたー、ごめんなさーい!」

僕の声ではない。暴漢二人の声でもない。森巣の声だ。

骸骨顔が目を剝いている。坊主頭が口をぽかんと開けている。

ゆっくり振り返ると、背後の扉が開いており、いつの間にか森巣が立っていた。僕から奪った受話器を壁に掛ける。

「遅いから迎えに来たぞ。階を間違えたか?」

「野暮用があって」

森巣が、「野暮用ねえ」と口にし、個室の中を見回す。目つきが鋭くなり、体が静かな怒りを放っている。既に状況を飲み込んでいるようで、「女を連れて出ろ」と顎をしゃくった。

茶髪女性の肩を抱くようにし、個室の外に出る。震えが伝わってくるが、強く肩をつかんでいいのか、触られることがそもそも嫌なのではないかと、対応に悩む。ちらりと目をやると、森巣が目を爛々とさせて坊主頭に飛び掛かっていた。

すぐに、扉の向こうから流れるBGMが急に大きくなった。耳をすますと、マイクのハウリング音や、何かが衝突する音と共に、野太い悲鳴があがった。痛みに耐えきれず、喚き、叫ぶ悲鳴が聞こえる。森巣のものではないので、ほっとした。直後、相手が誰であれ、彼に暴力を振るわせていることへの罪悪感がのしかかってくる。

「ねえ、本当なの？」

茶髪女性が、悄然(しょうぜん)とした面持ちで訊ねてくる。

「爆弾のことだったら、濡れ衣なんですよ。信じてもらえるかわかりませんけど」

笑顔を作ってみるが、ひどく自嘲(じちょう)的なものになっている自覚があった。信じるとも信じないとも言わず、黙っている。

「あなたは、早く逃げてください」

茶髪女性は小さくうなずき、一歩ずつ懸命な足取りでエレベーターのほうへ向かって歩き出した。

が、途中で振り返ると、言葉を精一杯選ぶように時間をかけて、口を開いた。

「ありがとう。あの、がんばって」

咄嗟のことに驚きつつ、ああとも、ええともつかない曖昧な返事をする。励ましてもらえるなんて思ってもみなかった。素朴だけど、心に沁(し)みる言葉で、世の中、酷いのかそうじゃないのかどっちなんだよと苦笑してしまう。

茶髪女性を乗せたエレベーターの階数表示を見届ける。一階に到着した瞬間、後ろのドアが開いた。肩で息をしている森巣がやって来た。顔に血が付いていたので心配になり、思わず手を伸ばす。

察した森巣が、自分で慌てて頰の血を拭う。

「安心しろ、俺のじゃない」

「よかった」

「よし、じゃあ、逃げるぞ」

19

非常階段を使って一階に下り、エントランスの前を通る。トイレなのか事務仕事なのかわからないが、受付の店員が不在だったので、足早に移動して店の外に向かう。自動ドアが開くまでの時間でさえもじれったい。

ひんやりとした夜風が、殴られた顔面を労って撫でるように吹いた。

「鶴乃井さんは?」

「大人なんだから、一人でもどうにかするだろ。後始末は任せよう」

「頼めばきっと、匿ってもらえたよね。ごめん、僕のせいで」

「気にするな。早く出たかったところだ。カラオケは好きじゃないからな」

冗談を言っている場合かと思ったが、冗談に救われた。

アドレナリンが収まってきたからなのか、身体のあちこちがずきずきと痛み、悟られぬよう、奥歯を噛みしめながら歩を進めた。

気持ちを紛らわせようと、これからのことを考える。朝までどこに隠れるべきか。身分証の提示ができないので、ネットカフェも厳しいだろう。朝までやっているファストフード店やファミリーレストランで粘るしかないか。睡眠がとれない状態で朝を迎えたとして、明日何ができるだろうか。作戦を立てる時間が取れるのは、今晩くらいだろう。

森巣の歩くスピードが遅くなっていることに気がつき、どうしたのかと訝しむ。じっと目を凝らすような顔つきをしていた。つられて前方を見やる。

どこから現れたのか、制服を着た警察官が二人、こちらに向かって歩いていた。

焦り、立ち眩みに襲われる。

着替えているし、素知らぬ顔ですれ違えば疑われることもない。が、自分がマスクをしていないことを思い出して血の気が引いた。このまますれ違うことになれば、顔も見られるだろう。殴られた跡はどれくらい目立っているだろうか。何があったのか訊ねられるのではないか。心臓が早鐘を打ち、目が泳ぐ。

「振り返るなよ」森巣が囁く。

思わず背後を確認したくなるのを堪えた。

「後ろにもいる」

誰が？　明白だ。市民の味方、警察官だ。

「右に行くぞ」

五メートルほど先が十字路になっている。右に曲がれば国道十六号線にぶつかる。このあたりは繁華街だし、大通りだからタクシーも走っているはずだ。行き先は、この際乗り込んでから考えればいい。

大股になり、歩くスピードがわずかに上がった。やって来る警察官がそのことを不審に思うのではないかと、気が気じゃない。

警察官たちの顔が見えそうになる直前、僕らは右折した。

走り出したい衝動を抑えながら、息を殺し、大通りを目指す。いつもより早い歩調に、自分自身が急かされているような気持ちになり、だんだん息が上がる。

ばれていないだろうか。

恐怖に駆られて、思わず振り返ってしまった。安心したかったのだ。

僕らの前と後ろを歩いていた警察官四人が、合流し、何かを話している。そのうちの一人と目が合った。まずい！　と慌てて前を向く。

「おい」後ろで声が聞こえた。気のせいなのか、本当なのか、それを確かめたくもない。

警察官たちが色めき立ち、近づいてくる気配を感じる。

どこか、誰か、助けてくれ、そう思った瞬間だった。

右側から、強い光が焚かれた。驚き、身構え、目を細める。

路上駐車していた軽自動車のフロントライトが点灯されたところだった。

「乗って」

運転席の窓から顔を出している人がいた。短い黒髪には、ところどころに黄緑色のメッシュが入っている。色白で目の周りを黒くぼかすようなメイクをしている。怪しいか怪しくないかで言えば、怪しい。若い女性で、知らない人だった。

「ほら早く」と手招きしている。

急かされ、森巣が車へ向かった。助手席に森巣が、僕は後部座席のドアを開けて、飛び込むように乗る。シートベルトを装着する音と同じタイミングで、車が滑(なめ)らかに発進する。

身を倒しながら、そっと後部の窓から外を確認する。追いかけて来る警察官たちの姿が見えず、胸を撫でおろした。

息を整えながら「ありがとうございます」という僕のお礼と、「待たせたな」という森巣の声が重なった。

丁度、赤信号で車が停止した。改めて目をやる。運転席の女性は黒いライダースジャケットがよく似合っていた。目に施された黒いメイクの中で、芯の強そうな瞳がこちらを見ている。鼻筋がすっと通っていた。綺麗な人だが、表情が豊かではなく、心を開いていないような、冷淡な印象も受ける。

「君が良ちゃんで、後ろの子が平くんでしょ」

「そうです」返事をしながら、何故その呼び方を？　と引っかかった。森巣をそう呼ぶ人物を、一人しか知らない。

「小此木からよく聞いてるから、はじめましての気がしないね。あたしは香々美。小此木の大学の友達だよ」

で、あんたらの恩人になるわけだね、と香々美さんは抑揚のない口調で続けた。

20

僕らを乗せた軽自動車は法定速度で十六号線をＪＲの線路沿いに進み、関内、桜木町の駅を越えて十三号線へ曲がって走り続けた。探偵をやってきたおかげで、高校生なのに道に多少詳しくなったなと思う。

前の島根ナンバーの車を見ながら、どうして島根の人が夜遅くに横浜を走っているのかな、なんてぼんやり考えている自分がいることに驚く。気が緩みすぎだ。

「あなたは誰ですか」「どうしてですか」と事情を訊ねる。

「ってことは、連絡をしてきたのは良ちゃんのほうってわけね」

森巣が馴れ馴れしく呼ばれたことに対して、わずかに苛ついたのがわかる。香々美さんもそれを悟ったのか、「そうでしょ、森巣くん」と言い直した。

どうやら森巣が手配をして助けに来てもらったようだが、「小此木さんの電話番号を覚えてないんじゃなかったっけ？」という疑問が浮かぶ。

「牧野の家のパソコンから、霞のサークルのホームページを開いて、問い合わせフォームで連絡したんだ。『小此木霞様、本日の打ち合わせは二十時上映の『スティング』の後でよろしいでしょうか？　ＲＭ』ってな」

ＲＭと口にする。隆治牧野でもあるし、良森巣でもある。もし調べられても、ごまかせるかもしれない。

「黙っていたのは、期待させたのに助けが来なかったらショックを受けると思ったからだ」

また秘密だとむっとし、彼が僕に隠していたいくつものことを思い出す。胸に空いた穴はまだ埋まっておらず、冷たい風が吹き抜けていく。

「物は言いようだね」

「でも、黙っていてよかったかもね。あたし、助ける気なかったから」

どうして、と見やる。香々美さんはあまり感情を表に出さず、しっかりと前方から目を離すことなく、車をスムーズに走らせている。「というわけで、警察署に行くね」と落ち着いた口調で切り出されても不思議ではない。

「小此木も警察から話を聞かれてて、あたしはただの代理。電話で泣いて頼まれたから来たけど、逃亡犯に手を貸したのがばれたら、あの子の将来が断たれるでしょ。あたしは別に、小此木と違って二人を信じてなかったし」

「じゃあ、どうして俺たちをこの車に乗せたんだ？」

「自分の目で見たから」

何を？　首を傾げる。

「カラオケにいて見てたのか？」

「歌う気分じゃなかったし車で待ってたけど、何かあったの？」

とぼけている風でもなかったので、説明しようかと思ったが、聞いて気分の良い内容ではないので、「いえ、別に」と答えを濁す。

「映画館へ歩く君らの後ろを、知らずに歩いてたんだけど、見ちゃったんだよね。二人が信号を守ってるの。人なんていないし、逃げてる最中なのに、赤信号の前で立ち止まってたでしょ」

思い返す。確かに、伊勢佐木町の通りを歩いていた時、二回ほど歩行者用の信号で引っ掛かった。意識していないが、言われてみれば赤信号を律儀に守っていた気がする。

「まさか赤信号を守るなら、爆弾を作らないと思ってるのか？」

森巣がからかうように言ったが、香々美さんは首肯した。

「昔付き合ってた人が、赤信号でも今ならいいじゃん、誰もいないじゃんって渡る奴だったの。思い出すとすごいムカつくんだよね」

「まさか、それだけの理由で僕らを信用したんですか？」

「それだけ？」

初めて香々美さんの声に感情がこもったように感じ、体が強張る。

「あたしは自分の考えと経験に基づかない行動はしないだけ。間違えた時に誰かの所為にしたくないから。もし二人が、歌詞カードをなくしたましれっと返したり、手に取った本を違う場所に戻したり、店員にため口で話してたら、車に乗せなかった」

僕らの緊張を和らげようという意図があるのかなと思ったが、ハンドルを握る顔は真剣そのものだった。どれもしたことがないよな、と思い返してしまう。

赤信号に捕まり、車が緩やかに停止する。ハンドブレーキを掛け、香々美さんはカーステレオに手を伸ばした。

「とりあえず隠れられる場所に連れていくから」

もしかしたら検問も行われているのでは、と窓から外を眺めてみるが、遭遇することなく車はスムーズに十三号線を三ッ沢方面へ進む。行き先は、香々美さんと小此木さんが通う大学の部室とのことだった。

カーステレオからは、もう解散してしまった有名なバンドの曲が流れていた。高速でギターがカッティングされる音が心地良い。全体を繋いで牽引するようなベースも、暴れる全てを纏めるドラムの音も、惚れ惚れする。車内が急に賑やかになった。

「悲しいやら、悔しいやら、情けないやら」

柄の悪いしゃがれた声で、ボーカルが格好つかないことを叫ぶように歌っているのが、最高に格好良くておかしかった。「いじけるな」と繰り返されるサビのフレーズも、飾り気のない言葉で胸に響く。

理不尽でも、追いやられても、奪われても、いじけている場合ではない。気持ちが軽くなり、どこか前向きな気持ちになれた。

そこでふと、僕は別にミュージシャンになって「デビューしました」と言いたかったわけではなく、音楽で人の気持ちを前向きに変えたくてギターをいじっていたんだったな、と思い出した。

ミュージシャンと探偵の助手、やっていることは全然違うが、困っている人を助けたいという気持ちは変わっていないように思う。

「で、二人はどうしてウィンクボマーになっちゃったの？」

ざっくりした質問だが、その問題についてはちゃんと考え直しておきたい。どうして僕らが疑われているのか。森巣が爆弾を発見したこと、警察署に呼び出されて爆発に巻き込まれたこと、個人情報も流出し、犯人に仕立て上げられたことを説明する。

「大変だね」

本当にそう思ってます？　と疑いたくなるくらい、香々美さんの声色は変わらない。

「どうして笛吹って刑事は殺されたの？」

「それは、トイレの爆弾で」

「そういう意味じゃなくて。ウィンクボマーは爆弾を使って笛吹を殺すのが目的だったんでしょ？　何か恨まれてたのかなって」

そんなことを考えたことがなかった。確かに、人の命が失われているのだから、それが目的の可能性だってもちろんある。

が、森巣が反論した。

「あるわけない。殺したいだけなら、夜道にナイフで刺せばいい。わざわざ警察署で爆弾を使ってるんだ。笛吹を殺すことが目的じゃない」

「なるほど。コスパが悪いか」

コスパという言い方はいかがなものかと思いつつ、新鮮な意見だったので、「他に気になることはありませんか？」と訊ねてみる。

「じゃあ、警察署の爆発って結局成功したの？　失敗したの？　笛吹を殺すことが目的じゃないなら、何のために爆発させたわけ？」

「それは、僕たちを爆弾犯にしたいからですよ」

返事を聞いても、香々美さんは納得した反応を見せなかった。だんだん自信がなくなってきて、自分の考えに向き直ってみる。

警察署で爆弾を使用したのは、僕たちを嵌めるため。つまり、僕たちを犯人にするためだ。どうしてそう思ったのか？

「森巣、隠さないで教えてもらいたいんだけど、昨日君が爆弾を見つけたのも、一人で調査をしていたからかい？」

「そうだ。あのあたりで事件が起こるから止めてほしいと依頼がきて、デマかと思ったが念のために確認しに行った」

「ちなみにその依頼文は？」

「昨日の段階で削除されていた」

僕と会う前に、自分一人で調査をしていたことへの不満はあるが、ぐっと飲み込む。

だとすると、だ。

ウィンクボマーは、テレビで森巣を見て都合が良いと思ったのではなく、ずっと前からネットの探偵を利用しようと考えていたということになる。犯人は森巣と鶴乃井さんが話をしていた武器の密輸に関係している人物で、探偵である森巣が爆弾犯として逮捕されるというシナリオで復讐を企んだのではないか。

僕らがトイレを出た後に爆発させ、罪を着せたという点では計画が成功している。だが、その計画は起爆のタイミングが重要だ。ウィンクボマーは森巣と僕がトイレに入ることをどうして知っていたのだろう。

どんどん記憶を遡り、思い出す。

僕がトイレに行ったのは、憔悴した僕を森巣に見せるためだと笛吹刑事は喋っていた。

「森巣がトイレに入る時、廊下で誰かに会った？」

「いなかったな。休憩を大木に提案されて、トイレには入ってすぐに出た。出た時に平と会っただろ」

トイレ近辺で、僕は他に誰も見ていない。

森巣も似たような考えを巡らせているようで、指先でアームレストをこつこつと叩いていた。

「平は、廊下で監視カメラは見たか？」

「なかったと思うけど」

「あたしもないと思うよ。ニュースで警察署の監視カメラの映像が流れたけど、受付の映像だったから。少し揺れてみんながざわつく、みたいな地味なものだったし。もし、もっといい映像があるなら、そっちを流すでしょ」

香々美さんの話に、なるほどとうなずく。

タイミングを計れる人物が、絞られる。

死んだ笛吹刑事は、トイレ休憩を作戦のように語っていた。つまり、大木刑事も僕らがいつトイレに行くのかを知っていたはずだ。

だとすると、僕らを嵌めた犯人、ウィンクボマーの正体は——

「大木か」

21

高校生である僕らが、車で逃走しているなんて考えていなかったのか、それとも本当に運が良かっただけなのかは不明だ。なんとか無事に、目的地のそばまで到着した。

コインパーキングに駐車し、大学のキャンパスへ向かう。

運転してくれたことに僕らが礼を言うと、香々美さんは「小此木にも言われたことないのに。二人とも、本当にやってないんだ」と息を吐いた。

「礼儀正しい爆弾魔なのかもしれないぞ」

「礼儀が廃(すた)れればこの世は闇よ」

「礼儀じゃなくて義理だろ」

二人が話しているのは、何かの標語か何かだろうか。だけど、そういった人との繋がりがなければ、僕らはこの夜、闇の中を彷徨い続けていただろう。

大学に到着し、夜でも開いているのかと驚いたが、それは大学によって違うらしい。守衛さんに会釈をし、敷地の中に入る。なんとなく外れのほうへ向かっているなと思っていたら、三階建てのうすぼんやりとした外壁のビルが現れた。研究棟や校舎という趣はない。こぢんまりとした団地みたいだ。勝手知ったるという軽やかな足取りで、香々美さんが二階の奥のほうへと向かった。

角部屋の緑色のドアが開けられる。途端、ふわっと懐かしい匂いがした。油絵の具独特の、甘い匂いだ。八畳ほどの広さで、ソファや毛布、散乱した衣類やテーブルとデスクトップのパソコンとテレビ、奥には冷蔵庫と電子レンジもあった。

誰かが暮らしているように見えるが、部屋の中央にイーゼルに乗った巨大なキャンバスがあり、存在感を放っている。キャンバスには穏やかな水面が描かれていて、静かな安らぎと丁寧な筆致に、目を奪われた。

牧野と話したことを思い出す。これはただ、色が綺麗というだけの絵ではなく、目や脳や記憶に焼き付くような美しい絵だった。

「知ってるよね。ここは絵画サークルで、それは小此木が描いてるやつ」

「すごいな」

「すごい邪魔。無駄にでかいし」

手のかかる子供を慈しむような口調だった。小此木さんは、香々美さんのことを心から信頼し、僕らの助けになってほしいと協力を仰いでくれたのだなと察する。今更だが、小此木さんを経由して、僕たちと香々美さんの間にも、見えない何かが繫がったような気がした。それは言葉にすると陳腐だが、人と人の絆だ。

「座って、適当にくつろいでて」

靴を脱いで上がり、森巣とソファに腰かける。表面がぱりぱりとし、隅は割れて中の黄色いスポンジが覗いている。

香々美さんは湯沸かし器のスイッチを入れ、冷蔵庫から紙パックのお茶を取り出してマグカップに入れた。湯が沸くと部屋の隅にあった段ボールからカップ麺を二つ出して注ぎ、それぞれ僕らの前のテーブルに置いた。

「二人は食べな。お腹減ってるでしょ。あたたかいものを食べたほうが眠れるから」

「香々美さんは?」

「この時間に食べたら太る。あたしはコーヒーを一杯飲んだら帰るよ。今夜ここにいても、できることはないしね」

三分経ち、両手を合わせて蓋を捲る。しょうゆの香りが鼻をくすぐる。箸で麺をすくい、息を吹きかけて口に入れる。カップ麺をすする僕らを見て、初めて香々美さんが少しだけ目を細め、口角を上げた。柔らかい笑みを浮かべるのだな、と意外に思う。

テレビをつけてチャンネルを回してみたが、深夜に特番を組んで報道をしているようなこともなく、アイドルのバラエティ番組や、中世っぽい世界のアニメが流れていた。事件の速報が流れるかもしれないので、バラエティに固定して音はミュートにした。

画面では、アイドルがCDショップの店員に扮し、試聴機のそばを歩いてファンが気づくか、と盛り上がっている。華のあるアイドルでも、店員の格好をしているというだけで気づかれないものだな、とぼうっと見てしまった。

「ドッキリっていうのは、悪趣味だな」

「森巣がそれを言うのだけは、絶対許されないと思うよ」

食事を終えて森巣がトイレに立つと、香々美さんと二人きりになり、静寂が生まれた。寡黙にコーヒーを嗜んでいる姿が様になっている。何か話題を出したほうがいいかなと案じていたら、「二人とも、これからどうするの?」と訊ねられた。

行く当てなんてどこにもない。ほとぼりが冷めるまでここにいたいと言えば、「いいよ」と言うし、明日出ていきますと言っても、「わかった」と答えそうな雰囲気があった。

「ここにずっといてもいいけど、あたしみたいなぼんくら大学生になっちゃうよ」

「香々美さんはしっかりしてるように見えますけど」

「探偵失格の考察だね」

「探偵は僕じゃなくて森巣ですよ。僕は、探偵なんて器じゃありません」

「器、ねえ」

「たとえると、あいつはすごい絵を描く奴なんですよ。想像もできない景色を描く。でも、アカデミーに嫌われるタイプなんで、僕は彼をどうにかしてサポートする画商というかアシスタントみたいなものです」

森巣には、まるでゼロから一を生み出すような独創性がある。

「ゴッホとテオみたいな感じ？」

「森巣をゴッホにしたくないから、頑張ってる感じですかね」死んでから評価される、なんてことは回避したい。

香々美さんは鼻からゆっくり息を吐き出し、椅子から立ち上がった。

「パソコンも使えるけど、自分のアカウントにログインするとか、足が付くことはやめてね。転がってる服に着替えてもいいし、毛布も使って。冷蔵庫の中のものとか、この部屋にあるものは勝手に食べていいから。使い捨ての歯ブラシが引き出しにあるはず。二人、革靴だと怪しいから、明日用意してあげる」

テキパキとした口調でそう言いながら部屋の中を見回す。何か僕らの助けになる武器を探しているようだった。

「あの、どうしてそこまでしてくれるんですか？」

するると香々美さんは、面倒臭そうに顔をしかめた。

「それは、今まで二人が誰かを助けてきたからじゃないの？　こういうのは、巡り巡るものだと思うから。あたしは二人から助けてもらったことはないけど、他人に助けられたこともあった。だから、あたしも二人に手を貸した。それだけ」

強い光が差し込んできて、心の中にあった薄暗いところが照らされたようだった。じんわりと熱が生まれ、込み上げてきた思いが、目頭を熱くする。

僕は森巣のためにと思いながら、隠していた気持ちがあった。気づいていないふりをしていた。

それは、僕が彼の人生に関わってよかったのか？　ということだ。

僕と出会ってしまったから、彼は今、世界からつまはじきにあってしまっているのではないか。それは、僕自身の未来が断たれるよりも、恐ろしかった。

僕らのしてきた全てが、悪いほうに転がったわけではない。それは、救いだった。

「次に、面倒臭いことを言ったら放り出すから」

「別れた恋人を思い出すからですか？」

「今のは聞かなかったことにしてあげる」

香々美さんがスニーカーを履き、ドアを開けた。ちょうど帰って来た森巣とぶつかりそうになる。

「おやすみ」

ぽんと森巣の肩を叩き、香々美さんがいなくなる。森巣は怪訝な顔をしてドアの外と僕を交互に見ると、ふっと息を吐いて戻って来た。涙目になっているのではないか、と僕は鼻をかむついでにティッシュで目を拭う。

森巣は僕の顔を見てから、部屋の中をうろついた。引き出しを開けたり、棚の中を覗き込んで、何かを探している。手伝おうかと立ち上がりかけた時、森巣が小さな箱を持って戻って来た。

「ここはなんでもあるな。ホームシアターもあるんじゃないのか」

そう言いながら、中から消毒剤を取り出し、脱脂綿に染み込ませた。怪我でもしたのかと案じていたら、「痛むぞ」と脱脂綿を向けられた。

左頰にひんやりとした感触がし、傷口が思い出したように悲鳴を上げる。体が痙攣し、奥歯を嚙みしめる。森巣がそれに合わせて顔をしかめた。

「かなりやられたな」

「また稽古してよ。今度は人質がいるバージョンを」

森巣だったら、もっと上手く切り抜けられたのだろう。やはりまだ、僕は未熟だ。茶髪の女性はあの後、どうしただろうか。交番に逃げ込んだか、自分の家に帰ったのか。何にせよ、酷い目に遭ったことを早く忘れられますように、いいことがありますようにと願わずにいられない。

一拍置き、切り出す。

「なあ、森巣、君に伝えたいことがある」

22

僕の頬を消毒する森巣の手が止まる。

微かな震えが伝わり、ゆっくり森巣が手を引いた。顔を見る。傷はないが、頬や目の下には深刻さを語る暗さがあった。それでも正面から見るとはっとするくらい綺麗な顔立ちで、殴られたのが僕でよかったとさえ思ってしまう。

まじまじと見ることはなかったが、出会った頃よりも逞しさが増している。昔はもっと鋭い目つきをしていたが、棘々しさが取れたように見える。年を重ねていき、彼の顔つきはどうなっていくのだろうか。

「なんだ?」

おそるおそるという口調で促され、我に返る。

「ごめん。さっきは僕が悪かった」

身を引き、頭を下げる。ちらりと窺うと、森巣が戸惑うように、固まっていた。

「君が一人でも活動してると知って、腹が立った。というよりも、ショックだったんだ。僕がいなくても大丈夫なんだなって」

目をしばたたかせ、森巣が弁解するように首を振る。

「そういうわけじゃない。ただの肩慣らしみたいなものだ。大袈裟に考えるな」

「そうなのかもしれない。けど、探偵としての活動は僕にとって、すごく特別なことだったんだ。だから、君は僕がいないとダメなんじゃないかって、思い込んでいた。君が一人でもできるんだって知って、それで、勝手に落ち込んで、当たって酷いことも言って、申し訳なかった」

「それは」森巣が眉根を寄せる。「平が謝ることなのか？」

「これは、そうだよ。なんでもかんでも一緒に、って思い込んでいた。一人でできることは一人でやればいいし、役割分担をできることはすればいい。僕だけだと負けるから、さっきみたいに助けてもらえるとありがたいね」

「それは構わないし、よくわからないんだが、結局、平は何が言いたいんだ」

確かに、僕は何が言いたいのか。胸の内を探るつもりで覗き込む。

僕が森巣に思っていることを伝えたい。

森巣は、僕に黙って一人で事件を解決していた。一人でも、探偵はできる。それは僕と出会う前からそうだった。だが、それは表面的なことだ。悪を粛清するために事件の犯人を追い詰めていた時と、困っている人のために真実を見抜いている今は、全然違う。

僕と出会ってから、森巣は変わった。そう、変わったのだ。

他者を信用せず自分のやり方だけが正しいと思っていた彼は、ちゃんと変わった。

僕はそんな彼を、心の底から尊敬する。

「森巣、君はすごい奴だってことだよ。人生で一番ね」

森巣が、知らない言葉を聞かされた子供みたいな顔をする。警戒心が強いくせに、意外と表情がころころ変わる奴だ。

「まさか、二年もいたのに気づかなかったのか?」

そう返され、声を上げて笑ってしまった。

「痛むから、笑わせるな」頬がずきずきと痛む。声が聞こえて不審に思った誰かが、ここにやって来るかもしれない。でも、そんなことも気にせず、僕はこんなに愉快なことはないな、と口を開けて笑っていた。

言葉にし、僕が森巣に対して、感じていた気持ちを見つけ、噴き出しそうになった。体中が震えるようだ。出会った時からわかっていたのに、今更そのことに気がついたのか!と自分に対して失笑する。

僕は自分が考えている以上に、森巣にこだわっていた。友人として放って置けないというだけではなく、僕自身が彼と一緒にいたいのだ。そのことは僕の人生に深く刻まれた。ターンテーブルに乗せ、針を下ろせば、長い年月が流れたとしても簡単に再生されて、メロディが流れるだろう。

「平、お前は必要だ」

不意打ちだった。冗談めかした口調ではなかったので、反応できず、動揺する。

「一人で簡単にできることもあるが、俺はお前と組んでやっているつもりだ。お前とだから挑めることもあるし、わかることもある。例えばこの事件もそうだ。俺だけだったら、警察署から逃げても隠れる場所がなかった。横浜駅で捕まってただろう」

「それは、牧野のおかげで僕の力じゃないけど」

「いいや、多くの人に手を貸してもらってここに来れたのは、お前のおかげだ。俺よりも、お前の優しさのほうが、よほどすごい能力だ」

「優しさを能力って言うなよ」

「礼を言う」

買い被りだ、そう言いながら、照れ臭いしばつも悪いし、かぶりを振る。なんだか互いに褒め合ってるようで、気味が悪い。

「ちなみに、どうして黙って一人でやっていたわけ?」

「それはまあ、単純な話だ。お前が受験勉強をしていて暇になってな。邪魔しちゃ悪いから一人でやっていたら、言い出すタイミングをなくした」

「一度浮気をしたらずるずる続いた、みたいな言い方だね」

「ただの遊びだ。本気じゃない」森巣が冗談っぽく言う。

嘘や隠し事の多い奴だが、僕は彼のことを信じよう。事件の調査が多すぎず、生活に支障がないなと思っていたのは、彼なりに僕のことを慮（おもんぱか）ってくれていたのかもしれない。

それはそれとして、森巣の言動の改善は、少しずつでも絶対取り組もうと心に誓った。

「しかし、大学生ってのは、気楽すぎないか？」

森巣がそう言って、冷ややかな視線で部室を見回す。確かに、大学の所有地をこんな風に自宅のように使い、あまつさえ人を匿うのはどうかと思う。

「森巣は、大学を卒業したら何になりたいとかあるの？」

「決めてないな」

「映画が好きなら、そういう道に進もうと思ったこともないわけ？」

踏み込みすぎたかなと思ったが、森巣は大袈裟に息を吐き、口を開いた。

「牧野がエンドロールの話をしていただろ。あれは良い考え方だな。俺は、恨んでいる相手のことばかりを思い出すんだろうなと考えていた」

「殺伐（さつばつ）としたリストになりそうだね、それは」

「子供の頃、エンドロールの役者やスタッフの名前を全部目で追って、自分と同じ名前を探していた。憧れてたんだ。でもな、俺はどうにも人の心ってのがわからない。たくさん映画を観ても、映画の主人公たちみたいな正しい人間にはなれないし、共感したふりをして感動した気になっているんじゃないかといつも思っている。だから何かを作ることはできないし、人前で演技をしているが、あれはただ騙しているだけだ。俺はきっと――」

ひどく虚しそうな、初めて聞く声色だった。声が震え、言い淀み、どこか遠くを眺めている。未来を思い描いているのか、それとも何かを諦めた過去を振り返っているのか。

僕はさ、大人になっても君と探偵をずっと続けていきたいと思っている。森巣が探偵を続けて、僕は助手としての役割を担えるように警察に入る。鳥飼さんと鶴乃井さんみたいなコンビだったら、現実的に続けられそうじゃないか？　君は常識を平気で破るところがあるから、僕がその辺をサポートする。背中を預けてくれ。任せてくれよ。

そう伝えたかったが、言葉を飲み込んだ。彼のために徹するが、僕の言葉で縛りたくはなかった。僕を見なくてもいい。でも、未来をちゃんと見てほしい。

「自分を過小評価しないでほしい。君は、大空を飛べるような奴なんだからさ」

「俺に羽は生えてないぞ。お前は何を言ってるんだ？」

「君はなんにでもなれる。僕が保証するよ」

森巣が望むことをできたらいい。それは、なんでもいい。

「人のことはいい。お前、最近ギターをサボってるだろ。俺を言い訳にして、努力を怠るなよ」

唐突に脇腹を突かれたようで、ぎくりとする。「返す言葉がない」

「俺はカラオケが嫌いだ。流行の歌が好きじゃないからな。あれは俺の歌じゃない」

森巣が、抜けるような声を出した。息遣いが細い声になり、少しずつ音楽になってい
く。鼻歌を聞きながら、またその曲かと気恥ずかしくなる。出会ってすぐの頃に作ったも
ので、森巣にも聴かせたが、よく覚えているなといつも思う。

「でも、俺は意外とお前の曲が嫌いじゃない」

「意外とね」

「地味に良い曲だからな」

「地味にね」

下らない馬鹿な話をしていたら、だんだんと体の力が抜けてきた。

寝支度を済ませて部屋の電気を消す。部屋の隅に畳んでおいてある、スウェットやパー
カーが目に入り、着替えようかと思ったが、気力が湧かなかった。

自分は床で寝るからソファで寝るように、と主張し合ったが、お互いに折れる気配がな
いので、それぞれがソファの端に腰かけて、だらしなく足を伸ばすような格好になった。

毛布を横にして、体に乗せる。

何気なく二人で口笛を吹いていると、馬鹿みたいに息が合っているように感じた。楽し

くて心地良く、瞼が重くなる。目を閉じた瞬間に眠れる自信があった。まどろみが、優しい闇が手招きをしている。

限界を迎え、意識があっという間に遠のいていく。

「平、お前は俺を恨むか？」

暗闇の中で、そんな声が、聞こえた気がした。

23

一度まばたきをしただけのように感じた。体が痙攣し、目を覚ます。息苦しく、体全体にじっとりとした汗をかいていて気持ちが悪い。カーテンの隙間から光が差し込んでいて、眩(まぶ)しく、目を逸らす。

「あ、平くんが起きた」

首を捻って右を向く。テーブルを囲むようにパイプ椅子に座っている、小此木さんと香々美さんと森巣の姿があった。小此木さんが椅子ごと僕に向き直り、案じるような視線を向けてきている。

「おはよう」と女性陣二人に言われ、「おはようございます」と寝惚けたまま返事をする。昨日の殴られた痕(あと)がぎりぎりと軋(きし)むように痛んだ。横になっていたソファから姿勢を戻し、ちゃんと座る。

「平くん、大丈夫？　一週間眠り続けてたんだよ」

「嘘ですよね」

「もう食べられないよって寝言も言ってたよ」

「絶対嘘ですよね」

口角から涎（よだれ）が垂れていることに気がつき、慌てて袖（そで）で拭う。眠ったことで幾分か疲れは取れたが、頭が明瞭（めいりょう）ではない。顔を洗いたかった。壁にかかっている時計の針は、八時五分を示していた。

「すいません。なんだか、いろいろと。小此木さんは、大丈夫だったんですか？」

「警察の人が来て、二人のことを聞かれた。スマホのデータも見られちゃうだろうから、二人が何してるのかを知ってたことは、隠さなかった。ごめんね」

「いえ、全然。嘘をついたせいで、もっと大変なことになるかもしれないですし」

「わたしは昨日動けなかったから、全部、澄玲（すみれ）のおかげなんだけどね」

澄玲、とは香々美さんのことだろう。香々美さんはすらっとした長い脚を組み、澄ました顔でコーヒーカップを口に運んでいた。

「テレビ、どう？」

森巣のそばに立ち、画面を覗く。ワイドショーが放送されていた。番組内容は、横浜の警察署で起こった爆発事件の話だった。

警察署の外観を背に、女性リポーターがマイクを握って立っている。「こちらが、昨日爆発があった湊警察署です」と使命感を張らせた顔つきで語り出す。十九時三十三分、二階の男子トイレで爆発があったこと、巻き込まれた笛吹巡査部長が搬送先の病院で亡くなったことが懸命な口調で説明された。

映像が切り替わり、警察署の一階受付近辺が映し出される。直後、画面が大きく揺れた。爆発の瞬間だ。画面が揺れ、署内の人々が警戒するように身を屈めた。警察官たちが、混乱しながらも動き出す。

映像を入手した手柄を主張するように、何度も同じ映像が繰り返される。轟音や騒然とした声も、聞こえてくるようだった。

中継が終わり、映像がスタジオに戻る。

司会の中年男性が、険しい顔をして待ち構えていた。「警察署で爆弾なんて」と不愉快そうに口にした。同意を求めるようにコメンテーターたちに目をやる。

コメンテーターたちも、待ち構えていたように辛そうな顔をし、「日本は他国に比べて警戒心が」であるとか「国際社会で笑われる」と不平不満を述べた後、間が生まれた。獣の舌なめずりを垣間見たようで、気味が悪い。

「でも、犯人のことを報道しないのっておかしくないっすか？　ネットで話題じゃないっすか。ウィンクボマー、みんな知ってますよね」

水色に髪を染めた若い男性タレントが、無邪気な顔で発言をすると、眼鏡をかけた弁護士が諭すような口調で、だけど歯がゆそうに「少年法」について解説する。

「まあまあ、犯人とまだ決まったわけじゃないんだから」と司会者は窘めるように言いながらも、「けど、いかにもできすぎだよね」と続けた。控えめに座っている女優が誰からも嫌われぬように見守りながら、肯定的にうなずいている。

この番組は報道番組じゃなくてワイドショーだしね、とでも言いたげな開き直りの様相を見せ始めた。出演者たちが、顔を上気させながらネット動画のコメントやＳＮＳの投稿について好き勝手喋っている。

「高校生探偵とか言っちゃってさ、自分が特別だって勘違いしちゃったんだねえ」

司会者の言葉を聞いた瞬間、頭に血が上った。

お前たちに、僕の友達の何がわかるんだ！　僕らの何を知ってるんだ！　胸倉をつかんで吠えてやりたくなった。唇がわなわなと震え、奥歯を噛みしめる。

散々なことを言い合った後、憶測でものを喋ってはいけないと思い直したわけではなく、間違えていたら自分の立場が危ないかもと気にするように、司会者が「警察の発表を待ちましょう。では続いてのニュースです」と急に声のトーンを落とした。

画面が、東京の住宅街で野生の猿が目撃されたという話題に変わる。

全員の顔と名前は覚えた。今後の人生で泣いて謝られても絶対に許さない。だけど、僕が許そうが許さなかろうが、彼らの仕事が奪われることはなく、生活が理不尽に壊されることもなく、続いていくのだろうということもわかっているので、虚しくなった。たとえ無実が証明されても、彼らは反省したふりをして、あるいは全く悪びれることなく別の事件で同じことを繰り返すのだろう。

全てが僕らを陥れるための筋書きなのではないか。テレビに映っていた彼らもグルで、みんなが敵なんじゃないかと疑いたくなる。

「僕らはただ、困っている人を助けたかっただけなのに。これは、ひどい」

口にしてから、いや、違うなと思い直した。

僕は臆病(おくびょう)で、誰かの目が気になって、困っている人がいないか気になって、助けになりたかった。他人の弱さに気づき、優しくできることこそが強さだ。それを指針に、僕は困っている人に手を差し伸べる生き方をしてきた。

探偵としての活動も、困っている人を助けるためだ。正しいことだ。だから、非難されることはないと考えていた。だが、その考えは間違っていた。誰かと関わるのなら、絶対に傷つかないなんてことはなかったのだ。

森巣は何を感じ、何を考えているのだろうか。目をやると、彼は不敵な表情を浮かべていた。画面では、デパ地下の駅弁フェアが紹介されている。

「なんで笑ってるの」

「テレビも存外、役に立つもんだなと思ってな」

「強がってる場合じゃないと思うけど。カラオケのことは、ニュースになった？」

「報道されていない。鶴乃井と鳥飼が上手いことやったんだろう」

頼れる存在に感謝しつつ、今後の提案をする。

「犯人は大木刑事だってことを警察に教えても、わかってもらえないかな」

「無駄だろうな」

相手が鳥飼さんや鶴乃井さんでも、僕らの証言だけでは身内を疑ってくれないだろう。説得材料に乏しい。

「大木刑事と笛吹刑事は示し合わせていたのに、どうして爆発に巻き込まれたんだろう。段取りを間違えたのかな」

「あるいは裏切りがあったのかもな。大木は俺たちが出た後に爆発するなら、誰が巻き添えになろうが気にしなかったのかもしれない」

ただの事故か犯罪グループの身内切りか、内情がわからないので判断できない。

「ウィンクボマーの正体は、爆発のタイミングから考えて、大木刑事で間違いない。被害者の笛吹刑事は共犯だけど、なんで巻き込まれたのかは不明。事件を起こした目的は、森巣が解決した港の盗難事件に関連しているってことだよね」

小此木さんと香々美さんも、そのあたりの説明を森巣から受けていたようで、二人から質問されることはなかった。納得した様子でうなずいている。

「大木が武器密輸、盗難事件に関わっていたのかはわからない。が、動機を確かめるために、本人に聞いてみるしかないな」

「それができれば」苦労はしない。

冗談かと思っていたが、森巣は真剣な面持ちをしていた。

「平、頼みがある」

その言葉だったら、いつでも歓迎する。高揚感を覚えながら「いいよ」と返す。

「人質と爆弾犯、お前はどっちがいい？」

どっちも嫌だ。

24

桜木町駅のそばにある喫茶店に入り、もう一時間が経つ。

コーヒー一杯で長居してしまい、申し訳なさを感じた。念のため、牧野のスマートフォンを操作してニュースサイトを巡回する。爆弾事件の続報や、横浜での目立つ事件が新たに起こっていないことを確認してポケットにしまった。

情報はもらっている。彼はちゃんと来るはずだ。昔、レストランで客の顔全部を覚えた時に比べたら、たった一人を待ち構えるなんて楽勝だ。そう自分に言い聞かせる。

十八時になると同時に彼はやって来た。はやる気持ちを抑え、じっと見据える。

コーヒーを注文し、カップを持って店の奥の席に移動した。鞄から本を取り出してテーブルの上で開いている。日中はウィンクボマーの、僕らの捜索で大変だっただろう。僕はリュックをつかんで席を立つ。

「お疲れさまです」

声をかけながら向かいの席に座る。大木刑事は顔を上げ、面食らったように目を剝いた。テーブルの上には、フランス語の参考書とノートが置かれている。背が高くてがたいも良いが、インテリな面もあるようだ。

椅子に置いたリュックを大きく開き、中からスマートフォンを取り出した。テーブルに置き、画面やボタンを押して電源がついていないことを示す。

「録音はしてません、という意思表示です」

「もう一人はどこにいる？」

「取り調べをした仲なんですよね？　つれない言い方をしなくてもいいじゃないですか。話があって、僕だけ会いに来たんですよ。ＩＭＳＩキャッチャーを使って、大木さんのスマホのＧＰＳを調べたんです」

「言っておくが、意味のない嘘に付き合うほど、俺は暇じゃないぞ」

「なんだそれ、とは言わないんですね。僕は聞いたことがない言葉だったんですけど」

こめかみがぴくりと痙攣した。動揺を悟らせまいと考えたのか、大木刑事は、ふーっと長い鼻息を吐いた。

「実は交渉をしに来たんです」

「交渉？」今度は初めて聞く言葉のように、驚いている。

「僕らも警察から逃げ切れるとは思ってません。逮捕されるのは時間の問題、それはわかってます」

「自首したいのか？」

「そう思ってもらって構いません。逮捕されることは飲みます。でも、どうしても一つだけ、認められないことがあるんです」

この期に及んで一体何か、と大木刑事が怪訝そうに見てくる。

森巣に交渉を任された。台本も教わった。彼の計画だから、成功すると信じている。だが、港で起こった盗難事件に関して揺さぶるシナリオは捨てることにした。万が一に備えて正直な気持ちで交渉を試みる。

ここからは、森巣も知らない、僕からのお願いだ。

「森巣を人殺しにはしたくない」

大木刑事が黙っているので、話を続ける。

「あいつはたまにやりすぎます。悪を許さず、犯人に容赦なく暴力をふるうこともあります。だけど、人殺しはしない、そう僕と約束をしたんです。何を言ってるかわからないかもしれませんけど、とても大事なことなんです。僕との約束を守っていた彼が、汚名を背負わされるのを、僕は認めたくない」

「それで?」

「でも、僕らの容疑から爆弾を外すことはできませんよね。だから、交渉したいんです。廊下で挨拶をしたから、大木さんがトイレの外にいたのは知っています。でも、爆弾が爆発する前、森巣と一緒にトイレに入った、森巣が爆弾を仕込んだりするのは見ていない、そう証言してくれませんか?」

僕の提案を推し測るように、大木刑事が眉をひそめる。素早く周囲を見回した。近くに客はおらず、隣のテーブルでは店の制服を着た眼鏡の男が、食器をかたづけながらテーブルを拭いているだけだ。キャップもエプロンもサイズが合っておらず、窮屈そうだった。

「お前のたとえ話に少しだけ付き合ってやる。そうなると誰が爆弾を仕込んで、誰が起爆したんだ? 笛吹は死んでいるんだぞ」

「僕です。僕が爆弾を仕込んで、僕が爆発させたと証言します」

それならば、森巣は殺人犯として生きることはない。どっちが犯人だろうが、大木にとってはどうでもいいことのはずだ。どうだろうかと、固唾を飲んで返事を待つ。

「面白い話だな。だが、俺にはお前が何を喋ってるのかさっぱりわからないし、何のメリットもない」

「メリットは、僕がこのまま大人しく大木刑事に逮捕されることです」

「ここから逃げられると思ってるのか？」

「まあ、一応、脅迫はしてますし」

「脅迫？　お前のは世迷言(よまいごと)だ」

「いえ、そうじゃなくて」

テーブルの上にあるペンを借り、大木刑事のノートに文字を走らせた。

『リュックの中、見えてますよね。爆弾です。騒ぎにしたくないんです』

チャックを大きく開けたままにしているリュックを指さす。そこには、小さな圧力鍋が一つ収まっている。大木刑事が席に置かれたリュックを一瞥し、鼻で笑った。

「お前はこれから、警察署に行って取り調べを受ける。そこできちんと、自分が犯した罪を認めるんだな」と鷹揚(おうよう)な口調で言いながら、ノートに文章を書いている。

『お前たちに爆弾を作れるわけがない』

　僕を見下すような笑みを浮かべた。

『罠(わな)を張ってるな。録音してるだろ。まだスマホがあるな』

リュックから取り出したのは、電源を切っている僕のもので、上着のポケットには牧野から借りたものが入っている。仕方がないので、牧野のスマートフォンもテーブルに置き、電源を切ってみせた。

「これでも、交渉してくれませんか？」

大木刑事がわざとらしく欠伸をする。

僕が大した切り札を持っていないと判断したようで、もう相手にするつもりがないらしい。それどころか、空回りしている僕を見て楽しんでいる気配もある。誰かに似ていると思ったら、笛吹刑事だ。嗜虐心を唇の端に浮かべていた。

「駄目だな」

こうなったら、いよいよやるしかない。

ぐっと息を呑み、腹を決める。

僕は爆弾犯になる決意を固めた。

リュックから圧力鍋を取り出し、テーブルの上に置く。ごん、と鈍い音がした。レジにいたウェイトレスが頬を引き攣らせ、店内に短い悲鳴が響く。

高を括っていた様子の大木も、ぎょっとしていた。

「これを使うしかないですね」

25

　圧力鍋の蓋に手を掛ける。

　エプロン姿のウェイトレスが頭を抱えてしゃがみ込む。他の店員も慌てた様子で、柱の陰やトイレへ飛び込んでいく。客もその動揺の波紋に気づき、目を泳がせていた。爆弾事件と結びついたのか、店を飛び出す者もいた。

「実は僕、一時間前に来て、あなたが来るのを待っていたんですよ」

　状況を呑み込めず、呆気に取られた様子の大木刑事に、計画を説明する。

「大木さん、僕は誰ですか？」

「お前は、何を言ってるんだ」

「僕は今や、ウィンクボマーの一人なんですよ。検索をしたら写真も出てくる有名人です。なので、お店の人たちに協力をお願いしました。絶対に何もしないで出ていくから、夜の八時までどうか通報しないでくださいって」

　そう言って、圧力鍋を手のひらで叩く。ぽん、と軽快な音がした。

「これ、なんだと思いますか？」

「鍋だろ」

圧力鍋の蓋を外し、ぱかっと開く。鍋の中から食欲をそそる香りがする。

「中身はもちろん、爆弾じゃありません。デミグラスソースです。友達が作ったものなんですけど、牛スジが入っていて結構美味しいんですよ。一口食べますか？」

こけおどし爆弾として使う時がくると思ったのか、森巣は牧野の家から圧力鍋を持ってきていた。重かったろうに、よく持ち運んでいたものだ。

森巣は僕に何も言わず、考え、行動していることがある。それを秘密主義に感じる時もあるが、あらゆる可能性を想定して切り札を持つのは、探偵らしい姿勢だなと今は思う。

「あれ、ちょっと待ってください。変ですよ。僕はウィンクボマーなんですよね。警察の人たちは、昨日から僕らを探しているはずです。なのにどうして、大木さん、あなたはこれをただの鍋だと思ったんですか？」

「鍋が爆弾だなんて思わなかっただけだ」

「刑事なのに？　一昨日、町で見つかったのは圧力鍋爆弾でしたよね。報道もされてましたし、それが森巣の自作自演だって騒がれてますよね。それでも結びつかなかったんですか？」

返答を詰まらせているので、畳みかける。

「僕と森巣には爆弾が作れない、そう確信していた理由があるんじゃないですか？　たとえば、あなたが僕らを嵌めた犯人だったとか」

大木刑事が射貫かれるような顔をした。

眉根に皺を寄せ、悔しがるように頬をひくつかせる。

が、すぐに緊張を解いた。僕の言うことを、無視すればいいと気づいてしまったようだ。

「馬鹿馬鹿しい。ほら、行くぞ」

「犯人なんですね？」

「立て」そう言って、大木刑事が身を乗り出し、僕の胸倉をつかむ。

「あなたなんですね？」

「だったらどうなんだよ。お前に何ができるんだ？」

僕の耳元で、唸るような声をあげた。

憤怒に満ちた剣幕で、思わず足がすくみそうになる。が、このまま引き下がれない。

「黙っておく代わりに、取引をしてください。森巣を殺人犯にしたくないんです」

ここだけは譲れない。森巣を人殺しにはできない。視線を外さず、意志の固さを訴えるように、睨みつける。

しばらく膠着した状態が続いた後、大木刑事は怒りを鎮めるように舌打ちをした。

「わかった。ほら行くぞ」

十分言質を取った。安堵し、席に座り直す。計画は成功だ。

「バラエティ番組って見ます？　僕、家族とご飯を食べながら見るんですけど。ドッキリってあるじゃないですか。あれって騙す側が楽しいだけだと思って、あんまり好きじゃないんですよね」

「無駄口を叩くな」

「昨夜も、アイドルが店員の格好で接客するっていうのをやってたんですよ。自分の新譜を聴いてる人のそばを歩いたりしてたんですけど、制服を着てるとばれないもんなんですね。気づかれないって、どんな気持ちなんでしょう？」

「知るか」

「いや、大木さんに言ったんじゃないですよ。どうでしたか？」

身をずらして、奥の人に訊ねる、大木刑事が不審そうな顔をして振り返った。

後ろのテーブルを拭いていた、制服を窮屈そうに着ている眼鏡の男性店員が、手を止めた。ゆっくりとこちらに向き直る。似合ってますねと軽口を言ったら、いつものように怒られるだろうか。

「同僚だしすぐにばれると思ってたから、存外ショックだな」

鳥飼さんはそう言いながら、眼鏡とキャップを外して腕を組んだ。大木刑事の顔に影が差したのが見て取れた。

「ここで、何をしてるんですか」

「爆弾で脅されたんだよ。お前と違って、偽物だと見抜けなかったからな。んなことよりも、お前の話を聞かせてくれよ。交渉だなんだと、楽しそうにくっちゃべってたよな？」

「誤解です。俺はただ話を合わせていただけで」

大木刑事は狼狽（ろうばい）しているが、決定的な話は聞かれていないと踏んだのだろう。僕は彼の鞄を奪い取り、ノートを抜き出した。大木刑事が血相を変えて、身を乗り出してきたが、鳥飼さんが肩を力強くつかんでいる。

ページを捲り、目当ての文言を鳥飼さんに向けた。

「『お前たちに爆弾を作れるわけがない』って書いてあるぞ。おいおい大木、これはお前の字だし、こうなると話が通らないじゃねえか。どうなってんだよ」

大木刑事は叱責（しっせき）を受けた子供のように、青褪めた顔で視線を床に落としている。目的を達成し、僕は額の汗を拭う。

その瞬間、逃げ出そうと決意したのか、大木刑事が地面を蹴った。

が、鳥飼さんは目にも留まらぬ速さで、大木刑事の腕を取り、捩（ね）じ上（あ）げる。派手な音と共に、大木刑事をテーブルに押さえつけた。痛快というよりも、痛そうで目を逸らしてしまう。

「大木、俺から逃げられると思ったんなら、お前はいよいよ刑事失格だな」

26

終わった。

日が沈み、濃い紫色の空が広がっている。夜を弾き返すように、桜木町の町は灯りを放っていた。

大木刑事を乗せたパトカーが、走り去っていくのを眺める。どうして笛吹刑事を殺したのか、どうして森巣と僕を爆弾犯に仕立て上げたかったのか、そのあたりはこれからの取り調べで明らかになるだろう。

爆弾犯をちゃんとこなすことができ、肩の荷が下りるのを感じた。「人質と爆弾犯、お前はどっちがいい？」と訊ねられ、咄嗟に僕は人質でいいよと答えそうになったが、こちらを選んでよかった。危険な役目をこなせたことで、自分は役に立つと証明できた気がする。

大学の部室を出てから、何をしていたのか。

僕らにできることは、人を信じて立ち回りながら戦うことだけだった。

森巣が持っていた名刺から鳥飼さんに連絡を取り、大木刑事に罠を仕掛ける作戦を伝えた。大木刑事をどこかの店へ行くよう仕向けてもらわなければならなかったし、鳥飼さんには予め潜入してもらいたかったからだ。

ウィンクボマーとして店を脅すから協力してほしいなんて、鳥飼さんが快諾するわけがない。なので、僕らは森巣を人質に出すことにした。人質とは、爆弾犯の人質ではなく、信用を得るための人質だった。森巣の身柄は、既に鳥飼さんに預けている。あいつは今、何をしているだろうか。不遜な態度で鳥飼さんの同僚を怒らせていないか心配だ。

「平、お前にも話を聞かせてもらうからな。今度こそ、洗いざらい喋ってもらうぞ」

「はい」承諾し、言おうか言うまいか悩みつつ、「ちなみに今日、全部話せば明日は学校へ行けますかね」と訊ねる。

「次の事件が待ってるとか言うんじゃねえだろうな」

「卒業式なんです」

爆弾絡みの事件に比べたら、重要ではないと思われるかもしれない。

だけど、日常にも大きな意味がある。

「森巣を参加させてあげたくて。あいつの人生には、そういうのが必要だと思うんです」

そう伝えると、鳥飼さんは目を細め、悩ましそうに鼻の頭を搔いた。

「聞いてやる。でも、期待はするなよ」

セダンの後部ドアが開けられ、緊張しながら乗車する。

運転席には見知らぬ刑事が既に乗っており、鳥飼さんが助手席に乗り込んだ。エンジンが目覚めたように猛る。後部座席と運転席の間には、アクリル板が設置されていた。手は出さないが、口は出せる。

「鳥飼さんは」と呼び掛けた瞬間に車が発進した。ぐんっと体がシートに引っ張られた。姿勢を直しながら、「鳥飼さんは」ともう一度強い口調で声を飛ばす。

「僕たちが犯人だと思ってなかったんですか？」

バックミラー越しに、鳥飼さんが僕を一瞥した。

「完全に犯人だと思ってたら、手を貸してくれないですよね。信じてくれて、ありがとうございました」

「礼を言われる筋合いはねぇよ。それより俺からも質問だ。何で警察署から逃げた？」

「知ってると思いますけど、爆発する直前、森巣と僕はトイレに入ってたんですよ。あのままだったら、犯人にされると思って」

「逃げないで、俺にそう言えばよかっただろ」

「まともに話を聞いてくれるとは思えなくて。爆弾を見つけたのは森巣の自作自演だって決めつけてましたし。取調室で僕にどんな話をしたか、聞いてみてくださいよ。笛吹っていうあの刑事に」

「笛吹さんなら死んだよ」

運転席の刑事がそう口にした。

堪えるような、静かな話し方だった。

胸の中で、ぐちゃりと音がして、何かが潰れる。

思わず口にしてしまったが、常に余裕を浮かべていたあの刑事は、もうこの世にいないのだ。嫌な奴だった。とはいえ、面と向かって話をした人間がもういない、それも酷い死に方をしたということを、きちんと理解しきれていない。信じたくない、という気持ちもある。

「ごめんなさい」

「どうして、俺に早く連絡してこなかったんだよ」

やはり、鳥飼さんに悪い印象を持たれている。

事件は終わったが、僕の戦いはこれからだ。僕らは鳥飼さんを騙していた。そんな人を相手に、どうにかして認めてもらわなければならない。

「鳥飼さんももしかしたら、爆弾事件に関わっている可能性がゼロではないと考えていました。僕らが警察署に来るのを知っていましたし、爆弾を仕掛ける時間もあったはずです。でも、昨夜のことがあったので認識を変えたんです」

「昨夜のこと？」

訊ねられたが、答えるべきか逡巡する。

昨夜のカラオケボックスでの騒ぎは報道されていなかった。つまり、鶴乃井さんが鳥飼さんに連絡をし、丸く収めてくれたということだ。そう判断して、鳥飼さんも信頼できる根拠にした。運転席の刑事に、事件の隠蔽(いんぺい)を聞かれてはまずいだろう。

「黙っていたことは、本当に反省しています。でも、今回、僕らが自分たちの手で濡れ衣を晴らして、犯人逮捕に貢献しなきゃいけなかったんです」

「お手柄高校生だって表彰されたかったのか？」

茶化すような言い方だったが、首肯する。

「それに近いです。警察が犯人を逮捕しても、僕らの自業自得だって風潮は残ります。だから、森巣と僕で解決をして、みんなの認識をひっくり返したかったんです。そうしないと、鳥飼さんにも認めてもらえないと思って」

「俺がお前らを、すごいすごいって褒めると思ったのか？」

「森巣は探偵になれる。僕らが鳥飼さんと鶴乃井さんみたいになれるって、認めてもらいたかったんです」

鳥飼さんが、きょとんとした。

身を起こし、眉をひそめ、じっとミラー越しに僕を見てくる。僕の考えに戸惑っているのが伝わってくる。どうか、わかってほしい。僕らも必死に頑張ったんです、そう訴えるように見つめ返す。

何かを言いかけようと、鳥飼さんが口を開きかけた瞬間、ノイズのような音が響き、警察無線が流れた。

『至急至急、神奈川県警本部から各局、被疑者の逃走について。加賀町ＰＳ取り扱い、マルエックス使用一九九容疑、マル被逃走について』

淡々とした内容を、切迫した声色で発している。「マル被」という言葉と「逃走」という言葉が耳に残った。

「今、逃走って聞こえたんですけど」

しっと鳥飼さんが息を吐くように声を上げ、黙れと促される。

『マル被氏名、森巣良。身長、一七五から一八〇。体格、やせ型。上衣カーキ色モッズコート着用。歳、十八。男性。現場より徒歩にて山下町方向へ逃走。各局マル索を実施せよ』

今、確かに、森巣と聞こえた。わけがわからず、混乱する。

焦りを助長するように、アナウンスが繰り返される。

「鳥飼さん、これって森巣のことですよね。逃げたってどういうことですか」

「森巣を署に移送していたが、逃げた。おい、これは一体どういうことだ？　これもお前らの計画の内なのか？」

ただならぬ剣幕に圧されながら、首を横に振る。

どういうことだ。森巣が逃げた？　大木刑事が逮捕されたのに？

じわっと気持ちの悪い汗が額に浮かぶ。

「森巣はどこにいる？　心当たりは？」

心当たり、と唱えるが思い浮かばない。目的は達成された。逃げる必要なんてないはずだ。一体、何に巻き込まれているのか。

が、そこで閃きが生まれた。

「GPSを調べればわかります」

森巣は牧野のスマートウォッチを身に着けている。あれの位置から調べることはできるはずだ。牧野のスマートフォンをポケットから取り出し、デバイスを探すアプリを開く。連携していたら、ちゃんとわかるだろう。

起動し、スマートウォッチの位置情報を調べる。地図が表示された。場所は——

「マリンタワーにいます」

「近いな。急げ」

交差点で強引にハンドルが切られ、Uターンして反対車線に合流した。けたたましいクラクションを浴びながら、セダンが車線を変更する。

27

来た道を戻り、セダンがぐんぐん加速する。

僕たちの焦りが車にまで伝わっているようだった。だが、僕らの都合とはお構いなしに、帰宅なのか仕事なのか、車の流れがじれったい渋滞に巻き込まれる。

「ここでいい」

鳥飼さんが短く指示をすると、目的地の数ブロック手前でウィンカーを出して強引に左車線に割り込んだ。ハザードを出して歩道に寄せ、停車する。

チッカッチッカ、と緊張する音が車内に響く。鳥飼さんがシートベルトを外す。僕も倣い、降りる準備をした。「僕も行きますよ」マリンタワーはすぐそこだ。

「お前は連れていかねえぞ。森巣を連れて来て、二人とも警察署へ連れていく。真田(さなだ)もここで待機してくれ」

「僕にもできることはありますよ」

主張したが、鳥飼さんは皮肉っぽく笑った。

「お前は根本から間違えてんだよ。それを、ここで考えてろ」

「何のことですか」

「俺が、どうしてお前たちに何度も会って話をしてたのか、だ」

頑とした口調で一方的にそう告げられる。直後、反論を許さないかのようにドアが勢い良く閉められた。

置いていかれまいと、慌ててドアレバーを引く。

だが、手応えが何もなく、かすかすと動くだけだった。

「無駄だよ、外からしか開かないからね。大人しくしていてよ」

真田と呼ばれた、気の弱そうな顔をした刑事が諭すように言ってきた。鳥飼さんとは違う意味で、話してもわかってもらえない気がした。

身を引き、途方に暮れる。

ちらりと外を見ると、赤信号に捕まり、一時停止している車が目に入った。運転席に座っている男が気持ちよさそうに大口を開けて何かを歌っている。昨夜のことが懐かしい。あれをドライブと呼ぶのはのんきだが、またいつかみんなで車に乗って出かけられるのだろうか。

回想にふけり、「いじけるな」と叫んでいた曲を思い出す。

いじけている場合ではない。できることがあるはずだ。なんとかして、助けに行きたい。未来を手放さないために行動を起こすべきだ。

外に出る方法はないのか。緊急用の細工はないのか探す。

その時だった。鉄がひしゃげるような音とともに、背中に衝撃を受けた。車体が揺れる。がくんと、前へつんのめる。運転席から、真田刑事の悲鳴があがった。

おそるおそる振り返ると、後部に見覚えのある軽自動車がぶつかっていた。追突されたのだと悟る。向き直ると、真田刑事は目を白黒させていた。

軽自動車の運転席から、香々美さんが長い脚を伸ばすように、すっと降りてくる。自分の車がぶつかっているのを確かめると、頭を掻いた。

「ちょっと話してくる。大人しくしているんだよ」

真田刑事がそう言って、怯えながらも襟を正し、外に出た。

「こんな場所に停車して、どういうつもりなの？」

文句をぶつける香々美さんの声が聞こえた。反抗的な態度にむっとしたのか、真田刑事が苛立った喋り方で応じている。

こんこん、と小さく音がし、首を捻り、窓の外を見上げる。

「無事？」

小此木さんが、おでこを窓ガラスに近づけるようにして立っていた。無事なのか？　わからないけど、うんうんとうなずく。にっと白い歯を覗かせて、小此木さんがドアを開けた。そっと外に飛び出す。海が近いから、潮風の匂いが風に乗り、漂ってきた。

真田刑事はこちらに背を向けていて、気づいていない。小此木さんと急いで車の陰に隠れた。

「GPS見てたけど警察署に向かわないし、急に乱暴な運転になったから何かあったのかなと思って」

「助かりました」

小此木さんたちは「デバイスを探す」機能を使って、僕のスマートフォンを追跡してくれていた。それで助けに来てくれたようだ。念のために打ち合わせをしておいてよかった。GPSを利用した捜査に対しては監視反対と思っているくせに、いざ自分が使ってみると恐ろしく便利だ。

「行ってきます。詳しいことは、後で」

危険も伴うだろうし、今は説明をしている時間が惜しい。

小此木さんに短くそう伝え、その場を離れる。視界の隅で小此木さんは歯がゆそうな顔をしていたが、そっと香々美さんの車の中へ戻っていった。

マリンタワーに向かって、走る。不安が頭で渦を巻き、おかしくなりそうだった。

嫌な予感をごまかすために、友人たちや家族、助けてくれた人たち、今回の一件が終わったらお礼と謝罪をしたい人たちのことを一人ずつ想いながら足を動かした。視界のマリンタワーが大きくなっていき、ちゃんと前に進んでいるぞ、大丈夫だ、と自分に言い聞かせる。

到着したマリンタワーは青い電飾で外観をライトアップされているが、施設内部の電気は消えていた。正面入口に向かうと、『改装休業中』という案内が張ってあった。どうやら、一月から半年間の休業中らしい。

休業中なのに、森巣のGPS情報はマリンタワーの中を示していた。どう考えても、おかしい。ぐるりと回りこみ、入口を探す。裏へ回ると、灰色の壁に馴染むような、無骨なドアを見つけた。そっと近づき、ドアノブを回して引いてみる。隙間が生まれた。開かなかったらどうしようかと案じていたが、呆気なく開いたことで却って躊躇する。

早く駆け付けなければという気持ちと、何が起こっているのか知ることへの恐怖が、どろどろと混ざり、考えを乱す。

僕にできることがあるかはわからない。

だけど、一人で戦わせたくない。

進むしかない。

隙間に体を滑り込ませるように侵入し、ドアをそっと閉める。目を凝らし、耳をすます。人のいる気配はない。奥に階段が見えたので、そちらへ向かった。

足元に気を付けながら、階段で二階に上がる。一階同様、フロア全体の壁が巨大なガラス張りになっていて、外から灯りが差し込んでいた。薄暗い中、足音を殺してフロアを移動する。鳥飼さんが来ているのであれば、森巣と話している声が聞こえてもいいはずだ。

歩を進め、三階と四階も調べてみる。

だが、どのフロアにも人の気配はなかった。念のため、森巣の位置を調べようかとスマートフォンを操作しながら歩いていたら、視界の端に人が座っているのが見えた。

目をやり、ぎょっとする。

制服姿の警察官が床に座りこんでいる。が、異様なポーズだった。

制帽は床に落ち、がっくりとうなだれている。右腕だけが挨拶でもするみたいに掲げられていた。近づくと、不自然なポーズの理由がわかった。手錠が右手首と階段の手すりを繋いでいる。

おそるおそる、スマートフォンの光を向け、凝視する。胸がわずかにだが、上下していた。ほっと息を吐く。

一体ここで何が起こっているのか。目眩（めまい）を覚えたが、足に力を入れて踏みとどまる。

この先に何かがあるのは間違いない。唾を飲み、階段を上がる。先には重い扉があり、開けると、そこは施設の屋上だった。

山下公園や横浜港が見える。夜になり、海は闇になっていた。強い海風が吹き、顔を背ける。夜空を指すようにタワーは伸び、煌々（こうこう）と輝いていた。

森巣は更に上、展望台にいる。確信にも似た予感を覚えた。

戻ってエレベーターを使うか迷ったが、起動するかわからない。考えている暇が惜しい。屋上をぐるりと移動し、展望台へと続く無骨な階段を見つけた。

太ももを動かし、駆け上がる。ごうごうとした海風がやかましく、急き立ててくる。心臓の鼓動が強く何度も胸を叩いている。鳩尾のあたりが捻じれるように痛い。

金網の外がちらちらと見えた。肩を並べるビルの高さや港の景色から、展望台までもうすぐなのではないかと思った、その時だった。

頭上から、パアンと、空気が破裂するような音が響いた。

呆然とし、口を開け、立ち止まる。今のは何だ。

再び階段を上がる。足がもつれそうになった。体に纏わりついてくる恐怖や不安を振り払うように走る。

一人でなんでもやろうとしないでくれ。周りを見てくれ。頼れる人は、ちゃんといるとわかっただろ。それに、僕がいる。君が困っているなら、駆けつける。困ってるなら言ってくれよ。手を貸せと言ってくれよ。

君が探偵ならば僕は永遠に助手でいる。

だから、頼ってくれ、本当に。

そう文句を浮かべながら、上を目指した。

階段の終わりと扉が見え、ドアノブをつかみ、乱暴に引いた。

無事でいてくれと祈り、足を踏み入れる。ガラス張りの展望台から、横浜の街並みが見えた。ビルがそびえ、生活の証のように建物の窓が光っている。

が、平穏を掻き消す、嫌な臭いがした。火薬の臭いだ。

左を向く。

海や港を背に、暗い人影が浮かび上がっていた。僕に気がつき、ゆらりと影が揺れる。

思わず、息を呑んだ。恐ろしい、出会ってはいけないものと対峙したようで総毛立つ。

得体の知れないプレッシャーを感じ、腰が砕け、へたりこみそうになる。

「平か」

その声は、森巣のものだった。間違いない。

「森巣」

だが、一番恐れていたことが起きたのだと、顔を見た瞬間に理解した。

そこにいるのは森巣だが、彼が努力し、封じ込めたはずの顔をしていた。

見たことのない表情をしている。好青年の笑顔でも、僕といる時のシニカルな顔でもない。温もりがなく、冷酷無慈悲で、大切なものを失くした顔をしている。そしてそのことを悲しんでいる気配もない。覗き込むことを躊躇われるような、暗さを漂わせている。

見るものを飲み込むような目をしていた。

血が通っていない、心を持たない、まるで悪魔のような存在感だった。

森巣は努力をし、変わったと思っていた。だが、戻ることはそんなにたやすいことだったのか。

僕は、君との未来を作ろうとずっと考え、動いていた。だけど大切な約束も、積み上げてきたものも、築こうとしていたものも、いとも簡単に崩された。

僕はやはり、探偵の器ではない。隣にいた相棒のことさえ、何もわかっていなかった。

「森巣、教えてくれよ。どうしてだ」

彼の右手には、拳銃（けんじゅう）が握られており、そばには人が二人倒れていた。

28

心を掻（か）き乱（みだ）されながら、それでも歩み寄り、確認する。

カーペットに赤黒い染（し）みが広がっていた。頭がくらっとするような、強い血の臭いもする。下で繋がれていた警察官とは違う。転がっている二人、鳥飼さんと鶴乃井さんからは、終わりの気配がしていた。暗幕を引かれた、茫漠（ぼうばく）とした暗い世界を思い描き、身震いする。

「触らないほうがいいぞ。指紋が付くからな」

「二人とも――」

「見た通りだ」

僕から見えているのは、死体二つと銃を持っている友達の姿だ。

「説明してほしい」

「俺たちを嵌めたのは鶴乃井だ」

「まさか」なんで。

「俺たちの活動を知り、利用しようと考えていたんだ。ずっと泳がされていたのかと思うと」森巣が頬を引き攣らせる。「まったく気色悪い話だ」

度重なる面会や、カラオケボックスでのやり取りを思い出す。鶴乃井さんは物腰が柔らかく、僕らにまっすぐ向き合ってくれていた。あれが全て嘘だとは思えない。僕らを助けてくれた人だし、将来の道を示してくれた人だ。

だが森巣がそう言うのならば、間違いないのだろう。

だからこそ、僕は言葉を失った。

「鶴乃井は俺たちのことを高く買っていた。警察署から脱出し、会話の内容を思い出して自分を頼ると考えていたわけだ。だが、そんな中、想定していなかったことが起こった。それが何かわかるか?」

牧野や香々美さんの登場だろうか。

「お前だ、平」

「僕?」

「逃亡中だってのに、お前は困っている人を見て見ぬふりをせず、助けた」

何のことかと逡巡し、「カラオケの話か」と思い至る。

「そうだ。お前の行動が、結果的に奴の計画を狂わせた。逃走犯による傷害事件が起きたのに、一切報道されていなかった、それが証拠だ。テレビも役に立つもんだな」

「鶴乃井さんが鳥飼さんに連絡してフォローをしてくれた。だから二人とも味方だ、そう思って鳥飼さんに協力を求めたんじゃなかったのか？」

「お前はそう思っていたのか」

今まで一緒にいたのが嘘のような口調で話をされ、憤りよりもやるせなさに襲われる。僕が大事にしていたものが、ごりごりと削られていくようだった。

「俺は、カラオケの事件がニュースにならなかった時点で、大木だけではなく、鶴乃井が犯人か、もしくは鶴乃井と鳥飼が犯人かの二択だと考えた。それを確かめるために、大木を嵌める作戦を立てたんだ。結果、鳥飼は職務を全うしたから白だとわかった」

「つまり、昨夜の隠蔽は鶴乃井さん一人でやったってことか」

説明に愕然とするが、森巣は平然とうなずいた。

「お前が爆弾犯側を選んでくれて助かった。俺は犯人に動きがあれば追跡しないといけなかったからな」

人質か爆弾犯か、僕は危険なほうを選んだつもりだったが、都合の良いカードを選んでしまった。もしかしたら、森巣はそれも見越していたのではないか。

「鶴乃井さんの目的はなんなんだよ。爆弾で笛吹さんを殺すなんて採算が合わない、そういう話だっただろ？」

森巣は眉一つ動かさずに倒れている二人を見下ろし、ゆっくり口を開いた。

「鶴乃井は、自分を締め出す動きがある時に運良く事件を解決してきた、そう話していたよな」

「おかげで続けていると言っていたね」

「それが偶然じゃないとしたら？」

それはつまり、どういうことか。

「警察に自分を頼らせて、大きい事件を解決する。それが目的だったんだ」

頭の中で言葉を反復する。当惑したが、だんだんとその狙いがわかりはじめた。

「鶴乃井は警官じゃない。締め出される前に、能力を見せれば信用が回復する。奴の能力は高いかもしれないが、事件が起きなければ活躍できない。だから、大木と組んで事件を仕込んだんだ。この爆弾事件も解決すれば、専門家として捜査に介入する交渉材料になる。俺たちを少し泳がせてから、推理したふりをして逮捕させるつもりだったんだ」

事件を解決し、それを警察に認めてもらい、探偵としての居場所を作る。それは、僕たちがしようと思っていたことと同じだ。筋が通る。だが、納得はできない。

「どうして、こんなことまでして」

「事件を解決するのが、楽しかったんだろうな」

たったそれだけのために、僕らは。

大切にしていたものが、砕かれたのか。

「信じてたのに」

胸の中にあった言葉がこぼれる。

すると森巣は、顔を上げて僕を見た。お願いだ。頼むから、そんな凍り付くような顔で、僕を見ないでほしい。

「昨夜、カラオケでスマートウォッチを奴の鞄の中に忍ばせておいた。鳥飼の協力と大木の逮捕を受け、俺は鶴乃井を捕まえるためにGPSを追ってここに来た」

そこに僕が、鳥飼さんを連れて来てしまった。着々と準備をしていたことにも気づかず、最悪の状況を作ってしまった自分の無能さにショックを受ける。

「鳥飼がやって来て、鶴乃井が鳥飼を撃った。そして――」

聞きたくなかった。

「俺は、鶴乃井を撃った」

「嘘だ」

「現実を見ろ。そこに死体があるだろ」

ちらりと見て、目を逸らす。どうしようもない悲しみが、頭で、胸で、溢れていく。

「でも、おかしい。どうして鶴乃井さんは、わざわざこんなところに来たんだよ。大木刑事が逮捕されたんなら、急いで逃げるべきだろ？」

「俺にはあいつの気持ちがわかる。負けっぱなしが嫌だったんだろう。油断して高校生に負けたんだから、なおさらだろうな。俺がＧＰＳを仕込んだことも気づいていた。それで、俺をここに誘き出したんだ」

それで、二人は一体ここで何をしていたのか。

「鶴乃井の元々のシナリオはこうだ。俺たちを映画館で出迎えて信用させ、その後どこかに匿い、ここに移動させる。そして、俺たちがマリンタワーに隠れていると鳥飼に推理を伝え、警察を送り込む。立てこもっていた俺たちは爆弾で自爆する。アウトローが死ぬ物語だな」

鶴乃井さんが僕らを殺す、ということは今でも受け入れがたかったが、飲み込む。どんなことよりも知りたいことが、一つだけある。

「どうして撃ったんだ。殺す必要なんてなかったんじゃないのか」

「犯罪の美学、みたいなことを語り始めたから、やかましくて撃った」

「真面目に答えろ！」

森巣は僕の怒りを無視するように、余裕ぶって手を広げた。

「一昨日、学校の帰りに話していたのを覚えてるか？　二ヵ所に爆弾が仕掛けられている状況で、どっちを守るか」

「ああ」

「爆弾を起爆される前に、犯人を殺す。これが俺の答えだ」

体の芯から冷たくなる。それは、僕には絶対に思いつけない解決方法だった。

「マリンタワーとスタジアムに爆弾を仕掛けてある。自分を見逃したらマリンタワーを、捕まえるならスタジアムを爆破する、鶴乃井は俺にそう言った。鳥飼を撃ったから、奴が本気なのはわかった。だから、俺は起爆される前に撃ったんだ」

その言葉を聞き、だったら、と思った。

悪いことではないと割り切れない。だけど、彼なりの正義があったからではないか。まだ、手を伸ばせば繋ぎ止められるんじゃないか。

「おいおい、だったら、なんて思うなよ。下にいる警官を見ただろ。最初から殺すつもりだったから、拳銃を借りたんだ」

「爆弾を止めるため、人を助けるためじゃないか」

「爆弾を止められたら、そうかもな」

「どういうことだよ」

「爆弾の話は、鶴乃井の嘘だ。計画が狂ったから、まだどこにも爆弾は仕掛けられてなかったんだよ。あいつが起爆装置だって持ってたスイッチも、ただのライターだった。鶴乃井は、俺に勝ちたかったんだ。爆弾があると騙して、脅して、俺がまんまと見逃したことを、後悔させたかったんだろうな。だが、俺は爆弾の真偽を確かめるのが面倒で、引き金を引いた」

下らない意地のために、命を懸け、殺し合いをしたのか？

かぶりを振る。僕の知っている森巣はそんなことをする奴ではない。

「僕は絶対に信じないぞ」

「俺は殺すつもりだった」

「黙れよ」

「お前が信じようが信じまいが、結果は変わらない」

「なんで」唇がわなわなと震える。心臓が握り潰されるように痛み、感情がぐちゃぐちゃになる。

「僕は前に君と話したよな。僕は人殺しには手を貸せないって。君があくまでも探偵なら手を貸すって言ったのを、忘れたわけじゃないよな」

面倒で撃ったなんて、そんなわけがない。君らしくない。どうして一線を越えたのか、納得できる説明をしてほしい。それができないのなら、今の話は全部嘘に決まっている。

森巣が悪を葬るために、人殺しになるわけがない。

そんな話を信じたくなかった。

君は僕といたくなかったのか?

「鳥飼から言われたよ。どうして俺たちと何度も会っていたのか考えろってな。鳥飼は、俺たちを危険な目に遭わせたくなかったんだ。鶴乃井を紹介したのは、高校生探偵になってもらいたかったからじゃない。鶴乃井を見せて真っ当な大人にもなれるんだと、教えてやりたかったからだそうだ。ま、鳥飼の人を見る目がなくて、手本は外れだったがな」

鳥飼さんが、どうして僕たちに何度も会って話をしてくれたのか?

車の中で受けた指摘の意味、自分の根本的な間違いを悟る。

鳥飼さんは大人として子供である僕らを守り、道を示そうとしてくれていたのだ。なのに僕は、見当はずれの思い込みをし、信じたいものしか信じなかった。自分は未熟だったのだと思い知った。後悔に飲まれ、全身の力が抜けていく。

森巣は正義の心を持っているが枠に収まらず、それでも能力を発揮できるすごい奴なのだから、彼をなんとかサポートしてやりたいと思っていた。彼がのびのびと活躍し、大勢の人を救って喝采を浴び、人から感謝され、よかったと思ってもらいたかった。

なのに、僕は、何もできていなかった。

「つまりな――」

じっと、続く言葉を待つ。

「この社会に、俺たちが考えていた探偵なんていないんだよ」

真実を告げる時の、鋭い声だった。

足場も見ていた景色も、思い描いた場所も、何もかもが崩れた。

探偵としての彼の居場所は、どこにもない。

その現実はどうしようもなく残酷で、自分の甘さを直視させられ、無力感に打ちのめされる。

森巣は僕の元へやって来ると、ポケットから何かを取り出した。その何かは、短い機械音と衝撃で判明する。手錠を掛けられた。足を払われ、床を滑る。倒れた瞬間に、手錠の反対側が手すりにかけられた。驚いている間にコートのポケットを漁られ、スマートフォンを奪われる。

「なんだよこれ」

「通報されると面倒だからな」

「なんだよこれは！」

森巣は返事をせず、じっと僕を見つめていた。恨んでいるだろうか。自分の人生で、こいつと出会わなければと思っているだろうか。不安で確かめたいのに、もう何を考えているのかも読み解けない。

「自首しよう。僕を信じてくれ。なんとかしてみせる。警察もわかってくれるはずだ。居場所はなんとかするから」

「わかってくれるとか居場所とか、何を言ってるんだ?」

「僕は、君が活躍できる未来を一緒に作りたいんだよ」

「俺が一言でも、そんなことを頼んだか?」

「え」

「お前は、俺が大空を飛べると言ったよな。だが、群れて飛んで、それで空の広さがわかるのか?」

返答に窮する。

僕は、暗闇を一人では進めないと思っていた。人に灯りをわけてもらえるから、世界が広がるのだと考えていた。だけど、森巣は違う。

誰も信じず、期待せず、それでもどこまでも行ける、強い覚悟があったのだ。

結果として、信じるだけの僕は負け、信じていなかった森巣は犯人に勝った。

僕が黙っていると、森巣はくるりと背を向けた。足元のショルダーバッグを肩にかけ、階段へ向かって歩き出した。

慌てて、言葉をつかんでぶつける。

「このままなんて、僕は許さないぞ」

森巣が立ち止まる。

「絶対に、君のことを許さないからな」

届いてくれ、振り返ってくれ。引き止めたかった。背中を見つめる。

頼むから、僕を置いていかないでくれ。

「そうか」

森巣は無情に一言呟くと、階段を降り始めた。カン、カン、とステップが踏まれる。

手錠を外そうと引っ張るが、肉に食い込んでいくだけだった。大切なものを失いそうなのに、手を伸ばすこともできない。激しい感情に襲われ、彼の名を叫び、喚いたが、もう届かない。声がいつの間にか嗚咽に変わった。

暗闇を一人で進む、友の足音が遠ざかる。

メロディと探偵
Melody and Detective

1

人を嫌いになってしまった。

民法の教授が配布するレジュメは味気ないスライドの印刷だし、講義は教科書を読み上げるような内容だ。教科書は大学生協で売っていた教授の著書だし、なんだかカモにされた気持ちにもなる。

それよりも気になっていたのが、教授の態度だ。高圧的な話し方で学生に質問をぶつけ、返答には酷く落胆した顔で溜め息を吐く。他人を見下す、頑固な老人という印象だ。

それでも唯一、教授のことを評価できると思ったのは、彼が時間ぴったりにやって来て、ちゃんと講義を始めるからだった。

なのに、今日は五分過ぎても現れない。

「一秒でも遅れたら追い出す。やる気がない奴は迷惑だ」と初回に宣言し、実際その通りに行動していた。堂々と遅れて来る者にも、そっと入ろうとする者にも、「出ていけ！」と一喝していた。

スマートフォンで確認するが、休講情報はない。なんと釈明するつもりなんだろうかとぼんやり考えていたら、講堂の扉が開いた。

現れたのは、背広姿の気難しそうな教授、ではなく、白いパーカーを着た学生だった。二重瞼の垂れ目が大きく、僕と目が合うと人懐こい笑みを浮かべた。髪は栗色で、レトリーバーを彷彿とする。僕は飼い主ではないのに、彼は駆け寄って来た。

「隣いい？」と言いながらバッグを下ろし、既に腰かけている。走って来たのか、ぜえぜえ息を切らせ、額の汗を拭っていた。

「よくない」

「いいじゃん。それより聞きたいことがあるんだよね。昨夜の新歓、マイマイが泣きながら二次会に来たんだけどなんかあった？　本人はなんでもない、としか言わなくてさ」

「君は、自分は小食なんですって言う人はダイエット中だと思うし、楽器を眺める少年が見てるだけって言ったら欲しがってると思うわけ？」

「理屈っぽいなあ。俺はただ、マイマイが心配なだけだよ」

「乙川さん、君がやけに馴れ馴れしいって泣きながら怒ってたよ」

「マジで？」

「マジじゃないよ。でも、信じたい情報がほしいだけなんだから、僕から話を聞いたところで意味がないだろ」

彼は、下唇をぬっと突き出し、ポケットに手を突っ込んで椅子に深く腰掛けた。不貞腐れた子供みたいな格好だ。

「なあ優介。その君っていうのは、なんだか他人行儀だからやめてよ」

「僕と君は他人だから、優介って呼ぶのもやめてほしいね」

「冷たいなあ。あ、ねえ、もしかして俺の名前を覚えてないわけじゃないよね？」

彼の名前は、花坂だ。昨日の新歓コンパで名前を聞き、なんだか目出度い響きだなと記憶していた。酔っ払った先輩から、「じいさん」と呼ばれていて、彼は今までの人生で何度もそう茶化されたのだろうなと同情した。

同情したのは昨夜の話で、今は面倒臭い。眉をひそめていたら講堂の扉が開いた。日頃あれだけ周りに厳しい人なのだから、申し訳なさそうに肩を落とし、気まずさや恥ずかしさを浮かべているかと思いきや、顔を赤くし、目を吊り上げていた。肩を怒らせてのしのしとやって来る。

教授は教壇のマイクをつかんで講堂内を見回し、大きく口を開けた。

「どいつだ！　下らないことをしたのは！」

怒声にびりっと空気が震える。剣呑な雰囲気に飲まれ、学生たちが姿勢を正した。表情を曇らせ、隣に座る者と何事かと無言で訊ね合っている。

何が起こったのか。少し考えてみる。

状況から察するに、教授が怒っていることは遅れて来たことと関係あるのだろう。

昼休み明けの講義なので、教授は自分の研究室で準備をしていた可能性が高い。研究室は、確か研究棟の六階だ。鼻息を荒くしているが、走ってきた様子はない。あれだけ豪語していたのだから、自分に非があって遅刻をしそうだったら急ぐはずだ。誰かに足止めをされて、教授は遅れた。つまりそれが、「下らないこと」なのだろう。

研究室の扉に細工をされたとか、トイレに閉じ込められたとか、そんなところだろうか。

で、君は何をしたの？　と隣を見る。

花坂は素知らぬ顔をして宙を眺めていた。僕の視線に気がつき、白々しく首を傾げる。それでもじっと見つめていると、人差し指を口に当てるポーズを取った。

どうしようかなと逡巡しながら、眼鏡を外してレンズの汚れを拭く。

「何か言うことがある奴がいるんじゃないか！　出てくるまで始めないからな！」

喚き声が癇に障り、右手を伸ばす。教授が僕を認識し、憎らしそうに睨んできた。

「遅れて来たことを謝らないいんなら、さっさと講義を始めてくれませんか？」

2

そりゃそうだよな、と思ったのは、僕が講堂を追い出されたことだ。

あ、そうなるのか、と思ったのは、「俺がやりました」と花坂が挙手したことだ。

犯人が自首したが、隣同士なのがまずかった。二人で共謀したんだろうと決めつけられ、「二度と来るな！」と追い出された。

法律を研究している人が、短絡的な判断で罰を与えるのはどうかと思ったが、嫌いな人間と縁を切る良い機会だった。必修ではないし、一コマくらい痛手じゃない。

大学の敷地内、校舎に囲まれるように、ひっそりと池がある。授業中だし、動かないのんきそうな亀がいるくらいなので、面白味はない。四月の下旬、キャンパスのどこへ行っても新入生がいる季節だけど、ここは静かなものだった。

ベンチに腰掛けて、全く動きのない池を眺める。揉め事が起きたり、攻撃的な態度を取られたら、心の中でさざ波が立つ。苛立ちを鎮めようと、ぼうっと水面を眺める。平和で退屈な時間が、ゆったりと流れることを、どう感じたらいいのかわからない。

「お待たせ」

「待ってない」という僕の返事を待たずに、花坂が隣に座った。紙パックの牛乳を一つ、僕に差し出してくる。フリスビーを運んでくる犬のような無邪気な顔をしている。

「怒りっぽいなあ。カルシウム不足なんじゃないの？」

突っぱねようかとも思ったが、花坂が気まずくなって退散するタイプに思えなかったので受け取った。ストローを刺し、口に含む。まろやかな味わいは、心が落ち着かないでもない。

「エレベーター？」質問をぶつける。

花坂はストローを咥えたまま目を見開いた。正解のようだ。

「え、怖い。エスパー？」

「花坂は遅刻をして来たのに、普通だった。教授がいないことへのリアクションがなかった。自分より後ろにいると知ってたからだ。トイレとか研究室に閉じ込めたのかなと一瞬思ったけど、それだったら教授が犯人を見かけていそうだ。花坂が息を切らして汗を拭いてたから、走って来たんだろうなと思った。エレベーターのボタンを全部押したわけ？」

六階建ての研究棟で、花坂は一階でエレベーターを止め、中の階数ボタンを全て押した。教授が乗り込んでからも、各階で止まるようにボタンを押して時間を稼いだ。そんなところではないか。まさに、教授の言う通り、『下らないこと』だ。

「鳥肌立った」

花坂が両腕をさすり、ぶるっと震える。僕は、見たらわかることを口にしただけだ。それよりもわからないことはある。

「なんであんなことしたわけ？」

「先週、きっついこと言われて生徒が一人追い出されただろ？　その腹いせをしたかったんだよね。『偉そうなことを言ってたくせに、お前も遅刻してんじゃん』って。や、巻き込んで悪かったよ。俺がちゃんと謝って、平が戻れるようにはするからさ」

「いいよ、別に。遅刻して謝らない奴とか、開き直る奴は嫌いなんだ」

と言いつつ、馬鹿なことをしたと思う。僕のしたこともストレス解消だ。だから質が悪い。怒りっぽさをごまかすように、一気に牛乳を飲んだ。

「さっきの話の続きだけど、昨夜、乙川と何があったのか教えてよ。平が何か言えないようなことをしたとは、思えないんだよね」

横目で見ると、花坂は講堂にいた時よりも、軽率さのない神妙な顔をしていた。

乙川さんは同学年の女子だ。いつ見ても誰かといるし、賑やかというか元気と愛想に満ち溢れているから、人間関係には困らないだろう。と、昨日の夜までは、思っていた。

「花坂の『お土産でもらって一番嬉しくないものが何か？』っていうつまらなそうな話題が、思いのほか盛り上がっている時、乙川さんはどうして、隅で海藻サラダをつつきながらウーロン茶を飲んでる僕に話しかけてきたんだと思う？」

「モテ自慢？」

「と思いたいなら、この話は終わるよ」

「真面目に答えると、話をしてみたかったんじゃないの？　あと、土産物の話はつまらないよ」

「友達がいなさそうだから、声をかけてきたんだ。彼女の目的は勧誘だよ。オンラインサロンって言ってたけど、胡散臭かったから話しかけるなって言ったんだ」

「マジ？」

確証はない。だけど、彼女の話す活動内容や僕をどうにかして、仲間内の集まりに連れ出そうという言葉の熱に不気味なものを感じた。なので、帰り道にそういうことを続けると友達をなくすぞと伝えた。

結果、彼女は泣きながら二次会に向かい、僕の悪口を言ったのだろう。コミュニケーションを取り辛いと後々面倒臭いから飲み会には参加したのだが、却って厄介なことになってしまった。人前なので、溜め息をぐっと堪える。

四月、春、世間知らずの新入生が溢れる今は、出会いと狩りの季節だと想像はできる。

「わかったよ、ありがとう。そのオンラインサロンってやつ、ちょっと調べてみる」

「僕の話、嘘かもしれないよ？」

「翻弄しないでおくれよ」花坂が困ったように、眉を下げる。「平が俺に嘘をつく理由もないと思うし、乙川は悪い奴じゃないと思うけど、ずるいなとは思ったからさ」

「ずるい？」

「涙は相手を悪者にできるだろ。だから、一方的だとずるいよなって」

花坂のことをよく知らないが、彼は外見や言動ほど軽薄ではなかった。教授に一泡吹かせようという仕返しや、乙川さんだけではなく僕を心配する口ぶり、物事を見極める際に公平性を重んじようとする姿勢も垣間見える。

一瞬、あいつのことが過ぎった。

他人とは異なる価値観を持ち、そのことを恐れず、悪事を見て見ぬふりせずに、一人でも立ち向かう。勇気と行動力がある。それは、臆病な僕にとって尊敬できることだった。だったのに。

これ以上思い出すのは危ない。かぶりを振って追い払った。

花坂についての僕の所見も、良い奴かもしれない、というだけだ。他人のことをわかったつもりになるのは危険だ。

時間と共になのか、花坂と話をしていたからなのか、ざらりとした嫌な気持ちは落ち着いていた。空を見る。いつまでも漂っていそうな雲が浮かんでいた。

「なあ平、この後って時間ある？」

「ない」

3

「店員さん、おすすめは何？」

「駅前にできたケーキ屋のクロワッサンがおすすめですよ」

「ケーキ屋なのにクロワッサン？　へえ今から行ってきます、とはならないからね」

ならないですかと呟きながら、僕はカップを拭く。カウンター席に座っている花坂が、メニューに顔を近づけて、「コーヒーの違いってわからんのよなあ」とぼやいている。

「エスプレッソってやつにしてみようかな。あの、平はいつもこんな感じなんですか？」

カウンターの奥で椅子に座り、サイエンス雑誌を読んでいる香々美さんが顔を上げる。ただこちらを向いただけなのに、睨まれているような威圧感を覚えた。小此木さんが、「不機嫌そうに見える時不機嫌じゃなくて、大丈夫かなって思った時静かに怒ってるんだよね」と話していたが、今はどっちなんだろうといつも思う。

ショートカットの髪はところどころ紫に染まり、スモーキーなアイメイクをしていて、近寄りがたい雰囲気がある。カフェの店員としてはいかがなものかと思う、知り合いの店がリニューアルするから一緒に働かないか、と声をかけてくれたのは香々美さんだった。

「今日の平は、いつもよりよく喋ってるよ」

「平は、自分から話さないぞってオーラを出してますもんね」

「わかってるなら、なんで来たわけ。尾行までしてきて」

「尾行？」

「大学からずっとついて来てただろ」

「何それ。マジで違うよ。オーナーさんに教わって来たんだって。なんなら電話して聞いてみてくれよ」

花坂は二週間ほど前、大学の階段で転んで捻挫をし、しばらく松葉杖をついていた。それで整形外科に通院しており、待合室でこの店のオーナーと意気投合したらしい。「リノベした綺麗なお店だよー、美味しいコーヒーごちそうするからおいでよー」と声をかけられて、ほいほいやって来たのだそうだ。

「あ、でも嘘じゃないか」

不思議そうな顔をする二人に、「実は」と口を開く。「最近、人に見られてる気がして。今日だけのことじゃないんで」

「俺はストーカーじゃないよ」

「わかってるよ。話したのは昨夜が初めてだしね」

「違うよ。あれ、覚えてないの？　入学式で隣同士だったのに。俺が『横浜市歌ってみんな知ってるものなの？』って訊いたら、平は『さあ』って答えたじゃん」

「それは話したって言っていいのかな」と僕は眉根を寄せる。

「話したって言うだろ。言いますよね」と花坂が訊ねる。

「さあ」と香々美さんが興味なさそうに、注文のエスプレッソを花坂の前に置いた。

「サイズ、間違えてない？　店ぐるみの嫌がらせ？」

花坂は訝しげに小さなデミタスカップを構えて、仰々しく香りを嗅いでから口に運んだ。耳を傾けていると「苦っ」という子供じみた呻き声が聞こえた。

しかし、尾行していたのが花坂じゃないなら、誰だったのだろうか。

思い当たる節がないわけじゃない。変装用に伊達眼鏡をかけているが、もう効果は切れたのだろうか。そう思った時に、店の扉が開いた。

「いらっしゃいませ」

香々美さんが挨拶をすると、真田さんは社交的な笑みを浮かべて手をあげた。物腰が柔らかく、いつも何かに困っているお人好しそうな顔をしている。彼に何かをされたわけではないが、僕は身構えてカウンターの隅に移動してしまう。

「ブレンド一つ、濃い目でお願いします。これから夜勤なのに、やーもー眠くて」

カウンターのそばに来て注文を済ませると、そんなわけがないのに、まさに今僕に気がついたというような顔をした。

「やあ、久しぶり。元気？　どう、大学は？」

「元気ですよ。学校は普通です」

「普通」と真田さんも唱える。ふつー、声に出しても面白味のない語感だ。ショートパスの一往復だったが、真田さんはキャッチボールをした後のように、満足そうな顔をした。

「情報漏洩」香々美さんが右手に持ったカップをテーブルに置き、「証拠の捏造」と続けて左手のカップも置いた。

「勘弁してくださいよぉ。俺だってショックを受けてるんです」

「眠気を覚ましてあげようと思って」

真田さんがパンチを一方的に食らうボクサーのように、苦しそうな顔で堪えている。神奈川県警の不祥事が連日報道されているのは、僕も知っていた。ニュースを見てげんなりするのと同時に、真田さんの心労も案じていた。

話をつかめず困惑した様子の花坂が、「けいさつ?」と口だけ動かした。答えたくなかったけど、彼はみんなの過去のことをほじくり返しはしないだろう。

「知り合いの刑事さん」

「そうなんですか。お疲れさまです。俺、警察好きですよ」

実はファンなんです、と声をかけるみたいで呆れたが、真田さんは破顔した。固い握手と熱い抱擁をする勢いまで感じる。不祥事続きで、肩身が狭いのだろう。

「そうだ平、ストーカーの相談もしたらどうだ?」

余計なことを、と花坂を一瞥してから「なんでもありませんよ」と首を振る。

真田さんは、途端に仕事モードとも呼ぶべき真剣な面持ちになっていた。嘘をつくことを躊躇させる、刑事の顔だ。

「最近、他人の視線を感じる気がしているってだけです」

「何かをされたってわけじゃないんだね」

「ですね。ただ、気がしているってだけです。自意識が過剰なんですよ」

事実、そうだと思う。僕は以前、ネットに写真と名前と素行が晒された。今でも「誰だっけ」と二度見され、「あの人ってさ」と後ろ指をさされることもある。

警察署で爆弾が爆発するという前代未聞の事件が起こり、僕は犯人の一人ではないかと騒がれた。その誤解が解けたとはいえ、信じていない人もいる。真犯人は僕なんじゃないかと、陰謀めいたことを考えている人までいる。

一度でも百人から疑われたら、百人全員の誤解が解かれることはないんだと実感した。町で絡まれたこともあるし、スマートフォンでこっそり撮られることもあった。不躾な週刊誌の訪問もあったが、もうブームは終わり、彼らは別の獲物へ向かっている。

ストーカーの正体は、おそらくネットの動画投稿者だろう。

「探偵活動はやらせだろ?」「お前も犯人なんだろ?」「真実を話してくれませんか?」かさぶたになった頃に何度も剝がされる。僕が無視をしたら怒り、怒れば喜ばれる。僕の苦い過去を甘い汁にしようとしている。何度も何度もちくちくと攻撃を受けていると、心が蝕まれ、神経がすり減る。僕は病院にも通った。

真田さんがこの店に来る理由は、店が警察署のそばにあるからではない。

僕がいるからだ。

事件は解決したが、僕は警察に対して後ろめたいことをしていた。それで今でも監視をしている。そう考えるのは被害妄想じゃないだろう。

それに、亡くなった鳥飼さんだったら、きっと同じことをするはずだ。

「わかった。でもさ、何かあったら、遠慮なく言ってね。俺も君に——」

「そうします。だから、大丈夫です」

余計なことを花坂に聞かれる前に、言葉を遮る。

続く言葉が生まれず、代わりに沈黙が広がる。真田さんに鳥飼さんくらいの強引さがあれば、会話も弾んだのだろうか。懐かしさと共に、鳥飼さんのことを思い出す。ぶっきらぼうで、口が悪く、それでも優しさを、人情を感じた。

「——」

瞬間、すっと全身が冷えた。自分の顔が青褪めるのがわかる。

今、思い出している声は、本当に合っているのだろうか。頭の中で再生できる。でも、誰か別の、もしくは僕が作っている声ではないと言い切れるのか。もう確かめることはできない。自覚し、不安が体を駆け巡る。

鳥飼さんだけの話ではない。

僕を呼ぶあいつの声を、僕は正しく思い出せなくなっているんじゃないか？

隣にいたあいつ、今はもう会えなくなったけど、それでも僕の中からは消えないと思っていた。だけど、自信を持って思い出せなくなっている。そのことに愕然とした。

どうして思い出せないのか。それは僕が、そうしたからだ。あいつの人生から僕は締め出された。信じられなかった。信じたくなかった。だけど、行き場を失くした気持ちは、形を変えて、憤りになった。どうして苦しいのか、そればかり考えた。

僕はあいつのことを許さない。あいつは僕との大切な約束を、いともたやすく破った。殺意を持って、人を殺した。あいつは清く正しい人間ではない。だけど、僕と同じ正義を持っていると思っていた。

だけど、それは僕の願望でしかなかった。

僕らは道をたがえ、僕はわざとあいつのことを嫌いになり、心の奥底へ追いやった。それでも、いつでも思い出すことはできる気がしていた。寒々しくて、体が震えるような心細さに襲われる。

忘れたふりをしていたけど、本当に忘れてしまったのか？　違う、本気じゃない。

だから、消えないでくれ。

その時、とんとん、とんとん、と規則的な音が聞こえた。聞き覚えのあるリズムに心臓が止まり、はっとして目をやる。

マグカップを口に運びながら、指先でテーブルを叩いている。誰が？　花坂が、だ。何気ない顔をしていることに、腹が立った。

瞬間、口から言葉がこぼれる。

「花坂」「ん？」「帰れ」

花坂が面食らった様子で、「え？」と固まった。八つ当たりだ。でも、加速してしまったものを急に止めることができなかった。他人を傷つけているのがわかっているのに、僕は続ける。

「帰ってくれ」

「え、何。どうしたの」

「帰れよ。今すぐ帰ってくれ！」

鎮火、と思ったのか、香々美さんの対応は素早かった。

蛇口をひねってコップに水を入れ、僕の顔にぶちまけたのだ。顔がびしょびしょになり、シャツが濡れて張り付く。ありがたいことにすっきりしたが、情けないことに「ごめん」の一言さえ口にできなかった。

4

反省会が始まる。

夜の八時になり、カフェを閉店する。花坂と真田さんが帰ってから、ぽつぽつとお客さんがやって来て、それなりに忙しい時間を過ごした。人を相手にするので、ミスをしたらいけないという緊張感のある仕事はありがたく、余計なことを考えずに済んだ。

レジを閉めている香々美さんに挨拶をして帰ろうとしたら、入口の扉前に陣取っている人がいた。

小此木さんが店の椅子をわざわざ移動させて座り、通せんぼをしている。

「お疲れ様、それじゃあ行こうか」

有無を言わせぬ口調と笑顔に圧された。

二人で店を出て、駅前のほうへ向かう。

小此木さんと、仕事が終わってからご飯に行くことはままあった。チェーンの焼き鳥屋、賑やかだけど安くて美味しいイタリアンバルではなく、少し値が張る個室の居酒屋へ向かっているので、今日はじっくり話すつもりのようだ。生徒指導室へ連れていかれるようで、気が重い。

店に入り、靴を脱ぎ、鈍く光る廊下を抜ける。和服の店員さんに案内され、温泉宿みたいな内装の廊下を抜け、襖を開けて掘りごたつの席に座った。

「ビールの中ジョッキと、平くんは？」

「ジンジャエールで」

「をとりあえず、お願いします」

小此木さんがテキパキと店員さんに注文を済ませた。眺めながら、おしぼりで手を拭う。じんわりと広がる温もりに、後ろめたくなった。僕は冷たい人間なのだから、誰も優しくしないでほしい。

「今日ちょっと寒くなかった？　春はいつだよって気になるよね。食べたいものある？」

「パン食べたんで、そんなにお腹減ってないです」

「そう言えば、駅前のケーキ屋さん行った？　ケーキ屋さんのクロワッサンってどうして美味しいんだろう」

「使ってるバターの違いじゃないですか」

「あー、ありそうだね。そう言えば、昨夜変な夢を見てさあ。毎日、道端にある木の下で男の人が二人座ってて、その理由を訊いたらね――」

「いいですよ、無理に話をしなくて。他人の夢の話ほど反応に困ることはないですし」

「無理はしてないよ。ただ、わたしは平くんと会話をしたいんだよね」

飲み物が運ばれてきて、小此木さんは慣れた様子で料理の注文もする。

僕が来る店は、全部小此木さんに連れて来てもらった店だ。大学生になったが、僕の世界が広がったことはなく、ただ少し知識が増えただけだ。それに比べて、小此木さんは、僕と違ってちゃんと歳を重ね、世界を広げ、大人になっていく。

「それでは」とジョッキを構えられた。慌てて、僕もジンジャエールを瓶からグラスに注ぐ。会釈しながら、互いのそれを軽く合わせる。軽快な音がした。口へ運ぶ。少し辛い。

「澄玲から、うっすらと聞いたよ。派手にやったんだって？」

「僕は派手にやられたんです。病院から戻って来たオーナー、びっくりして転んで、また腰を痛めて帰っちゃったんですから」

伝えると、小此木さんが愉快そうに声をあげた。「笑い事じゃないよね、ごめんごめん」

「香々美さんって、水をかけるのは無罪だと思ってませんか？　暴行罪だし、これで二度目ですよ」

「あったねー。ネズミ講だっけ、マルチだっけ」

以前、店の中で、その手のネットワークビジネスの勧誘が行われていた。

勧誘していたのは、よく店に来る、那須という男だった。四十代前半、瓜実顔で口元にひげを伸ばしている。身なりの良い実業家風で、店を貸し切りにしてパーティをできないか打診をしたりと、カフェで使う言葉としてはいかがかと思うが、太い客に見えた。

ある日、那須は若い女の子を連れてやって来た。ポニーテールがよく似合っていて、二人はコーチと選手のように見えたが、親子ほど年が離れていた。

女の子にどこか見覚えがあり、気になって耳をそばだてていたら、「戻ってこい」「また頑張ろう」と励ますような声が聞こえた。引退した選手を引き留めるようだったが、過度と思える熱がこもっており、なんだか心配にもなってくる。

どうしたらいいか僕が迷っている間に、香々美さんは那須の頭に水をかけた。女性客は泡を食った顔をし、那須は狼狽し、香々美さんは「詐欺師は帰んな」と吐き捨てた。

後から聞いた話だと、僕のいない日にも那須は店でいかがわしい話し合いをしていて、香々美さんは不審に思っていたのだそうだ。真田さんにも相談していたらしい。那須が胡散臭い商売をしていると知った香々美さんは、若い女性を食い物にしようとするのを見て、堪忍袋の緒が切れたようだった。

那須は訴訟だなんだと喚きながら帰ったが、あれから音沙汰(おとさた)のないところをみると、やはり騒ぎにできないやましいことがあったのだろう。

「オーナー、泣いてましたよ。自分の店はコーヒーとケーキの秘密基地にしたかったのにって」

ふっと気が緩み、僕らは近況報告をしながら運ばれてきた料理に箸を伸ばした。賄(まかな)いのサンドイッチを食べていたが、ふわっとした部厚い出汁(だし)巻き卵やアスパラガスの天ぷらが絶品で、箸が止まらなかった。美味しかったので、思わず同じものを注文してしまう。

小此木さんの、自分や他人が落ち込んでいたら、胃袋に美味しいものを入れようとする癖が発動していると、遅れて気がついた。が、もう術中だし、抵抗する気は失せていた。こうして食事をするのはいつぶりだろうか。ちらりと見ると、満足そうな顔をしている。

「平くんの眼鏡、だんだん見慣れてきたよ」

「僕も慣れました。髪、また黒に戻したんですね」

「似合うでしょ」

「まあ、前の前の色よりは」

あれは、小此木さんが選挙のボランティアをした後のことだった。就職活動のポイント稼ぎだろうかと邪推したのだが、「政治家になりたいんだよね」と教わって驚いた。その理由が「差別と貧困をなくしたいから」という真っ当な理由で、更に驚いた。

そんな小此木さんがボランティアをした後、髪を真っ青に染めた。動揺し、悲しみ、ショックを受けたと物語るような色で、就職活動なんかやってられっかという意思表明のようだった。

詳しいことを話したがらなかったが、政治の世界の〝現実〟の酷さを垣間見たのだろうと推察することはできた。

香々美さんに「全然似合わないね」と真顔で言われて、落ち着いた茶髪に戻していたが、今はまた黒髪になっている。これも、また戦うぜという意気込みなのかもしれない。一時期はコンタクトにしていたが、また知的な雰囲気の眼鏡をかけていた。

「平くん、どうして大学の先生を怒らせるようなことをしたの？」

その話も聞いたのか。

「自分に非があるのに、事情も説明しないし、謝らなかった。それが、許せなくて」

この説明だけだとわからないよな、と花坂が教授相手にした嫌がらせを教える。すると小此木さんは「何それ」とけらけら笑った。「その花坂くんっていうのも、面白いことをするね。今度会わせてよ」

「イマイチ何を考えてるのかわからない奴ですよ」

「友達できてよかったね。大学に入って結構経つけど、平くんの口から固有名詞が出てきたの初めてじゃない？」

「固有名詞っていう言葉を人の口から聞いたのが久しぶりです」

あと、友達じゃありません、と付け足す。小此木さんが微笑み、決まりが悪くなる。高校二年の頃から僕のことを知っている人の前では、どうやっても格好がつかない。

ちょっとお手洗いに、と席を立つ。廊下を抜けて角を曲がり、男子トイレへ向かう。待っている人が多く、三人並んでいた。後ろに続き、考えを巡らせる。

友達未満の花坂には、明日「昨日はごめん」と伝えよう。謝ることは当然なのだが、花坂が「気にすんなよ。それよりさ」と世間話をしてきそうなのが億劫だ。

待っていたら、僕の隣に男が並んだ。まとわりつくような香水の香りが漂ってくる。

「明日の夜、交流会には間違いなく来ますよ。お友達にばらすぞって脅したんでね。あとはもう、ずぶずぶですよ、ずぶずぶ」

他人の会話なんてどうでもいいのに、やたら気になってしまうのは、彼が大声で喋っているからだろう。スマートフォンを自分の顔の前に構え、カメラありで通話をしている。迷惑ではないけど、怯んでしまう。

ちらりと目をやる。スマートフォンの画面の中、通話相手として映っている人物に見覚えがあった。瓜実顔で恰幅が良く、偉そうな口髭を生やしている。

香々美さんに水をかけられた第一の被害者、那須だ。

5

個室に戻ると、小此木さんはお猪口で日本酒を飲んでいた。お酒を嗜む姿が様になっている。立ち止まって見下ろしていると、小此木さんが「どうしたの」と怪訝そうに訊ねてきた。

いや別に、とかぶりを振り、腰を下ろす。

あの男たちは、よからぬ話し合いをしていた。那須は、誰かを騙して金を巻き上げる活動を続けているということだ。僕は偶然、そのことを知った。

なのに、僕は何もしなかった。

具体的なことはわからないし、ただの大学生である僕にできることはない。だから、仕方がない。何もしないけど、悪いことじゃない。そうだろ？　誰に対してでもない、言い訳を用意する。

だけど、考えてしまう。

昔の僕だったら、あいつがいたら、立ち向かおうとアクションを起こしたんじゃないか。被害者のために組織を潰すくらいのことは、平然とできたんじゃないか。

あいつだったら……

ジンジャエールを口にしたが、炭酸が抜け、氷が溶けてぬるくて薄かった。

「平くん、カウンセリング行ってないでしょ」

何気ない風を装っているが、察した。それが本題か。「大学が忙しくて」

「それでも行ったほうがいいよ」

「カウンセラーっていっても、他人ですよ。また利用されるのがオチじゃないですかね」

「相手はプロだからさ、信じてもいいんじゃないかな。電車の運転士さんのことを何も知らないのに、安心して乗ってるでしょ。それと同じだと思うけど」

「僕はもう、誰も信じませんよ」

「わたしも？」

それはずるい。僕が小此木さんを傷つけないとわかっているはずだ。自分の間違いを認めて、小此木さんの思い通りに動かないといけなくなる。

だから、僕も意地の悪い手を返してしまう。

「小此木さんだって、他人を信用して生きてませんよね」

どういうことかと、小此木さんが小首を傾げる。

「虐待してきた父親のことも許してないし、今でも他人に強い不安を感じてる。僕といる時だって、いつもポケットに防犯ブザーを入れてますよね。平気そうなふりをしてるだけじゃないですか。自分が強がれるんだから他人も強がれって言うのは、押し付けですよ」

小此木さんの表情が失せた。

僕は地雷を踏んだ。沈黙の中で爆発が起こり、僕らの中にあった大切なものが木っ端微塵に吹き飛んでいくのがわかる。僕は最悪だ。わかっている。自分がしているのは、会話じゃない。コミュニケーションじゃない。自棄を起こして人を傷つけて、死刑になりたいとほざく奴と同じだ。

僕は、みんなから嫌われたい。自分が嫌われるような人間だから人から必要とされないんだと思って、楽になりたかった。

「平くん、自分が傷ついているからって、人を攻撃してもいい理由にはならないよ」

抗弁しようのない正論だ。

「確かに、わたしの言い方は、よくなかったね。平くんに孤立を選んでほしくないから、焦った。それはごめん。でも、わたしは平くんのことも信じようとしてるよ」

わかっている。

「でも、話をすり替えないで。わたしは、平くんに強がれとは言ってないよね。弱音をこぼしていいよ、って言ってるの。わたしにも色々あった。それでも、人を信じようと思って生きてる。わたしがこういう自分でありたいと決めたことを、他人から非難される謂れはないし、平くんにもそのことを口出しする権利はない。それに、わたしが嫌がると思って過去を持ち出したのは許されることじゃない」

その通りだ。

「でも、自暴自棄になっても見捨ててあげないからね」

タフだから？　優しいから？　違う。きっと、みんなを離さないというのが小此木さんの決意なのだろう。たとえ、相手を許さなくても。

「わたしはこう見えて意地悪だからさ」

「小此木さんは、酷いなあ」

分別のない子供じみたことをした自覚はある。だけど、認めずに不貞腐れるほど、子供ではなくなっていた。姿勢を正し、深々とテーブルに着きそうなくらい頭を下げる。

「ごめんなさい」

小此木さんはふっと、息を吐いた。軽蔑されただろう。許さないとも言っていた。なのに、どうして僕は小此木さんの人生から締め出されないのか。

もういいよと促されて顔を上げる。羞恥心を覚えながら顔色を窺う。寂しそうな困ったような顔をして、お猪口を眺めていた。日本酒がゆらりと揺れている。

「カウンセリング、話を聞いてもらったら、同情された気がしました」

「うん」

「でも、聞いてもらえばもらうほど、わかろうとされればされるほど、違う、わかった気になるなって言いたくなるんです。誰にも、勝手に解決されたくないんです。自分が思ってることを、言葉にしたくないんですよ。その瞬間に、全部決まっちゃうから。何があったのかも、僕の気持ちも」

何かがわかりそうなのに、わからない。そうやって考えている間は幸せだ。だが、曲がり角の先の真実を知ったら、もう戻れない。遠くに光が見えている間は、希望を持てる。

僕は解決に向かって動こうとはしない。だって、それは僕の役割ではないから。探偵は僕じゃない。僕はあくまでも助手だ。器じゃないことを痛感するし、悲しいくらいほっとする。探偵が不在だから何も解決しない。叫び出したいような寂しさに襲われるけど、何も感じなくなるよりましだ。

だからまだ、何も決めたくない。

巨大な手が降りてきて、見えない時計の針を止めたようだった。その所為で、僕はどこへも行けなくなる。耳をすませば、空っぽな心の中にいつまでも漂う残響が聞こえてくる。心が荒廃し、ぼうっとする。

「わたしたちは別の人間だから、それぞれ別のものを抱えている。それを、わかったふりはできても、お互いわかちあえない。わたしは平くんの苦しみを理解しきれないし、平くんもわたしのことはわからない。だから、ちゃんと話をしよう」

小此木さんは、僕と会話をしたいと言ってくれていた。なのに、僕はちゃんと向き合っていなかった。

その言葉を聞いて、昔の記憶が蘇った。

他人だから、理解し合えない。だから、考えることをやめないでほしい。歩み寄ろう。

僕は昔、あいつにそういうことを言った。なのに、今の僕はどうか。僕だけは変わらないつもりでいたのに、僕が変わってしまっていた。

「ちょっと酔い覚ましに歩こうか」

6

ささっと会計を済ませ、店を出る。商業ビル内の飲食店フロアだったので、エレベーターを使って地上に戻り、外に出た。腕時計を見る。夜の十時前。視界には、明日もあるし帰ろうかという人たちも、まだまだこれからだというグループもいた。ここにいるはずがない。何の準備もしていない。それでも、一応確認してしまう。もちろん、姿はない。

自動販売機で水を買い、僕らはなんとなく歩を進めた。お互い行き先を口にしていない。コートのポケットに手を突っ込み、足を動かす。散歩を目的とした散歩だった。

商業施設の多い桜木町は、夜でも灯りがずっとついている。大きな商業施設の光が降ってくる。並木道はライトアップされ、右手側に遊園地の賑やかな電飾が見える。猥雑さはなく、静かで、手入れをされた熱帯魚の水槽の中を歩いているようだ。

「わたしも、一昨日鎌倉に行って来たんだ」

小此木さんが困り事をごまかすような笑みを作っていたので、察しがついた。

「違いましたね」

「顔を見れば、一瞬でわかるからね」

十〜二十代、男性、身長一七五〜一八〇センチ、身元不明の遺体が海岸で見つかった。

そのニュースを知った僕は、一昨日遺体に会いに行った。いてもたってもいられず、「身内かもしれないんですけど」と連絡したのだ。

対面し、もしそうだったら、どうするつもりだったのか。何も決めていなかった。心に溜まった澱がなくなるのかもしれないし、頑なに信じずに怒るかもしれないし、ただ涙を流して放心するかもしれない。心配して一方的に騒ぐ僕の心臓がうるさくて、一人で不安と戦っていることが心細かった。

乙川さんを冷たくあしらったのも、教授相手に突っかかったのも、僕の心がささくれ立っていたのが原因の一つだ。

「何か話したいこと、ある？」

その言葉の裏で、小此木さんが目を閉じ両手を握りしめているのがわかる。閉ざされた隙間から、そっと気持ちを見せてくれないかと願っているようだった。

僕はちゃんと会話をすることにした。

「ずっと気になってることがあるんです。謎、と言ってもいいかもしれません」

小此木さんが表情を引き締め、「何？」と口にした。

「あいつは本当に、人を殺すつもりで、迷いもなく撃ったんでしょうか？」

記憶を遡る。破裂するような乾いた音、階段を駆け上がる音、手すりの冷たさ、扉の重さを思い出す。そしてその先には、あいつがいた。火薬の物騒な臭いと、死体があった。

「監視カメラの映像はなかったし、僕はその瞬間を見たわけじゃない。だから、何があったのかは、誰にも確かめることができないんです。警察の人もそう言ってました」

これは、どうしようもない、事実だ。

小此木さんは相槌を打つだけで、自分の意見を口にしなかった。考えていることを話してもいいんだよ、と促されている気がする。

「あいつは、鶴乃井に爆弾が仕掛けられていると騙された、爆弾が本当にあるか確かめるのが面倒だから撃った、そう言っていました」

「うん」

「でも、本当は、マリンタワーに爆弾は仕掛けられていたんじゃないか。だから、あいつは撃ったんじゃないか。そういう考えも浮かぶんです」

去り際にあいつが肩にかけたショルダーバッグは、何か荷物が入っているみたいに膨らんでいなかったか、回収した爆弾があったんじゃないか、今更そんな確かめようもないことが次々と気になってくる。

「じゃあ、どうしてそのことを説明しなかったんだと思う?」

それは僕も、ずっと気になっている。

「わかりません」

だが、そのことを知るのが怖かった。もし、あいつの言う通りだったら、認めなければいけない。行き先を失い、道が終わってしまう。

「小此木さんは、どう思いますか？」

「すいません。他人の夢の話を聞いても反応に困りますよね」

「そんなことないよ。わたしの夢も似たようなものだし。ただ、わたしはもう振り返らないことにした」

振り返らない。強い意志がこもった、小此木さんらしい言葉だった。ちゃんと今を生きて、明日へ向かって歩み続けている。それに比べて僕は、一体何をしているのか。

「僕は、今を見失ってるんです。だから、何もできないし、どこにも居場所がない」

「うん」

「小此木さんにとっては、もうですか？　まだですか？」

「わたしにとっては、もうだね」

一拍置き、小此木さんが僕の目を見て続ける。

「もう二年半」

あれから、二年と半年。流れた時の早さに、身震いした。

僕だけ止まったまま、何もかもが過ぎ去っていく――

あの日、僕は駆け付けた警察官たちによって、展望台から地上へ戻された。

だけど、そこはもう僕の日常ではなかった。あいつがいない日々に当惑した。途方に暮れ、悲しみに浸り、空っぽになった。依頼も事件の調査もない。何をしたらいいかわからないし、やりたいこともない生活は、味気ないし面白味もない。

大学に入学しても感慨はなかった。講義を受けて帰るだけ。研究をし、レポートを書き、テストを受ける、その繰り返しだ。空白がコピーされ続け、日々を埋め尽くしていった。

小此木さんと香々美さんはどんどん大人びていき、鳥飼さんから呼び出された洋食屋はお孫さんがカフェに改装し、学年が変わってゼミが始まっても、僕は変わらなかった。どうして。もうどうしようもないのか。終わりなのか。本当のことを教えてくれよ。

そんな問いを、虚空に投げ続けている。当然返事はない。

「小此木さん、時間がね、流れるんですよ」

「うん」

「眠れない夜とか、大学の昼休みとか、電車の中とか、外で食事をしている時とか。一人でいると、いないことに気がついて、目の前が真っ暗になるんですよ。あいつは、僕の人生の一部になっていたのに、いなくなっても僕は生きてる。どうしてなんでしょうね」

蛇口が、少しずつ、緩んでいき、感情がこぼれ、言葉が止まらなくなる。

「流れていく時間の早さに、ぞっとします。環境も、小此木さんも、周りが全部変わっていく。何もかもが、すごい早さで進んでいて、僕だけが置いていかれて、なんだか行く当ても、戻る場所もなくした幽霊になった気分です」

　時間が解決すると言われたこともある。だけど、時間が僕を苦しめる。新しい出来事が過去を追いやっていく。思い出が泡のように弾け、輪郭さえもわからなくなる。隣を歩く速度、皮肉っぽい冗談、考える時の癖、事件に挑む時の横顔、僕にだけ見せたあいつの全てを、忘れてしまいそうだ。そう考えるだけで、心が抉られるように痛む。あいつは、僕との日々も、僕らだけの秘密も忘れてしまっただろうか。

　あいつには捨てられる過去だとしても、僕には青春の全てだった。

「僕は、あいつの人生から締め出された。そのことはわかってるんですよ。自己中で言葉が足りなくて、足並みを揃えないし秘密が多い。あいつに関わったせいで、危ない目にもあったし、どれだけ怒ったか。でも、僕の中には、あいつがいるんですよ。いてほしいんです。なのに、消えそうになってる。色褪せて、おぼろげで、さっきは、声も上手く思い出せなかったんです」

　目頭が熱くなり、視界が霞み、声が震える。

　振り向かせたいのにどこにいるのかもわからない。寂しいと思いながら生きていれば、心に居場所を用意している気になっていた。いつまでも胸が痛いけど、悲しい間は、あいつはまだ僕の中にいる。だから、感傷的に生きていた。

俯き、目を閉じていると、悲しみの底にあるものを見つけた。

認めたくないが、僕の気持ちだ。僕はこの気持ちを、捨てることができない。

「僕はあいつのことが、どうしても嫌いになれないんですよ」

小此木さんが、黙って僕の肩にそっと手を置いた。どんな目にあったとしても、唯一の存在に裏切られても、僕はまだ一人きりになることができない。残酷なくらい、幸せなことだった。堪えきれず、涙が溢れ出る。

握りしめていたペットボトルの蓋を回転させ、垂直に頭の上にかざした。止まらない涙と、情けなく歪んだ顔を見られたくなくて、頭から水をかぶった。びしゃびしゃと音を立てて、ずぶ濡れになる。引き攣った呼吸音が、喉から出続ける。

小此木さんが、肩を震わせ、笑っている気配がした。

「平くん、今すれ違ったカップルがすっごい顔してたよ。思わずウィンクしちゃった」

「なんで」嗚咽まじりに噴き出す。「ウィンクしたんですか」

背中をばしばし叩かれた。顔色は変わっていないが、全く酔っていないわけではないようだ。少し痛い。

「さっき、わたしは答えられないって言ったのは、わたしの答えを平くんの答えにしてほしくなかったから。平くんも、自分の答えを考えてね」

諭すその言葉から、背中に置かれた手から、小此木さんの優しさが、強さが、じんわりと伝わってきた。

あいつは僕と組み、探偵として事件をいくつも解決してきた。確かに、あいつには独善的で荒っぽいところもある。だが、事件に挑むのは、他人の問題に土足で踏み入り、秘密を暴いて満足するためではなく、いつだって困っている人を助けるためだった。

あいつは真相を見抜いても、警察へ教えないこともあった。それは、他者を慮ってのことだ。むしろ真実を見抜いてから、どうすることが最善かを考える姿勢と、打ち出される解決策に僕はいつも感動していた。

あいつには、あいつなりの正しさがあり、そこには芯が通っていた。僕とあいつは違う人間だが、似た正義があると感じていた。同じ方向を向いていて、いつまでも一緒にやっていけると疑わなかった。

だから、僕との約束を破り、人を殺して事件を解決するなんて納得できない。人を助けるために苦心し、驚くほど鮮やかに解決するのが、あいつのやり方ではないか。

あいつの中にはもう、正しいことをしようとする気持ちがなくなったのか？

自分勝手かもしれないが、僕は、あいつが信念を捨てたと思いたくない。

「見て！」

顔を上げる。

夜空は月を失くして、真っ暗だった。

だが、それよりもずっと目立つものがある。「ああ」と声が洩れた。

それはずっと視界の中にあった。僕らの気を引くように、電飾が派手な模様を描いている。あれは高三の冬だったか。あいつと僕と小此木さんの三人で遊園地に行き、誘拐事件の調査をして女の子を救った。

巨大な観覧車が、何も変わらないように、泰然と回り続けている。

僕らは同じ時代を生き、同じことを考え、守るために戦った。

時間が、生活が、町が、何もかもが移ろっても、あの時代があったことは不滅だ。

『どうせ思い出すなら、良い思い出にしたいだろ』

あいつの声を、僕はちゃんと思い出せた。

7

どこにも僕の居場所はないが、僕がよくいる場所はどこかと問われたら、大学図書館だった。ネットで注目されるような、お洒落で革新的なデザインではないけれど、高校の図書室よりもはるかに蔵書が多く、好奇心が刺激されるここが好きだ。

朝から一階の窓際の席に座り、資料とノートを広げた。データベースや新聞を調べ、報道された事件をまとめる。

「そんな小さい文字、よく読めるねえ」

向かいの席に、どかっと花坂が座った。

「何それ？　新聞？」

「の縮刷本だよ。入学した後、ガイダンスがあっただろ」

「一年の話なんて忘れちゃったよ」

Ａ４の紙を一枚、花坂のほうへ差し出した。さっきパソコン室のプリンターで出力したものだ。花坂が受け取り、吟味するように視線を這わせている。

「乙川さんが誘ってきたイベントからグループを特定して、メンバーのＳＮＳの書き込みと写真、グループにまつわる訴訟や報道がないかも調べてみた」

「すごい、さすがだな。で、結果がこれか」

首肯する。花坂の中にあったであろう、嫌な予感をわかりやすくまとめたつもりだ。花坂は頭を掻き、堪えるような渋い顔をした。知ったからにはどうにかしたいがどうしたらいいのか、そんな困惑を浮かべていた。

「こりゃカルトだなあ」

学生案内に書かれ、ガイダンスで話をされ、注意喚起をされても気づけない人はいる。それくらい、深刻な問題ということだろう。だから、乙川さんを責める気はない。

「僕の意見を言うと、学生課に通報するべきだ」

「いや、まだ駄目だよ。乙川がどのくらいハマっちゃってるか、調べてからじゃないと。どっぷりやってたら、退学になるかもしれないだろ。話してわかってもらえたら、乙川が抜けた後に通報すればいい」

なんと説得しようかと頬を掻く。だが、花坂は頑なだった。

「俺だって、平の言うことは正しいと思うさ。でも、乙川がやってること、巻き込まれてることを知って、友達の俺は何をした？　知ってたのに何もしなかったのか？　絶対にそうやって後悔する。見て見ぬふりなんてできないよ」

発せられる言葉から、花坂の信念を感じた。思い返せば、教授相手にも一人で戦おうとしていた。僕の周りには、どうしてそういう考え方をする奴が多いのだろう。

「その気持ちなら、少しわかるよ。僕にも、引き止めたかった友人がいたから」

「だったら――」

ごほん、と咳ばらいが聞こえた。人は少ないが、図書館で私語はよくない。場所を移そうと顎をしゃくる。

本を返却し、図書館を出る。銀杏並木を抜けて池へ移動した。

まだ昼前なので、日差しも柔らかい。波紋のない池では、亀が困り事なんて何もなさそうに日向ぼっこをしていた。もう四月も終わる。お洒落な姿をした学生が多かったが、そのうちに楽な格好で、いつもの服で、パーカーやジャージでもいいやとみんな変わるだろう。

「花坂は出身どこなの」

「俺は地元だよ。新横浜。そう言えば乙川は新潟らしいんだけど、ショック受けてたなあ。学校案内にみなとみらいの写真を使うのは詐欺じゃない？　金沢八景(かなざわはっけい)は想像してた横浜じゃないって、入学したての時に愚痴(ぐち)ってたよ」

　海の公園が近いから横浜っぽさはあるかもしれないが、対岸に見えるのはレジャー施設なので情緒があるかと言われると複雑だ。地方から出てきた人が夢見る都会暮らしではないような気がした。

　夢見ていた生活とのギャップ、慣れない暮らし、一人でいることの不安、乙川さんはそんな隙を狙われてしまったのかもしれない。

「見てくれよ」

　花坂がそう言って、鞄から写真を一枚取り出した。場所は公民館の一室のようで、ジャージや制服姿の中高生と、彼らと比べると少し大人びている大学生たちが写っていた。人の輪の中心で、花坂は照れ臭そうにピースしている。

「誕生日だから祝ってもらったんだ」

「おめでとうございました。で、これが？」

「中高生にボランティアで勉強を教えてるんだけどさ、茶髪の男の子がいるでしょ」

　写真の隅に、茶髪というよりもオレンジ色の髪をした男の子がいた。中学生くらいの年(とし)恰好(かっこう)で、けだるそうにそっぽを向いている。

「親があこぎな商売にはまって騙されて、破産したんだ。親が周りの人間を勧誘しまくったせいで学校にも行けなくなっちゃったし、友達もいなくなった。誰も遊んでくれないし、家にもいたくない。ゲーム機だって一つも持ってない。最悪だろ？」

　あこぎな商売とは、マルチ商法だとか搾取や利用が目的の新興宗教にハマったということだろうか。巨大な車輪を止められず、抵抗する人々が、具体的には子供が巻き込まれる姿を想像すると心が削られるように痛んだ。

「その詐欺集団は壊滅したけど、全員が逮捕されて罰を受けたわけじゃない。逃げおおせた奴もいる。俺は、そういうのが許せないんだ」

「そういうの、とは？」

「他人の人生を壊したのに、平気な顔をして、のうのうと生きてるような奴だよ」

　胸に決意を灯し、恐れずに行動する。僕は自分がなくしてしまったものを見せつけられているようだった。眩しくて目を逸らしたくなるくらい、後ろめたくなる。

「君は、なんだかさっき話した、僕の友人に少しだけ似ている」

「気さくで素敵な奴ってこと？」

「あいつは花坂の百万倍嫌な奴だった」

花坂が顔をしかめる。「そいつとは、今は？」

「喧嘩別れをして、それきり音信不通だよ」

「そう。でも、仲直りできるといいね」

他人の喧嘩なのに、花坂が寂しそうな顔をする。仲直り、という響きは子供じみているが、純粋で大事な儀式だ。僕らはいつか、偶然でもいいから巡り合って、話ができるのだろうか。何も言わずに目を伏せてすれ違う、そんな寂しいことはしたくない。

「昨日は、酷いことを言ってごめん」

「色々言われた気がするけど、どの酷いことかな？」

花坂がおどけた様子で笑い、手を振る。いらない土産物の話が面白いとは思えないけど、彼が人の輪の中にいる理由はわかった。

もう一度、写真を眺める。茶髪の少年もそっぽを向いているが、集合写真にちゃんと写ろうとはしてくれている。彼らがすくすくと成長し、トラブルに巻き込まれることなく大人になれたらと、願わずにいられない。

だが、じっと見つめていたら、何かが引っ掛かった。歯車が回転せず、軋んで動かない。見逃せない何かがそこにある。頭の中で何かが、「気づいて」と訴えてくる。

はにかむ花坂、茶髪の中学生、肩を寄せあう女子高生、スタッフの大学生たちが花坂を指さし、学ランの男子が中腰になり、背の高い女子高生がこちらを見つめていた。

頭の中に閃光が走り、記憶が一瞬だけ浮かび上がる。

「花坂、この背の高い女子高生ってどんな子?」

「おい、相手は未成年だよ」

「そういう意味じゃない。バイト先に来たことがあるんだ」

香々美さんに水をかけられた第一の被害者、那須が連れて来た若い女性客だった。

8

カフェはコーヒーとケーキの秘密基地であって、客が水を浴びせられる場所じゃない。彼女も後者を疑ったことはないだろうから、あの日は目を丸くしていた。

「この子は新堂麗依菜ちゃん。新堂ちゃん家も、家庭が複雑なんだよ。子供の頃に色々あって、離婚と再婚が二回あったらしい。高校一年で数学が得意、部活は陸上部で短距離やってる。成績も良いし優等生って感じだね」

そんな子が、どうして那須なんかと一緒にいたんだろうか。僕の動揺が伝わったのか、花坂が「何を知ってるんだよ」と詰め寄ってきた。新堂さんは、花坂にとって大事な生徒だ。だから、誤解を与えないように慎重に説明をする。

アルバイト先に男と来たこと、その際に何か関係を迫られていたこと、その男が胡散臭い商売をしているようだと伝えた。

「おいおい、胡散臭いってのはなんなんだよ?」

それはすなわち、花坂が嫌っている、人を巻き込んで食い物にし、巨大な負の連鎖で金を儲けるビジネスのことだ。

新堂さんはどうしてそんな奴と一緒にいたのだろうか。何の関係を迫られていたのか。お金を稼ぐために、いかがわしいことをさせられそうだったのではないか。

「思ったんだけど、その那須って男は、乙川のやつとも関係してるんじゃないかな?」

まさかと思ったが、考えを一蹴できない理由もある。

一昨日、乙川さんから誘われた交流会が今晩で、昨日、那須が口にしていたのも今晩だ。同じ日の夜に、不穏な集まりが別々の場所であるものだろうか? もちろん、ないわけではない。ものが盗まれ、暴力を振るわれ、理不尽に脅され、血が流れる、そんな事件は自分が直接目にしていなくとも起きている。僕の耳に届いていないだけで、今だって誰かが助けを求めているのだろう。

だが、生活圏を考慮すると、僕らの推測が絶対にないとも言い切れない。

「俺、乙川に連絡を取って、今晩その交流会に行ってくるよ」

花坂が、いてもたってもいられないという口ぶりで立ち上がる。友人と教え子、両方が巻き込まれているのだから、無理もない。義憤に駆られ、鼻息を荒くしていた。

「交流会、新堂さんは来ないかもしれないよ？」

「ダメもとだけど、いたら一石二鳥じゃない。バットは振らなきゃ当たらないって」

連絡を取れないのかと訊ねたが、生徒と連絡先の交換はしないそうだ。子供と接する仕事だから、当然か。

わかったよ、じゃあ、行ってらっしゃい、気を付けて。

喉までその言葉が出かかった。

自分が何もできないのだと、思い知りたくない。人と関わるせいで、嫌な思いをしたくない。気持ちがささくれ立ち、悲しみが胸に充満し、やるせなさに襲われ、また眠れなくなる。自分が役に立たない人間だということを、誰からも必要とされる価値がないと思い知るのは、辛い。

でも、それよりも恐ろしいことがある。

「僕も一緒に行く。乙川さんを説得するのは、花坂に任せる。僕は、潜入して証拠集めとかを手伝うよ」

花坂が、目をしばたたかせていたので、「何か問題がある？」と続ける。

「平を巻き込むわけにはいかないよ。これは、俺の問題だから迷惑かけられない」

「正確には、君の問題じゃなくて、乙川さんと新堂さんの問題だ。それにこう見えて護身術も習ったし、ピッキングと縄抜けもできる」

「縄抜けって、一体何が起こるんだよ」

冗談だと思ったのか、花坂は苦笑した。

「ありがとう。でも、驚いたな。平はもっと冷めた奴なのかと思ってた」

心強いと思ってくれているかもしれないが、はっきり言って、役に立てる確信はない。

困っている人を見捨てて、手を貸さず、放って置く勇気が僕にはなかった。

僕は助手だ。解決すると言う人間のサポートくらい、しっかり果たそう。

乙川さんに接触すると言う花坂と別れ、僕は講義を受けに向かった。授業を受け、ノートにペンを走らせながら逡巡する。

花坂に乙川さんを説得できる切り札があるようには見えなかった。那須のことを調べれば、やましいことが何かわかるだろう。証拠があれば、乙川さんへの交渉材料にできるかもしれない。そっとスマートフォンを操作し、香々美さんに那須について教えてもらいたいとメッセージを送った。

一時間半の講義が終わり、大学の相談室でカルトへの対策方法を聞いてみるのも手かと立ち上がる。その時、着信があった。香々美さんからだ。

『平、今から店に来れる？』

「今日はシフト入ってないですよね。それに今からは――」

『ごめん。じゃあ、大丈夫。何でもない』

珍しく電話をかけてきて何でもないと言うことは、何かあるのだろう。香々美さんの声からは、押し殺した緊迫感があった。胸がざわつく。

「お願いです。教えてください」

『店の入口に、手紙があった。あんたの元相棒から』

大学の教室を出てから、店に辿り着くまでの記憶がない。ワープしたんじゃないかとさえ思えるが、息が切れ、体中から汗が噴き出ていたので、必死に走ったのだろう。

待ち受けていた香々美さんが、水の入ったグラスを置いてくれた。一気に飲み干す。

グラスを置くのと入れ替わりに、テーブルの上に封筒が置かれた。

飾り気のない、白い縦長の封筒だ。宛名も何も書かれていない。袖で手を拭いてから、封筒を開く。糊付けはされていない。中に入っていたのは、三つ折りにされたA４の紙が一枚だけだった。

心臓がわけがわからないくらい、動き回っている。胸が圧迫され、息が苦しい。緊張で手が震えた。何を書かれているのか、予想がつかない。

死刑宣告を受ける前のような心境だった。怖かった。僕の中にある願望が消えてしまうかもしれない。光が消えたら闇しかない。闇の中で、一人で生きるなんて無理だ。

それでも、手紙をゆっくりと開いた。

彼からの言葉なら、知りたかったからだ。生きているのか、元気なのか、最近何をしているのか、ちゃんとご飯は食べているのか、甘いものばかり食べていないか、面白かった映画はあるか、君は僕のことを考えたりしたのか。

あの時、君は僕に本当のことを言ったのか？

プリントには印刷された文字で、こう書かれていた。

『Y・Tへ　今日の夜七時、最後に会った場所で待つ。　R・M』

9

相変わらず、自分勝手な奴だ。

だけど、生きていることが嬉しくて、表情が緩みそうになった。堪えようと、口の中を噛む。

「手紙、あんた宛だってわからなかったから勝手に見た。ごめん」

僕は「ああ」とか「ええ」とか生返事をし、手紙を見つめる。平優介、僕へのものだとは読んでみないとわからなかっただろう。

香々美さんがコーヒーを淹れながら、僕に説明をする。電話をかけてくる十分前に、お客さんがやって来た。サングラスをかけた金髪の男だったらしい。その客は、「これ落ちてたよ」と言って封筒を差し出してきた。

　勝手に中を見ていいのか悩んだが、店には夜勤明けの真田さんもいた。警察に立ち会わせればいいかと中身を確認したとのことだ。

　話を聞いて、どきりとした。あいつは今、警察から逃げている容疑者だ。バレたら、待ち合わせに姿を現さないかもしれない。

「心配しなくても大丈夫。イニシャルだったし、真田は何も気づいてなかったね。疲れてるみたいだったから、ちらっと見て大欠伸してた」

　眠そうに瞼をこする真田さんの姿が目に浮かぶ。安堵していいのか、頼りないと思ったほうがいいのか。

「でも、それって本物じゃないかもよ」

　悪戯の可能性を指摘され、どうだろうかと考える。

　直接罵（ののし）られたり、学校へ「犯罪者を通わせているのか」と苦情を入れられたことはあった。ネットへの書き込みも、最近は確認をしていないけど、まだあるだろう。

「可能性は低いと思います。こんな回りくどく僕をからかうための悪戯なんて、初めてだし、目的がわからないですよ」

「じゃあ、なんでイニシャルなの？」

それは、と言い淀みながら、答えを探す。

「店に真田さんがよく来ることを知ってたんじゃないですかね。家のポストに入れたら家族が先に見つけるかもしれないし、移動の多い大学では手紙を忍ばせるタイミングがない。刑事が来る店だしリスクがあるけど、イニシャルなら勘付かれないと思った。そう考えられます」

ということはつまり、あいつは僕が春からここでアルバイトをしていると知っているということだ。同時に、思い至ることがあった。

最近、他人からの視線を感じていたが、あいつだったのか。気になった時に振り返り、必死に探したら見つけることができたんじゃないか。後悔がせり上がってくる。

「でも今更、何の用事があるんだろうね」

「もしかしたら、何か事件を追っているのかも」

興奮を覚えながら鞄からノートを抜き出し、テーブルの上で開く。香々美さんが怪訝そうに、片眉を上げた。「見てください」と口にする言葉に熱がこもった。

「あれから二年半、僕はしばらく何もできない抜け殻みたいでした。小此木さんが気にかけてくれて、香々美さんがここを紹介してくれて、僕は少しずつ普通の生活ができるようになりました。でも、あいつはそうじゃないと思ったんです。泳ぎ続けないと死ぬ魚みたいに、今でも事件を解決してるんじゃないかって。で、これです」

これとはどれか、と香々美さんがノートを覗き込む。

「裏カジノの摘発、脱法ハーブの販売店の摘発、闇バイトの受け子逮捕、強盗グループの逮捕、ニュースになったのを覚えてませんか?」

「なんとなく覚えてるのもあるけど、これが何?」

「全部、市民の通報で発覚してるんです。争った形跡があるのもあるし、通報した人物が誰か、警察も特定できてない。他の記録もあります。ノートを読んでみてください。それに、香々美さんも言ってましたよね。最近、県警の不祥事が多いって。これがバレてるのも、あいつが関係してるのかも」

香々美さんが、水の入ったグラスを手に持つ。反射的に身構えると、彼女はごくごくと喉を鳴らすように飲み干した。直後、音を響かせてグラスがテーブルに置かれる。びくっと体が跳ねた。

おそるおそる窺う。香々美さんにしては珍しく、何か言い辛そうに言葉を選ぶ表情をしていた。

「こんなことなら、手紙なんて見せなければよかったね」

そんなことはない、と伝えるために一生懸命首を横に振る。

「那須について、聞きたがってたから教えてあげる。真田から聞いたけど、あいつは人を操るプロだよ。マルチ、霊感商法、ネットワークビジネス、そういうのを掛け持ちして、アドバイザーをやってる。狡賢いのか勘がいいのか、危険を感じたらさっと抜けてよそへ移るのを繰り返してる。逮捕される前に、自分は無関係ですってね」

宿主を操って、弱ったら別へ移動する、そういう人間の皮を被った別の生き物なのではないか。狡猾(こうかつ)な算段に利用され、生活を台無しにされた人を思うと、憤りを覚えた。

「騙される人がかわいそうだなって顔をしてるけど、あたしから見たら、あんたもそれだからね」

「それ、とは」

「自分は大丈夫だって顔して、騙されてる側」

言葉が鋭く突き刺さった。僕は自分の妄想に憑(と)りつかれている。この水は病気を治す！自分は知ってる！　どうしてみんな疑うんだ！　と言い張る姿は滑稽(こっけい)というよりも憐れだ。

「あたしは二人に手を貸したし、信頼を裏切って小此木を悲しませたあいつのことを許さない。だから、あたしの言うことを部外者の言葉だと思わないで。こう見えて、心配はしてる」

感情の読み辛い人ではあるが、彼女の核に慈愛があると僕はいつも感じている。嘘ではないということは、ちゃんとわかっていた。

「あいつは僕との約束を破ったし、目を見て話をした。なのに僕はまだ、未練がましく納得できるような物語を考え続けている。理想とか願望の通りでいてくれって押し付けてる。自覚はしてるし、そんなことをしてる自分が、本当に嫌いになります」

美化しようと色を重ねる僕の絵は、はたから見たら醜い汚れにしか見えないだろう。

「香々美さんの気持ちはわかります。僕の想像を、僕も絶対だと信じているわけじゃありません」

「信じてないなら、何?」

あいつがいつも、事件の調査をしている時、考えている途中のことを人に話したがらなかった理由が、少しだけわかってしまった。

「今のは、可能性の一つです。情報や経験をもとに、事件の推理をしている中でいくつも可能性は生まれます。犯人が誰か、動機は何か、アリバイを崩せないか、トリックがあるんじゃないか。そういう時に、切り札になるカードを捨てていたら解決できません」

「うん」

「僕はもう、誰も信じません。僕自身もです。だから、ありえないと思った僕の考えも信じないで、捨てずに取っているんです。真実は、いつも僕の予想を超えるから」

円滑にものごとが運ばなくなるかもしれないから、あいつは秘密主義だったのかもしれない。だから許してやろうという気持ちは、一切湧いてこないが今はそう思う。

「もう、誰かを悲しませるようなことはしない。そのことは、約束しますよ」

香々美さんは返事をしなかった。呆れられただろうか。いくら言い繕ったところで、カードをいつまでも後生大事に捨てていないのは、未練がましい事実だ。

「あんたの想像はありえないと思うけど、その約束は信じるよ」

「ありがとうございます」

無関係な厄介事に巻き込まれたのに、繋がりを切らないでいてくれる人と出会えたのは、とても幸せなことだった。

「話を戻すけど、どうして那須のことを知りたかったの?」

訊ねられ、「あ」と口が開く。

手紙の件で頭がいっぱいになってしまっていたが、今晩は花坂と一緒に那須の交流会に行く予定だった。

「実は、大学の同級生と花坂の教え子が、那須に巻き込まれているみたいで」と香々美さんに事情を説明していると、ポケットのスマートフォンが震えた。確認する。花坂からのメッセージだ。目を通し、苦い気持ちがどんどん広がる。

「どうしたの?」

「……その交流会と、手紙の呼び出しが完全にかぶりました」

メッセージには、交流会は夜の七時から、場所は横浜駅近くのシェアスペースで行われるとあった。同時刻だし、横浜駅とマリンタワーでは距離がある。どちらも梯子ができる内容ではない。

「どっちに行くの？」

訊ねられ、「それは当然」と口にしたが、続かなかった。

自分の前で、道が大きく二つに分岐している。

今困っている人を助けに行くか、過去と向き合うか。

花坂と行く集まりには、ちゃんと目的がある。だが、あいつからの呼び出しの内容はわかっていない。

約束をした順番から考えると、花坂のほうに行くべきだ。乙川さんと新堂さんが、那須の餌食になろうとしているのを、みすみす見逃すことはできない。助けなかった後悔も、絶対に一生付きまとう。知っているのに何もしないなんて、僕にはできない。

それに、マリンタワーに行ったものの、あいつが現れなかったということも起こりえる。むしろ、ありそうだ。昔、約束をしたのに現れなかったこともある。

「何かを選ぶのは、もう片方を捨てるってことだよ」

冷たい言葉に背筋が凍り、姿勢を正す。

選ばなければいけないとしたら、どっちだ。

本心は、わかっている。

どんなに道が分かれていても、関係がない。あいつに会いに行きたい。会えるなら、今すぐにでもだ。次の機会がいつになるかわからない。暗くて僕の手の届かないところへ行ってしまわれたら、もう二度と会えないかもしれない。

どちらかしか選べないなら、申し訳ないけど、僕はマリンタワーの展望台へ行く。

花坂に連絡をしたら、ショックを受けるかもしれないが、彼なら一人でも問題ないと行動するだろう。一昨日まで関わりがなかったのだから、僕に期待はしていないはずだ。

だけど、一方で別の不安もある。困っている人を放って来た僕を、あいつは認めてくれるだろうか。がっかりされるんじゃないか。この期に及んで、嫌われたくないと思っている自分がいて、情けなくて恥ずかしくて、みっともなくて嫌になる。

前へ進もうとしたら、過去がやって来て引き止めてくる。人生は皮肉だ。

「ごめん、平の好きにすればいいよ。好き勝手に言いたいことを言って悪かったね」

「気を遣われるか、陰口(かげぐち)を言われるかばっかりだったから、感謝してますよ」

あれからぞっとするほど時間が流れたが、こんな簡素な手紙一枚で僕を呼び出せると思われているのは、癪だ。ぶつけたい文句が増える。

香々美さんが手を伸ばし、ノートの隙間から何かを取り出した。写真だ。

「それ、花坂の写真です」

「写真を持ち歩いてるの？」

「見せられて、返し忘れたんですよ」

満面の笑みの花坂と、ボランティア仲間と、彼の教え子たちが写っている。大事な人の誕生日を祝えるというだけでも、温かくて羨ましくて、目を細めたくなる光景だった。が、じっと眺めていたら、雷が落ちるような衝撃を受けた。どうして気づかなかったのか、としばらく放心してしまう。

どこかで見覚えがあると思ったわけだ。焼きが回ったと言うか、腕が落ちたというか、視力検査をしたくなった。伊達眼鏡じゃない眼鏡が、僕には必要かもしれない。

彼女が着ているのは僕の母校の制服だったし、もう一つ気になることがある。

「彼に会う前に、彼女に会ってきます」

10

空は既に暗くなっている。手すりの上に肘を置き、眼下を眺める。車が何台も走り抜けていき、テールランプが泳いでいく。そばで道路工事をしていて、警備員が通行人に何かを差し出していた。落ちたハンカチを渡したようだ。通行人とぺこぺこ頭を下げ合っている。ここからは見えないが、互いに嬉しそうな顔をしているだろう。

さて、僕はどんな顔をして彼に会おうか。

「平」

声が聞こえた。意表を突かれたのだろう、困惑の色が滲んでいる。

「どうしたんだよ。あれ、急用って言ってなかった？」

「そうだったんだけど、こっちに来たよ」

そう言うと、花坂は「大丈夫なの？」と案じるようにやって来た。ここはマリンタワーの展望台ではなく、横浜駅から少し離れた場所にある歩道橋の上だ。この先には、例のオンラインサロンが交流会に使うシェアスペースがある。

僕は、こっちを選んだ。後悔はない。

「俺が頼りないっていう理由だったら、平気だよ。人見知りじゃないし」

「花坂が社交的なのは知ってるよ。でも、心配なんだ。僕は、困っている人を放っておけない。落とし物があるなら一緒に探してあげたいし、道に迷っているなら一緒に地図を見たいし、重い荷物なら半分持ちたい。困ってることがあるなら、手を貸したい」

「そういうタイプには見えなかったけど」

「本当は、そういうタイプなんだよ。ずっと、苦しかった。手を貸さないで、見て見ぬふりをして、自己嫌悪して、自己憐憫（れんびん）に浸（つ）かってた。本当は、僕も人見知りじゃないからみんなと話したかったよ。でも、人と関わって、裏切られて傷つくのが怖かったんだ」

弱い自分を認め、口にしたら、どこか晴れ晴れとした気持ちになった。

僕は弱い。だから、強くなりたい。優しい人間になりたい。

その思いが再び僕を奮い立たせてくれた。

「よくわかんないけど、今度合コンやる時は平も誘うよ」

「それよりも、一つ頼んでもいいかな」

「何？」

「変わろうとしている人の、邪魔をしないでもらえないか？」

花坂の顔色が変わった。人懐こい笑みはなく、こちらを探るような眼差しを向けてくる。お前はどこまで知ってるんだ？　と表情が訊ねてきた。

「新堂さん、交流会には来ないよ」

どう反応するか予想ができなかったが、確信はあった。僕の推理通りなら、花坂が白を切る必要はない。素直に「ばれちゃったか」とおどける予想をしていた。

が、花坂は不思議そうに首を傾げた。

「あれ、でも新堂は那須って奴に脅されてたんじゃないの？」

とぼけられた。ならば応戦するしかない。

「新堂さんがどうして脅されていたのか、知ってるよね？」

「話は聞いてないなあ。でも多分、当たり屋みたいなことをされたとかじゃない？　ぶつかってスマホが壊れた、大事なデータも消えた、弁償しろって迫られたみたいな」

「違うよ。新堂さんは昔、霊感商法のグループにいて、加担していたんだ。親の手伝いというよりも、僕は子供が大人に利用されていたって考えるけどね。母親も逮捕されたし、そのグループはもうない。だけど、那須は新堂さんが大きく関わっていたのを知っていて、それでまた利用しようと考えた。自分が携わってるグループに参加しないと、そのことを周りにばらすぞって脅したんだよ」

「まさか」

「間違いないよ。本人から聞いたからね」

「会ったの？　どうやって」

「彼女、僕の母校の制服を着てたんだ。それで」

僕は香々美さんと話をし、急いで懐かしの母校へ向かった。女子高生を待ち受けるのは完全に不審者だし、通報されたら終わりだし、母校の先生たちからはまたお前かと失望されるだろう。冷や汗を拭いながら張り込みをし、新堂さんに会った。

「新堂さんが交流会に来たら、那須は更にそれを使って脅すつもりなんだろうね」

「平は新堂を説得して、来るのを防いだ、と。ありがとう。教え子を守ってくれたことに、礼を言うよ」

「だったら、さっきのお願いを聞いてくれるかな。邪魔しないでもらいたい。それに、花坂も自分の体を大事にするべきだ」

「俺の体？」

体を傾け、花坂の向こうを見る。花坂もつられて振り返った。そこには、地面へと階段が伸びている。

「君は、新堂さんが来たら、階段から転げ落ちるつもりだったんじゃないか？　新堂さんに突き落とされたと嘘をついて、悪評を広めるのが目的だ。前、大学の階段で転んで松葉杖をついていたけど、あれは予行演習をして怪我したんだろ」

「ちょっと落ち着いてよ。なんで俺がそんなことするわけ？　悪評を広める目的って？　それに俺が女子高生に突き落とされたなんて普通信じないでしょ」

自分の考えは正しいと思っている。だけど、おかしいと否定されると、途端に不安になった。暗闇を突き進んでいるような孤独を感じる。あいつはいつも、推理を口にする時、こういう気持ちだったのだろうか。いつも堂々としていたけどなと思い返し、今はちゃんと目の前の相手に集中しろとかぶりを振る。

「普通は信じなくても、彼女には詐欺行為を働いた過去がある。百人が聞いて、百人が君の話を信じなくてもいい。だけど、百人に一人は新堂さんがやったと信じるだろうね。学校や近所、ネットで拡散されたら、結果的にたくさんの人が彼女が突き落としたと思い込む。過激な意見が出て、危険な行動に出る人も必ず現れる。君は、そうなるように疑いの種を蒔きたかったんだろ」

「だからどうして」花坂が苛立っている。「なんで、俺がそんなことするんだよ」

ジーンズのポケットから写真を取り出し、向ける。

「写真に、家族があこぎな商売にはまって破産した茶髪の男の子がいるって言ったよね。それって、この少年じゃなくて君のことだろ。君は被害者で——」

写真の花坂を指さし、次に新堂さんを指し示す。

「新堂さんが加害者だ。花坂は大学生になって、高校生になった新堂さんと再会した。自分の生活を滅茶苦茶にした側の人間が歳を重ねて、友達に恵まれて部活もして、大学に行こうと勉強もしている。普通に暮らしている、それが許せなかったんじゃないか？　それで君は、復讐することにした」

花坂が絶句し、凍り付いたように固まった。

顔つきがゆっくり変わり、睨むような憮然とした面持ちになる。

歩道橋の下を車が通過していく。大きな流れの真ん中で立ち止まり、僕らは向かい合っている。君は良い奴だと思う。だから、悪に流れないでくれ。

「過ちを犯す人もいる。許せないような罪もあるし、取り返しのつかないこともある。だけど、本気で後悔して本当に変わろうとしている人のことは、どうか見逃してほしい」

「見逃せって、法学部の学生が言うことかな？」

「僕は彼女の被害者じゃないから、こんなことが言えるんだとは思う。だけど、君が彼女と接して、ほんの少しでもこう感じたことはなかったか？　話せる友達がいるみたいでよかった、部活で疲れているけど大丈夫かな、夢や目標があってすごいな、落ち込んでるけど何かあったのかな、最近笑顔が増えたな。もし、彼女が犯罪に巻き込まれることなく過ごしていることに、君も喜びを感じたことがあったなら、考え直してくれないか」

「罪を憎んで人を憎まずか」

「違う。憎んでいい。許さなくてもいい。罰を受けても、罪はなかったことにはならない。だけど、後悔して罪を背負って引きずって、それでも長い人生を進もうとしている人は、放って置いてあげてほしいんだ」

黙っている花坂に向けて、言葉を重ねる。

「僕は思うんだよ。いや、信じてるんだ。人間は変われる。転んでも歩き出せる、間違えても正せる、いつだって僕らはやり直すことができる。なあ、君もそうは思わないか？」

視線が交錯する。僕を見つめる双眸には力強さを感じた。意志を固めようとしている気配がする。だけどいくら目を見ても、彼が今、何を感じ、何を考えているかわからない。他人のことを、わかったつもりにはなれるけど、本当のことはわからない。

誰も、何も信じないつもりだった。だけど僕は結局、人を信じることしかできない。こうあってほしいというただの願望なのかもしれない。

それでも、信じるということは、誰かと一緒に生きていきたいという希望だ。

その希望を捨てることが、僕にはやっぱりできなかった。

信号が赤になったのか、下を流れる車の音が止まった。ここが夜の底であるみたいに、しんとした静けさに包まれる。花坂が口を開けた。話す前の小さな呼吸が、僕の耳に届く。

「平の推理は間違ってる」

11

僕の推理が間違ってる。そう言われた。

花坂はゆっくり首を横に振り、自分の足元に視線を落とした。右足で、とんとんと地面を蹴る。

「大学の階段で転んで捻挫したのは、ただ単に俺のドジだよ。そこまで、体を張った計画を立てちゃいない」

そう口にする花坂の表情や声は、和らいでいた。堪えるように笑い出したので、つられて苦笑する。

「考えすぎたかあ」気恥ずかしくて頭を掻く。

「俺は今晩の交流会に行って、新堂の写真を撮って、それをみんなにばらしてやろうかと思ってた。過去を暴露して、今も変わってないってみんなに思わせたかったんだ。平には、もし俺が疑われた時に庇ってもらう予定だった」

「やめてあげてね。人の噂は七十五日っていうのは、適当な嘘だよ」

「平が言うと説得力がある」

それはそうだろう。

「大学三年の春になった今でも、高三の冬のことで後ろ指さされてるからね」

何もかもがめくるめく変わっていっても、どんなに時間が経っても、僕のしてきたことは消えないし、人の疑念を晴らせない。自分が忘れたくないことは忘れかけているのに、忘れてほしいことは定期的に浮上してきて、『お前を許さない』と僕を引きずり降ろそうとしてくる。

僕は必要な人間じゃない。だったらいっそ、消えてしまいたかった。

それでも僕が生きているのは、友人たちのおかげだ。

僕を一人にしないようにしてくれた、人との縁のおかげだった。

だから僕も、人を繋ぎ止めたい。

「いつわかったの？」

「花坂のことを怪しんだのは、昨日うちの店に来た時だね。入学式で僕と話したのを覚えてるって言ってただろ。それで」

「それで？　いや、俺はマジで覚えてたんだよ」

「それがおかしいんだって。僕が入学式で『さあ』って言ったのを覚えてるのは、よほどだよ。印象深い内容じゃない。図書館では『一年の話なんて忘れちゃったよ』って話してたじゃないか。つまり、君は僕のことを知ってたんだ。自分の隣にいるのは、ネットで見た高校生探偵の仲間だって気がついた。それで、覚えてたんだろ」

花坂が大袈裟に感じるくらい、うなずいた。

「次に、手紙だ。花坂の当初の計画だと、別に今晩の交流会を利用するつもりはなかった。だけど、那須と新堂さんの繋がりを知って、僕が急遽参加しようとしたから、追い払わないといけなくなったんだ。それで、手紙を用意したんだね」

「危ない奴らの集まりに、平を巻き込みたくなかったからね。だけど手紙が本物かもしれないとは思わなかったわけ？」

思った。が、認めるのは癪だったので、嘘をつく。

「僕から偽物だとすぐに見抜かれるわけにはいかない。筆跡が違うとばれないように、印刷にした。イニシャルで書かれているのも、最初は真田刑事が店に来ることを警戒してかなと思ったけど、違う。呼び方に迷ったんでしょ？」

「正解」

「花坂は、友達を名前とかニックネームで呼んでた。『平へ』だと他人行儀すぎてばれるかもしれないと思ったんだね」

「まさに」

「あと、白地の封筒にＡ４の紙っていうのは、ちょっと素朴すぎたかな。急ごしらえ感が否めない。うちの大学生協にレターセットはないし、仕方ないと思うけどね」

あいつだったらもっと気取った手紙をよこしそうだ。それに、思い返せば他にもある。僕はＳＮＳのアカウントも、メールアドレスも電話番号も変えていない。確実な方法を、あいつならちゃんと知っている。

それに、もし、もう一度会えるのならば、きっと思いがけない形になるだろう。大胆で突拍子がなくて、自分勝手に僕を翻弄するに違いない。

どうしてそう思うのか？　あいつがそういう奴だと、僕は知っているからだ。

そんなあいつを、僕はずっと待ち焦がれている。

「花坂が怪しいと思って、調べてみたら動機があった。新堂さんから、あの少年は詐欺の被害を受けてないって教わったよ」

「新堂、初対面の平によくそこまで話をしたなあ」

「実は、初対面じゃないんだ。新堂麗依菜さんは元依頼人で、彼女を助けたことがある」

昔、クリスマスイブに遊園地で誘拐事件の調査をした。ｒｅｉｎａ、れいな、麗依菜、彼女はあの時の依頼人だった。

「なんだよそれ。ずるいじゃん」

「彼女の記憶は高三の十二月に会った時の姿で止まってたから、最初は全然気づかなかったよ。背も髪も伸びたし、雰囲気も変わったし。見覚えがあると思ったけど、今日会ってみて、やっぱりって感じだった」

助けた相手に助けられ、また助けることになった。奇妙な回転だなと感じた。だけど、そういうものなのかもしれない。助け合いで回転し、僕らは転がり落ちないように前へ進んでいる。

「でも、確かにちょっとずるいかもね。一人で調査をしたのは今回が初めてだったけど、花坂に推理を伝えても百パーセントの確証があったわけじゃないし」

「いや、さすがだった。平はすごい探偵だよ」

「僕は探偵の器じゃない」

「そうかなあ」

真っすぐ、迷いがなく、闇を切り拓く、あいつの姿を思い浮かべる。真相を暴くことに興味があるわけではなく、どうにもならないような困り事を解決するために身を乗り出していた。

今回、自分で推理をして犯人と対峙し、こんなに怖いのかと思い知った。僕は彼のように、真実を確かめるために一人で立ち向かう覚悟がない。

それに、ずっと考えていたことがある。

鶴乃井は、他人を利用し、自分の欲望を満たすためならば人を殺しても平然としている狡猾な奴だった。それでも、倒せない悪人ではなかったんじゃないか。

自分に、あいつのような真実に辿り着くほどの高い能力があれば、あの時、あの展望台に僕もいることができたはずだ。そうすれば、僕にも何かできることがあっただろう。

僕には高い能力がない。

僕と組んでいた、あいつこそが探偵だ。

「初めての調査で、事件を未然に防いだんだ。こんなにすごいことはないと思うけどな」

言葉が、胸に響く。見限られた僕には価値がないと感じていたけど、少しだけ、そんなことはないんじゃないかと思えた。

「勝率が百パーセントなら、このまま引退するよ」

弱音をこぼすと、花坂が柔和な顔で白い歯を見せた。やっぱりレトリーバーに似ている。

「じゃあ、俺は行こうかな。乙川を交流会で待たせてるし」

「その件だけど、気持ちはわかるけど、やめたほうがいいよ。相手はマインドコントロールとか洗脳のプロだから、大学生が一人で太刀打ちはできないと思う。疑ってかかったのに、いつの間にか自分も信者になっていたなんてことは、実際に起こる話だからね。僕が言うのもなんだけど、身の程を知るのは大事だ」

花坂は気落ちした様子で、「でも」と口をすぼめ、スマートフォンを操作した。が、すぐにぎょっとした顔つきに変わる。

「これも平がやったの？」

瞳に期待の色を浮かべ、興奮した様子で画面と僕を交互に見てきた。訝しみながら画面を覗く。ニュースサイトの速報が表示されていた。

『午後九時三十五分、横浜のシェアスペースにて、オンラインサロンを摘発。違法薬物の使用も』

躍る見出しに驚きながら、記事に目を通す。場所も団体についても間違いがなかった。

「僕じゃない」首を横に振る。と同時に、もし僕が新堂さんと花坂を引き留めていなかったら、と考えて肝が冷えた。

「乙川、逮捕されちゃったかな」

「わからない。でも、まだ取り返しはつくと思う」

心を操られ、自分を見失い、他人を傷つける前に止めることができた。気休めかもしれないけど、最悪の事態ではない。

「平は、俺と新堂も救ったわけだ」

「たまたまだよ」

「なあ、本当にごめんな。ネットで何があったかは読んでたし、他人に壁を作ってる平のことを、俺は知っていて利用したんだ。申し訳ない」

花坂が深々と頭を下げる。こんな風に面と向かって謝られたら、気勢を削がれ、困ってしまう。僕は怒ってもいい気がするが、なんだかそんな気持ちにはならなかった。

僕も、僕自身が立ち直るきっかけが欲しかったのかもしれない。

「さっきも言ったけど、裏切られて傷ついて、壁を作って過ごしていたけど、僕らしくなかったんだ。僕らしくなく過ごすのが、そろそろ嫌になっていた。嘘をつくのは、結構疲れるんだ。人から裏切られても、僕はまだ人を信じるよ。そっちのほうが、自分らしいからね。変な話だけど、巻き込んでくれた花坂には、ちょっと感謝もしてるんだ」

「それは、さすがに、お人好しが過ぎない？」

それに、花坂は良い奴だと思う。彼は同級生の乙川さんを、本気で心配しているように見えた。彼の中には彼の正義がちゃんとあり、許せない悪に立ち向かい、困っている人には手を貸そうとしている。

「やっぱり君はちょっとだけ、あいつに似てるよ」

「俺の百万倍嫌な奴？」

「だから、僕は君とも友達になれると思う」

「俺たちって、友達じゃなかったの？」

「今日一日くらい、反省してほしいかな」

花坂はきまりが悪そうに、でもどこか嬉しそうに鼻の頭を掻いた。そして、僕に背を向け、手を振り、歩道橋を降りていく。肩の荷が下りたのか、足取りはどこか軽快で、転がり落ちる心配はない。

駅のほうへ、人のいるほうへ戻っていく花坂の背中を見送り、心の底から安堵した。

車が周りと息を合わせるようなスピードで走っている。ルールをみんなが完璧に守っているわけではない。多少は制限速度を超えることがあっても、マナーを守り、事故を起こさないように進む。それが現実的な理想形なのではないか。

鞄から手紙を取り出す。これは偽物だった。胸が躍ってしまった自分が、恥ずかしいやら情けないやらだ。手紙を千切ってこの場に捲(ま)こうかと思ったが、ゴミはちゃんとゴミ箱に捨てることにした。

あいつのように鮮やかではなかったが、事件を解決することができた。達成感と懐かしさを抱きながら、どうしてこの場にあいつがいないのかとやっぱり寂しくなる。

あいつは本当に、強引に解決するために人を殺したのか？　僕にはやっぱりそうは思えなかった。

いつか本物が届くだろうか。手紙を見つめていたら、沈んでいた疑問が浮上してきた。

僕は最近、誰かからの視線を感じていた。尾行もされていた気がする。あれは、一体誰だったのか。

かん、かん、かん、と鉄を叩く音がした。

さっと目をやる。男が一人、手すりを叩きながら、ゆっくり歩いて来る。

12

息を呑み、身構えた。

背丈は一八〇センチほど、歳は二十代、痩身で頬がこけ、骨が浮き出ている。夜だというのにサングラスをかけ、黒地のアロハシャツを着た金髪の男が近づいて来る。歩道橋の手すりを叩きながら歩くのは、なんだか子供じみていた。

「よお、俺のこと覚えてるか？」

本能で、察する。野生の獣に遭遇したように、全身の毛が逆立った。歪な欲望が滲み出ているような声色だ。警戒しろ、間合いを取れ、と後ずさる。

「三年前だよ。あれ、二年半か？　まあいいや、そんくらいに会っただろ。一緒にカラオケでデュエットしたじゃんか」

男がサングラスを外した。ぎょろりと飛び出そうな目つきで、その骸骨顔には見覚えがある。時間が流れても、変わることのない邪悪さだった。記憶が鮮明に蘇る。

高校三年の冬、爆弾犯として僕たちは追われ、一時的にカラオケボックスに逃げ込んだ。その際に、強姦の現場を目撃して、見て見ぬふりができずに乗り込んだ。こいつは、あの時の暴漢二人組の一人だった。

『悪人同士、持ちつ持たれつってことでさ』

爆弾犯として追われる僕に、強姦を見逃せと言ってきた奴だ。間違いない。

爆弾事件以降、カラオケボックスでの事件は報道されなかったが、彼らがどうなったのか、知る由もなかった。てっきり鶴乃井が口封じをしたのではないかと考えていたが、また会うなんて思いもしなかった。

「感動の再会なんだから喜んでくれよ」

「何か用か?」

「おいおい、ご挨拶だな。わざわざお前らに会いに来たんだっつうの。折れた骨が変な風にくっついちまったし、ばかすか殴られたせいで右目も悪くなっちまった。こっちは忘れたくても、忘れらんねえのよ。お前のことは、何度も何度も近くで見てたんだぜ。気づいてなかったたか?」

視線や尾行の正体は、こいつか。落胆よりも、目の前の脅威に対してどう対処するべきか。神経を尖らせ、ぐっと腹に力を入れた。

「店に手紙があっただろ。あれ、拾ってやったの俺なんだぜ。ぼんくら刑事は気づかなかったけど、俺にはわかった。お前はともかく、あの探偵はずっと行方不明だっただろ。だから、やっとやり返せるってわくわくしてんだ」

「残念だけど、手紙は偽物だ」

骸骨顔は「は?」と洩らしてから、訝しむようにじっと僕を見つめた。

「ここでこのまま一晩待ってもいいけど、本当に来ないぞ」

別に信じてもらわなくても構わないが、あれは大学の同級生が書いた悪戯だと説明し、目の前で手紙を破ってみせた。

骸骨顔は胡乱な目をして僕の話を聞いていたが、大きく舌打ちをし、「あーあーあー」と苛ついた子供みたいに地団駄を踏んだ。不安定に歩道橋が揺れる。僕は少し腰を屈め、小さく深呼吸をする。相手は一人。武器を持っている気配はない。大丈夫だ。勝てる。

「もういいや。今日はお前だけで。準備しちゃったし」

骸骨顔が手すりに身を乗り出し、「平、見てみろよ」と嫌らしい笑みを浮かべた。警戒しながら、ちらりと目をやる。歩道橋のそばに、ワンボックスカーが駐まっていた。

「あの車で、俺はお前を連れていく。でも、お前が素直に嬲(なぶ)られに来るとは思ってねえからさ、お前が夕方に会ってた女子高生ちゃんを捕まえておいた」

胸の中をざらりと撫ぜられた。新堂さんのことか?「まさか」そんな、信じられない。

「お前が来たら、女子高生ちゃんは帰してやるよ。でも、見捨ててお前が逃げたら、俺たちはあの女子高生ちゃんを連れていく。来なかったお前ら二人分も、たっぷり可愛(かわい)がる。

腰が抜けて、折れて、色んなところがなくなって、二度と歩けなくなるくらい楽しむ。痛くて痛くて、生きるのが辛くなるから、恨まれるぞお、お前」

血の気が引き、言葉を失った。

そんな僕を見て、心の底から嬉しそうに、骸骨顔が目を妖しく輝かせた。人が苦しみ、追い詰められるのをとても楽しんでいた。

こいつは、駄目だ。僕の手に負える相手ではない。対抗手段を逡巡し、通報しようとポケットに手を伸ばす。スマートフォンを握りしめた。

「妙な真似したら、あの車は俺たちを置いて女子高生ちゃんを連れて走り出すし、俺はここからお前を突き落とすからな。仮に、そうだな万が一、俺が負けたとしても、女子高生ちゃんは仲間と楽しむことになる」

「卑怯だ」

「探偵がそんなわかりきったこと言うんじゃねえよ。俺が卑怯で嫌らしくて、品がなくて最悪なのは、ガキの頃から知ってるっつうの」

骸骨顔が、行こうぜと顎をしゃくる。パーティに遅れるぞとはしゃいでいる。飾るつもりも欺くつもりもない、真っ黒なこの男に、のこのこついていくなんて愚かだ。

骸骨顔の言うことを信じたわけじゃない。だけど、新堂さんを見捨てるなんて、僕にはできない。

歩道橋を降り、駐車している車に向かう。交通誘導をしている警備員が気づいてくれないか、と立ち止まってみた。しゃがみ、あるものをそっと地面に置く。

「もたもたすんな」と急かされ、怪しまれぬように立ち上がった。

ワンボックスカーの助手席のドアが開けられて、おそるおそる中に乗り込んだ。煙草の臭いがする。骸骨顔がエンジンをかけ、ギアをドライブにし、乱暴にアクセルを踏んだ。シートベルトを締めない人間を初めて見た。

後部座席を確認する。誰もいなかった。

「彼女は乗ってないのか？」

「ありゃ嘘だ。俺なんかの言うことを信じて、お前は馬鹿だな。でも、これから行くビルの部屋ではちゃんと待ってるから安心しろよ。みんなで待ってる。早く始めたくて、うずうずしてる」

そう言って、骸骨顔が下品に体をくねらせた。ハンドルも揺れ、車も揺れる。ここでハンドルを切って事故を起こしてやろうか。でも、新堂さんが本当に監禁されているかもしれない。今はまだ言うことを聞くしかない。

「お前らを連れて来るって話したら、女子高生ちゃんが、わたしだけにしてほしいって泣き喚いてたぞ。なに、お前あの子の彼氏？　ガキに欲情してんの？」

「違う。彼女は元依頼人だ」

「あー、そうなの？　つまんねえな、それ」

前の信号が赤になった。が、構わずに骸骨顔は交差点を右折した。クラクションを鳴らされたが、眉一つ動かしていない。

「でも、だったらなんで女子高生ちゃんは自分だけでいいなんて言ったんだ？」

「本気で言ってるのか？」

「マジだよ。俺は人の心がわからないわけじゃねえ。ただ、一度世話になっただけで、そんなこと言うかね。自分が助かるなら、恋人や家族でも差し出すって奴を何人も見たからな」

「彼女は、変わろうとしてるんだ。犯した過ちを反省して、罪悪感とずっと戦ってる。それが理由だ。正しいことをして生きようとしている。やり直そうと必死なんだ」

侮辱に怒り、僕は唾を飛ばす勢いで喋った。が、骸骨顔は「へー」と呟くだけだ。

「なあ、お前、名前は？」

「名前？　俺のか？　なんでもいいだろ別に。あ、じゃあ源って呼んでくれよ」

僕が平だから、か。平家と源氏。歴史で負けたのは、平家だ。

「なあ源、もし君が、自分が間違えていると自覚してるなら、まだ止まれるぞ」

そう伝えると、源は僕を横目で見て、「おめえさあ」と不愉快そうに眉根を寄せた。

「俺より馬鹿だな」

13

連れて来られたビルの中に新堂さんがいなければ、これから自分の身に待ち受けることを忘れて、ほっとしただろう。残念ながら、そうはならなかった。

源に案内されたのは、雑居ビルの四階にある一室だった。オフィスのような雰囲気だが、雰囲気だけの場所だ。隅に段ボール箱が積まれ、デスクの上にはパソコンも電話機もない。犯罪に用いるペーパーカンパニーといった印象を抱く。

パーテーションで分断された部屋の奥へ連れていかれ、息を呑んだ。

床一面にブルーシートが敷かれ、血生臭い儀式の準備がされていた。中央にパイプ椅子が一つ置かれ、ぐったりとした制服姿の新堂さんが座っている。粘着テープで手首と足首を巻かれ、拘束されている。口もテープで塞がれていた。

放課後の新堂さんを思い出す。成長し、歳を重ねていて、このまま平和に大人になれますようにと心の底から祈った。その彼女が、憔悴しきっていた。目や頰に涙の跡がある。

それを見た瞬間に、かっと頭が熱くなった。

「彼女を解放しろ！」

声を荒らげた瞬間、部屋の隅に男二人組がいることに気がついた。大柄(おおがら)で熊髭(くまひげ)を生やした男と、若い赤髪の男だ。二人ともだぼっとした、柄の悪い服を着ている。

熊髭が、どかどかと近づいて来ると、迷いのない素振りで拳を伸ばしてきた。反射的にかわし、突き出た腕に手を添え、反撃を試みる。掌底を顎へ向かって振り上げた。

が、脇腹に衝撃が走った。ぎょっとして目をやると、源が笑みを浮かべ、手に何かを持っていた。恐怖心を煽るような、尖った針が伸びている。千枚通しの先端が、ぬめりを帯びていた。

刺された、そう理解するのと同時に脇腹が熱を持ち、鋭い痛みが走った。直後、熊髭が僕への二撃、三撃を打ち出した。顔、脇腹を殴られ、膝から崩れ、喘ぐ。骨や内臓が壊れてしまいそうなくらい痛む。堪え切れず、悲鳴をあげた。

「ところでお前ら何食ってんの」「たこ焼き。川沿いで祭りやってたから」「祭りねえ。で、俺の分は」「ねえよ。ってか、一人だけ?」「相棒は来ねえんだと」「話が違うんですけど」

口を尖らせ、言い合いをしている三人を尻目に、状況を確認する。室内にいるのは、源と熊髭と赤髪の三人だ。不意打ちを食らったが、相手は油断している。どうにかできるかもしれない。勝たなくてもいい、新堂さんを逃がさなくては。

心配して目線を投げる。新堂さんは不安と恐怖、そして口のテープのせいで息苦しそうに肩を上下させていた。

彼女は変わろうとしているのに。どうして、こんなに苦しまないといけないのか。これが罪に対する罰なのか。いや、そんなわけがない。罪を背負っているからという理由で、理不尽を受け入れる必要はないのだ。

仕掛けるか、助けを待つか、二択だ。

凌げば、解決するかもしれない。だが、一秒でも早く新堂さんを解放したい。

どうする、どうする、と自問する。焦るばかりで答えが出ない。

「ガタガタうるせえなあ！」

怒声に驚く。目を離した隙に何があったのか、源が右手に何かを構えて赤髪の眉間に向けている。拳銃だ、とわかったが、何故拳銃が？　仲間割れか？　と混乱する。

「お前はやれりゃいいんだろ？　文句言うんじゃねえよ」

赤髪が手を上げ、目を剝きながらゆっくりと後退する。源が響くような大きい舌打ちをし、拳銃をゆっくりと下ろす。と、同時に赤髪が腰を捻り、源の顔面を殴った。

「偉そうに命令するんじゃねえ！」

まるで子供の喧嘩だ。が、意識が別のことに集中する。源が殴られた衝撃を受け、倒れた。だけではなく、手放した。拳銃が転がり、僕の目の前に滑ってくる。

ゴロになったボールをグラブに収めるように、僕は無意識に拳銃を手に取った。ずしりとした重さがある。本物だ。

「動くな！」

両手で拳銃を握りしめ、三人に向けて構える。熊髭は気まずそうに渋い顔をし、赤髪が狼狽した様子で口をぱくぱくさせ、源は目を丸くしていた。

「動くなよ。撃つからな」

どうする、これから。このまま、こいつらを大人しくさせることができるのか？

僕の怯えを察したのか、源は頬を吊り上げるように笑った。堂々と、頭を掻き始める。

「動くなって言ってるだろ」僕の声が聞こえないみたいに、今度は耳をほじる真似をする。熊髭が「おい」と咎める声をあげたが、それも無視していた。

「強がるんじゃねえよ。平、お前の足、がっくがくじゃねえか」

動揺させるつもりだ。そう思ったが、目をやると膝が笑っていた。自覚した途端、天井がゆっくりと下降してくるような、大きな恐怖が迫ってくる。足だけではない。拳銃を握った手も震え始め、口の中が一瞬で渇いた。

「撃ったら、お前は人殺しになっちまうぞ？　そうすりゃ人生台無しだよな」

「残念だけど、僕には失うものがない」

家族や友人には申し訳なさを覚える。

だけど僕の一番大切な存在は、もう僕と道をたがえている。

だけではない。自分の奥底にあった考えが急浮上してきた。

それは嫌らしい、汚れた、歪んだものだ。僕が彼と同じ闇に落ちれば、もしかしたら会えるかもしれないぞ。耳のそばで甘く囁かれているような気がした。

これは偶然なのか？　用意された運命なんじゃないのか？

会えるのならば、そこが地獄だって僕は構わない。

「失うものはないって、お前は信じられねえくらい贅沢なことを言うねえ」

源は僕の言葉を信じていないのか、ぬらりぬらりと歩み寄って来た。

かちり、と撃鉄を上げる。

「失うものがないつもりでも、守りたいものはあるんだろ？」

「お前たちを撃てば、彼女も守れる」

「どうだか。お前は、なんもわかっちゃねえな」

「何が言いたいんだ」

「お前が人殺しになったら、その子がどう思うか、ちゃんと考えたか？　アクション映画じゃねえんだ。殺人を簡単に忘れられねえよ。殺したほうも、守られたほうもな。自分を守るために人を殺させた、お前に絶対拭えない苦しみを背負わさせちまった。普通はそう思うんじゃねえの？　罪悪感ってそういうもんだろ？　想像力が足りてないよ、お前」

思いっきり頬を叩かれたようだった。

新堂さんは、過去に霊感商法グループに加担し、人を騙した罪悪感で苦しんでいる。僕が彼女のために殺人を犯したら、彼女は自分の所為でまた人が苦しんだと、思い詰めてしまうんじゃないか。僕は、他人を観察しているつもりでいた。気持ちを慮っているつもりでいた。なのに、まるでわかっていなかった。

「ちなみに、時間稼ぎも無駄だからな。お前が車に乗る前に落としたスマホもちゃんと拾ってんだわ」

まさか、と思ったが、源がポケットから見覚えのあるスマートフォンを取り出した。

僕は緊急電話をかけ、スマートフォンを道路に落としておいた。道路工事の警備員が気づいてくれるはずだと期待をしていた。切り札が打ち砕かれ、動揺する。いよいよ、打つ手がなくなった。

「考える時間やるよ。五、四――」三、の段階で源が地面を蹴り、手を伸ばした。面食らい、呆気なく僕は拳銃を奪われる。

「駄目だよ、人を信じちゃ。そういう薄っぺらい正義感だから負けんだよ」

せせら笑う源を見ながら、歯噛みする。僕は馬鹿だ。できることはもう、引き金を引くしかなかったのに、勝負すらしなかった。撃てばよかったと後悔に襲われ、無力さに肩を落とす。ちらりと窺うと、新堂さんは僕を見ていたが、その目には怒りも生気もなく、何もかもを受け入れる諦観で滲んでいた。

赤髪が僕の後頭部を叩き、僕の手と足に、ぐるぐると粘着テープを巻き始める。自分自身への失望から、取るべき行動がわからず、されるがままだった。

「お前、すげえ普通だったな。なんかがっかりだよ」

源が吐き捨てるようにそう言った。

僕を床に転がすと、三人組は隣の部屋へ移動していった。がさごそと用意している気配を感じる。鋭く金属が鳴るような音や、何かを組み立てるような音がした。暴力的で残虐な巨大な歯車が回転し始め、巻き込まれたらずたずたにされることはわかっている。隣の部屋からは黄色い声が聞こえてくるが、こちらの部屋には不安と恐怖が充満している。

椅子に座っている新堂さんを見る。虚ろな目をして、ぼんやりと宙を眺めていた。頭が揺れ、意識が朦朧としているようだ。

直視できない。申し訳なさでいっぱいになる。目を瞑り、腰抜けの自分を恥じる。

後悔だらけの人生だった。色々あるが、最大の後悔は、あいつのそばにいられなかったことだ。あいつの思いに気づいてやれなかったことだ。僕に能力があれば、考えに気づき、あいつが人を殺すのも止められたんじゃないか。僕自身の薄っぺらさに、あいつも辟易としていたのかもしれない。僕がちゃんと、覚悟のある人間なら、未来は違っただろうか。そうすれば、そばに。

幕が引かれたように、目がかすみ、意識が混濁してくる。

不意に、頭の中で天から降りている紐が見えた。何だろうか。見覚えがある。

子供の時の記憶が蘇る。母と妹と三人で川の字になって眠っている。天井についている電気から、紐が垂れている。妹の寝息が聞こえる。僕も瞼が重い。察した母が電気を消そうと手を伸ばす。

紐を引き、消灯し、終わりへ向かう。そういう紐かと納得する。

薄れる意識の中で、手を伸ばし、固まる。違う。違和感があった。残念な感覚。自分が何かを見落としていると気づいた時の感覚だ。僕は、何かを見落としている。気になることがある。そのことに気づいている。

僕は誰よりも早く起き、紐を引き、家族を起こしていた。

僕の役割は、暗闇で灯りをともすことだ。頭の中で紐を引く。

『殺人を簡単に忘れられねえよ。殺したほうも、守られたほうもな』

ちかちかと、明滅する。

『自分を守るために人を殺させた、お前に絶対拭えない苦しみを背負わさせちまった』

景色の輪郭が一瞬見える。

『罪悪感ってそういうもんだろ？』

僕は、この言葉が、気になっていたのだ。

あいつがどうして、僕との約束を破り、人を撃ったのか？

僕のことが不要になり、約束の価値がなくなり、悪を許せず躊躇いを捨てて人を殺した。僕はそう考えていた。でも、違うんじゃないか。

鶴乃井の仕掛けた爆弾は本当にあった。それを止めるために、あいつは止むを得ず銃を撃った。これならば、あいつは正しいことをしようとした結果になる。

じゃあどうして、僕に『面倒で、引き金を引いた』なんて嘘をついたのか？

例えば、あいつも僕が持っていた牧野のスマートフォンのGPS情報を把握していて、僕もマリンタワーに来ていると知っていたのではないか。このままだと爆破に僕が巻き込まれる。それを阻止するために、引き金を引いた。

〝自分を守るために人を殺させてしまったと、僕が罪悪感を覚えないように、悪を演じた〟

光が灯った。

これこそが、真実なのではないか。

証拠があるわけではない。空想だ。僕はまた、自分にとって都合のいい物語を作っただけかもしれない。

だが、可能性がゼロではない。ならば、このカードは大切に取っておきたい。いつまでも、捨てたくない。これが真実かもしれないし、土壇場でひっくり返す力を秘めているかもしれないからだ。

僕だけだと負ける。だが、僕たちなら、勝てる。そうしてやってきたじゃないか。

だったら、こんな場所で寝転がり、弄ばれるのを待っている場合じゃない。

裏切られるまで信じ、負けるまで戦い、転んでも立ち上がり、信じるために確かめ、最後まで希望を捨てずに挑み、死ぬまで生きる。

言葉にすれば、普通のことでしかない。だが、普通に生きるほど、困難なことはない。

力を込め、目を見開く。

護身術だけじゃない。尾行もピッキングも、そして縄抜けもあいつから教わったじゃないか。彼方へ追いやっていた記憶が蘇る。手元を見ると、粘着テープは布製のものだった。紙製でもなく、プラスチック製でもなく、布製だ。チャンスはある。

両腕を頭上に伸ばし、一気に肘を広げながら引く。

新堂さんが悪あがきをする僕を、心配そうに見つめてくる。絶望的な状況だが、希望はある。この粘着テープは布製だ。布製のものは、短い横糸と長い縦糸を織って作られている。

もう一度、同じ動きを繰り返す。

こうすることにより、糸の一本一本に強い負荷がかかる。そして――

もう一度、腕を振り上げ、思いっきり引いた。

織り込まれた糸の強度が下がり、粘着テープが破れた。

自由になった両手を見て、自分でも驚く。新堂さんの瞳に生気が戻った。彼女の中でも、希望が生まれたのが見て取れる。

まずは苦しんでいる新堂さんからだ。僕は音を立てないよう転がり、もぞもぞと移動した。彼女の口に貼られているテープをそっと剝がす。皮膚や唇が引っ張られ、痛そうで、ごめんと念じながら捲った。

新堂さんが、ぜいぜいと大きく息を吸って、吐く。呼吸、生きている証だ。僕はそれを見て、自分の口に貼られたテープを急いで引っぺがした。

「ごめん。今度は絶対に助けるから。隙を作るから。そうしたら、逃げてね」

新堂さんが、口をぱくぱくとさせながら、小刻みにうなずいた。うなずき返し、自分を鼓舞する。彼女の手首に巻かれたテープを外そうと、手を伸ばした。

「おい」

低く、険のある声がした。びくっと体が震える。見つかったのかと内心で舌を打つ。振り返る。が、そこには誰もいなかった。

「誰だよお前」泡を食った様子の赤髪の声だ。隣の部屋には出入口がある。助けが来たのか？　だが、僕のスマートフォンは回収したのでは？

直後、メロディが耳に届いた。

それは口笛だった。

聞いたことのあるメロディだ。全身が粟立つ。たった一人が奏でたメロディが心に響く。全身を、得体のしれない感情が駆け抜ける。唯一変わらぬ、絶対と言えるものを、強く感じた。

間違いようがない。だってそれは、僕の作ったものだ。

『俺は意外とお前の曲が嫌いじゃない』

『意外とね』

『地味に良い曲だからな』

『地味にね』

そんなやり取りを思い出す。知らず、頬が綻ぶ。

直後、怒り狂う雄叫びが轟いた。大きな物音がする。ものが崩れ、金属が衝突する鋭い音がする。短い悲鳴、呻き声があがる。拳銃の発砲音が響く。物騒な不協和音が鳴り続ける。だが、そんな嵐の中でも、口笛は音階もリズムも崩れることがなく、こちらに運ばれてくる。

自分の目から、涙が溢れていた。あいつだ、生きていた。

あいつが、すぐそばにいる。

しばらくすると、大雨が止んだように、急に静かになった。

生演奏が終わり、現実に急に引き戻されたような、夢と現実のはざまにいる心地になる。そして、我に返った。急いで自分に捲かれたテープを剝ぐ。境い目が見つからず、もどかしい。無理矢理剝がそうと試みたが、上手くいかない。手がもつれ、じれったい。

やっとテープが剝がれ、足が自由になる。新堂さんも、ちょうど自分の拘束を解いたところだった。心臓が早鐘を打ち、急き立てられるように隣の部屋へ駆け込んだ。

パーテーションの向こう側では、男たちが倒れていた。のみならず、三人が背中合わせになり、互いの両手を手錠で繋がれていた。血溜(ちだ)まりはない。意識を失っているのか、うんともすんとも言わない。だが、生きている、胸が上下していた。

床に転がっている拳銃を一瞥し、僕たちは外に出た。

廊下を抜け、階段を駆け下りる。足を素早く動かしながら、考える。拳銃があった。強烈な音もしたし、火薬の臭いもしたから本物だ。床に落ちていたし、相手から奪うこともできたはずだ。なのに、あいつはそれを使わなかった。

人を殺さなかったのだ。

彼の中にはまだ、ちゃんと、善の心がある。そう理解して、胸の中で熱が生まれた。歯を食いしばり、泣いてる場合じゃないぞと堪える。

ビルの外に出る。あたりは暗く、人の気配がない。近くを走る電車の音がした。

「君は警察に」

新堂さんに指示を出すと、彼女は大きくうなずいて走り出した。

僕は、僕は、どうする。

神経を研ぎ澄ませ、集中し、彼を探す。すると、か細い口笛の音が聞こえた。地面を蹴る。いるんだろ。間違えるはずがない。君に話したいことがあるんだ。謝りたいこともあるし、伝えなきゃいけないことがある。

人の気配がするほうへ向かう。が、嫌な予感がした。角を曲がり、愕然とする。

川沿いには屋台が並び、居酒屋やバルがテーブルと席を出している。三人組が祭りの話をしていたなと思い出す。道路は開放され、車道にもたくさんの人が行き交い、どこかのラジカセから音楽が流れている。

ごまかしたい気持ちを捨て、捨てられないカードを胸に、足を動かす。

耳をすませ、視線を彷徨わせ、人込みを掻き分け、嘘の種類を嗅ぎ分け、ルールをくぐり抜け、僕は君を探す。

若い男女が屋台に並んでいる。高校生が写真を撮っている。中年男性が段差で転ぶ。口笛が聞こえる。綿菓子の匂いがする。若い女性が誰かに振り返る。口笛が聞こえる。子供の「ありがとう」という声と、口笛が聞こえる。

どんなに暗い場所にいても、僕は絶対に見つける。

口笛が大きくなる。

「森巣！」

口笛が消えた。

悪いけど、君にもう助手はいない。

僕は君と同じ、真実を追う探偵だ。

【参考文献】

『ＧＰＳ捜査とプライバシー保護：位置情報取得捜査に対する規制を考える』指宿 信・編著 現代人文社
『コールド・リーディング：人の心を一瞬でつかむ技術』イアン・ローランド・著 福岡洋一・訳 楽工社
『カルトからの脱会と回復のための手引き《改訂版》』日本脱カルト協会・著 遠見書房
『ゴドーを待ちながら』サミュエル・ベケット・著 安堂信也・訳 高橋康也・訳 白水社
ナショナル ジオグラフィック ＴＶ「粘着テープで腕を拘束されたときの脱出法―ナショジオ」
(https://youtu.be/rlPpeCxfhc0)

以上のものや、横浜各地へ取材した内容・資料を参考にしつつ、フィクションとしての嘘を混ぜ合わせておりますので、どうかそのようにご理解いただけますと幸いです。

この作品は書き下ろしです。

〈著者紹介〉

如月新一（きさらぎ・しんいち）
ジャンプ小説新人賞2018テーマ部門「ミステリ」金賞受賞、SKYHIGH文庫賞、文春文庫×エブリスタ　バディ小説大賞 第２回「ロケーション」の入賞、新潮文庫 新世代ミステリー賞の佳作、角川Twitter小説の優秀賞など数々の賞に輝き、2018年『放課後の帰宅部探偵 学校のジンクスと六色の謎』（SKYHIGH文庫）で書籍デビューした期待の新鋭。

あくまでも探偵は　もう助手はいない

2022年３月15日　第１刷発行　　定価はカバーに表示してあります

著者……………………如月新一

発行者……………………鈴木章一
発行所……………………株式会社 講談社
〒112-8001 東京都文京区音羽2-12-21
編集03-5395-3510
販売03-5395-5817
業務03-5395-3615

本文データ制作……………講談社デジタル製作
印刷……………………豊国印刷株式会社
製本……………………株式会社国宝社
カバー印刷………………株式会社新藤慶昌堂
装丁フォーマット…………ムシカゴグラフィクス
本文フォーマット…………next door design

ISBN978-4-06-527377-7　N.D.C.913　348p　15cm

斜線堂有紀

詐欺師は天使の顔をして

イラスト
Octo

一世を風靡したカリスマ霊能力者・子規冴昼が失踪して三年。ともに霊能力詐欺を働いた要に突然連絡が入る。冴昼はなぜか超能力者しかいない街にいて、殺人の罪を着せられているというのだ。容疑は〝非能力者にしか動機がない〟殺人。「頑張って無実を証明しないと、大事な俺が死んじゃうよ」彼はそう笑った。冴昼の麗しい笑顔に苛立ちを覚えつつ、要は調査に乗り出すが——。

講談社
タイガ